绿如蓝

辛火明 著

中国文联出版社

图书在版编目（CIP）数据

绿如蓝／辛火明著. -- 北京：中国文联出版社，

2025. 6. -- ISBN 978-7-5190-5935-4

Ⅰ. I247.5

中国国家版本馆 CIP 数据核字第 2025GN1273 号

作　　者　辛火明

责任编辑　曹艺凡

责任校对　秀点校对

装帧设计　新天地文化集团

出版发行　中国文联出版社有限公司

地　　址　北京市朝阳区农展馆南里 10 号　　邮编　100125

电　　话　010-85923025（发行部）　010-85923091（总编室）

经　　销　全国新华书店等

印　　刷　三河市嵩川印刷有限公司

开　　本　710 毫米×1000 毫米　1/16

印　　张　17.5

字　　数　238 千字

版　　次　2025 年 6 月第 1 版第 1 次印刷

定　　价　68.00 元

谨以此书
致敬所有在抢险救灾中
英勇献身的消防英雄

序

生命在永恒与须臾的夹缝中生长，当钟摆的嘀嗒声叩击每个人的心灵，总会升起那个永恒的诘问：人生的意义究竟栖身何处？

有人用文字丈量生命的深度，有人用思想构筑精神的灯塔，而有些人选择让血肉之躯成为丈量公共安全的标尺。正如《绿如蓝》中那群将生命燃烧成炬火的消防员。

辛火明的这部《绿如蓝》小说，以极具临场感的笔触和风趣幽默的故事，将我们拽入主人公猴子、坦克、邮差等一群消防员，用红色防护服包裹的炽热人生之中。改制浪潮下，他们的职业轨迹与时代齿轮剧烈碰撞，他们的选择在经济发展与安全底线的天平上震颤，在个体诉求与使命召唤的旋涡中浮沉。当我们目睹消防员冲向浓烟的背影，看见他们在火场与家庭间的艰难平衡，触碰那些被高温炙烤过的柔软心事，这已不仅是职业画像的临摹，更是对人性至暗与至明的深度勘探。

火场中的逆行天然违背生物本能。

当人们遵循趋利避害的生存法则奔逃时，唯有这群人将血肉筑成最后的防线。他们不需要勋章筑造的金字塔，因为每次破开火场的利斧已刻满生命的重量；他们不需要华美辞藻的装点，因为被浓烟熏哑的喉舌早将信念锻造成钢。

作者以手术刀般的精准，剖开"英雄"符号下的真实肌理，改制阵痛中动摇的指战员、火场归来颤抖的新兵、隔着防护面罩亲吻婚戒的丈夫——正是这些带着体温的褶皱，让崇高回归大地、让伟大重获呼吸。

　　消防员们用生命书写的，早已超越简单的奉献和荣誉。当火魔张开巨口，他们的每一次冲锋都在完成对人性弱点的神圣反叛。当警报声撕裂夜空，他们的血肉之躯便化作流动的防火墙。这种选择不是圣徒式的自我献祭，而是清醒认知后的从容奔赴。就像江畔那抹绿如蓝的春水，既映照日出江花红胜火的炽烈，又沉淀着春来江水的永恒澄明。

　　这部作品是淬火的镜子，照见每个阅读者灵魂的成色。我们不得不扪心自问，若置身浓烟蔽日的火灾现场，我们能否让心中的火焰比灾难更明亮？在物质与信仰的撕扯中，我们能否守护住精神疆域的那抹绿意？

　　《绿如蓝》给出的答案，正是在无数个逆行的脚印里，在人性光辉与职业信仰交织中，完成对生命意义最庄重的诠释。

2025 年 3 月

（本文作者系中国作家协会副主席）

目 录

引　子

我是一个逃兵。

怀揣着背叛，抛弃我的亲人、战友、祖国，来到了美国。

我和妻子唐丽落脚在旧金山一个叫作帕洛奥多的小镇，这里有一所大学叫斯坦福。

唐丽落脚后的第一件事，是办理攻读斯坦福大学心理学博士学位的入学手续，而我每天躲在家里，买菜做饭、扫地洗碗，像煞有介事地安排满琐事。通常，我会把碗洗三遍，不是一次洗三遍，而是洗完放好，然后间隔一个小时，再拿出来洗，洗到下一个饭点，拖地也是一样。我想这就是全职陪读丈夫应有的角色，只为掩饰这场逃离带来的恐慌。

在我认识唐丽之前，我总认为心理学是研究心理病人的。

后来，我发现，这是错误的。

心理学研究的不单单是病人，而是人。

归根到底是研究人的心智、行为、大脑三者的关系。

这三者的关系有一项协调不好，就会促成一个人的心理问题。在心理医生眼里，就成了患者。

我第一次遇见我的妻子唐丽，是以一个患者的身份出现的。

因为，我在人生当中遇到了一个过不去的心理障碍。这个心理障碍，需要专业的解决方案。

这时候，唐丽出现了，给我带来了解决方案——课题分离。

这是唐丽读硕士时的研究方向。

当她给我解释的时候，我听起来总感觉云山雾罩。

唐丽说："打个比方，一个小伙子向一个姑娘表白求爱，被拒绝，心情很沮丧。我向你表白，这是我的课题；你拒绝我，这是你的课题。我在向你表白之后的那一刻起，我的课题就完成了，剩下的与我无关。至于你接受还是拒绝，这都是你的课题，与我的情绪无关，也意味着与我本人无关，无关本人的事，就不要去关心。"

以上是唐丽第一次和我见面时说的话，她说这些不是分享研究成果，而是对我开展治疗。

应该说，她的疗法是有效的，以至于我们坠入了爱河，结婚，陪读。

可这并没有维持多久。

住到旧金山市郊帕洛奥多小镇的第一个礼拜，就遇到了邻居家失火。

那是一对印度裔夫妇。

在打完报警电话半个小时之后，消防员开着消防车慢腾腾地赶了过来，然后从消防车里从容地走下三名胖乎乎的消防员，有条不紊地整理着水带、水枪和水炮，像极了工匠在做一件精致的手工艺品。

其间，一名胖子消防员还点了一根烟，似乎这家烧的财产和自己无关。

后来我才明白，美国是私有制至上的社会，首先要保护自己的私有财产，比如生命。

看着邻居如丧考妣的哭相，我真想冲过去帮他们灭火。但我知道见义勇为在美国并不提倡，便按捺住冲动，在一边观察。

三名消防员前后忙了 5 分钟，高压水枪终于出水了，此时火势已经很大，大到让我返回家中，从二楼不停地接水浇淋面向火点的自家墙体。

消防员们对着墙喷了 20 分钟，然后收起水枪，其中的一个胖子对着印度裔的邻居说："I' m so sorry. We can do what we can do." 大致意思是我们已经尽力了，车厢里带的水也用完了，说着两只手一摊，就像摊了一张饼，留下印度裔邻居一脸惊愕的表情扬长而去。

这让我不可思议，于是更加想念在国内的战友们，想念我们奋不顾身抢救人民生命财产时视死如归的峥嵘岁月。

那种内心的坦然，就像工蜂面对危险保护蜂巢一样。

此刻，我感觉我的心理问题被彻底解决了。

这边所谓的民主、自由全都是扯淡，让我深感心里没底。

我不是红色通缉犯，也不是携款潜逃的腐败分子。

我只是一个逃兵，想尽办法想逃出来。

我真的逃出来了吗？

有个故事，说新中国成立前，日本轰炸重庆，有个商人看到城里人逃往乡下，乡下人逃往城里。

于是，他去问一位高僧，该往哪里逃安全。

僧人说，乡下可以逃，城里也可以逃，在劫难逃。

所以，我决定不再逃避。

我从来没有过想去美国的打算，可是，我的新婚妻子唐丽申请了斯坦福大学心理学博士学位，需要我去陪读，或许，她也是想帮我逃。

逃得出天地，却逃不出这内心的挣扎与折磨。

心理学是个整天琢磨人的事，不是大家天生都会吗？还需要读到博士吗？直到我第一次遇见唐丽，我才发现，我的想法简陋得就像杜甫的草堂。

第一次和唐丽见面时，她的旁边就坐着一个精神分裂症患者，患者说每天都有许多人趴在他耳朵上没完没了地叫喊，这让他很狂躁。

第二次来唐丽这里，遇到一个应激创伤综合症患者前来求医，他是一名刑警，一个很阳光帅气的小伙子，他和战友去执行一起抓捕任务，战友身中7刀，在120救护车赶来之前，战友躺在他的怀里不停咯血，直至断气也没留下一句遗言。

也许，你会问，这又不是自己的亲属，有什么过不去的心结还要跑来看心理医生？

当一个人处在那个集体环境中，会受到集体观念强大的虹吸作用，融入这个集体，集体里面的每一个人都是出生入死的战友，潜意识也变成自己意识的一部分。当某一天一个鲜活的生命在你眼前消失，那种感觉很刺激，刺激到真的需要心理医生及时介入疏导。

对于唐丽的美国陪读建议，我内心并不想去，我喜欢这份消防员工作，更享受"赴汤蹈火，竭诚为民"的过程，唐丽很聪明，她通过心理学一个小小的技巧就迫使我就范了，她说："要么陪读，要么分手。"

北美洲的温度还算宜人，此时的海康市天气正是一年中最炎热的时候，我不顾唐丽的劝阻，毅然买了飞往祖国的机票，我知道那里有我的战友们在等待着我的归来。

大队长许文杰，中队长荣志海，指导员邵飞，战友纪峰、鲍坤、庄磊、马志国、董小勇、岳明、陈可……甚至我一向反感的政治部主任曹加宽，现在想起来都那么和蔼可亲。

纪峰总是一副吊儿郎当的样子，脑子里却装满了智慧。鲍坤是个典型的富二代，一来消防队就嫌弃这嫌弃那，这破饭怎么吃啊，那破床怎么睡啊，戴着一块30万的劳力士手表参加体能训练，被我们的中队长荣志海当场训斥了一顿："格老子！这里不养少爷呦，把你的混蛋手表摘下，滚回去好好训练撒！"

庄磊给人的感觉是憨厚老实，他来到消防队每天都像打了鸡血，表现的全是新奇兴奋，却又时刻压抑这种兴奋，生怕别人知道他少见多怪。

唐丽的多次劝说和阻止终于升级成了我们之间的大吵一架，之后，我翻出了护照，决定要回去看望我的战友们。

　　我要归队！是时候该启程了！

　　我和战友们相约的日子快要临近，7月21日，这是我们相约的日子，我们相约在龙山消防特勤中队，24小时之后，我们就会相见。

　　早晨七点，旧金山机场里人头攒动，英文广播正在提示着旅客登机："Ladies and Gentlemen, may I have your attention please? Flight 9760 to BeiJing is now boarding. Would you please have your belongings and boarding pass ready, and board the aircraft through gate No. 2..."坐在候机厅里，我盯着唯一的行李双肩包发愣时，思绪已经被急切的归心占据。

　　这个时间，纪峰、鲍坤、庄磊他们应该早已吃过晚饭，投入平安夏季火灾防范攻坚战的工作当中，执行着24小时的战备值班。我和他们三个同年入伍，在入伍不久后的一场灭火战斗中，纪峰、鲍坤、庄磊就展示出他们的杰出天赋和处突能力，也因此获得了叫起来响当当的称号，以至于以后，大家更多地都称呼他们为猴子、邮差、坦克。

　　在消防队里能拥有这样的绰号，是一种实力的体现。那时候，我们入伍海康市消防支队的时间刚刚过去3个月，衣正轻、马正肥，和许多年轻的小伙子们一样，对未来充满着希望和憧憬。

第一章
护身符分两道

一

海河和康江像是两条急于化龙同升的腾蛟夫妻，绕过龙山山脉，在入海口前做了最后一次人间深情拥抱，把海康这片肥沃的平原深情地拥入怀中，留下了500年来未有洪水发生的福泽之地。在福泽保护下的海康人民，为了纪念这两条化龙而去的夫妻，于是在每年农历二月二，都要举办一场为期7天的盛大庙会，庙会的地点就坐落在海康市龙山区三清观门口的观前街。

2016年2月的庙会和往年一样热闹非凡。

观前街前的广场人山人海，一大两小的三个观门前也摆起了长长的"人龙"，把原本就不宽敞的观门堵得水泄不通，善男信女们鲜衣锦带互相簇拥着前往道观，以极其虔诚的态度祈求着新的一年安康幸福。

观里的道士为了增加节日的喜气，在道场内设坛画符，塞入特制的香囊，再配以金丝挂绳，名曰护身符，送给祈福的人们，同时嘴上喊着："建功立德，祈福平安，无量天尊！"人们虔诚地接到护身符后把崭新的钞票投入功德箱中，10元、100元面值不等，不多时便塞满了整个功德箱。

在宗教的认知里，护身符似乎是佛教的产物，可现在一切都在改变，道观前也摆起了庙会，这一切只因为四个字——市场需求。

不知哪位热心群众对这市场需求有所不解，便打了个投诉电话，引来了龙山区文旅执法大队的几名执法人员，他们到来之后，似乎和排队进香的群众发生了争执，一阵争吵声惊动了正在院内执勤的三名消防战士。

为首的消防战士肩上插着手用电台，身高一米八左右，身材消瘦，眼睛不大却炯炯有神，配上两条卧蚕眉毛，显得格外精神，年龄20多岁，要比跟在身后的两名战士大些。身后的两名战士一高一矮，矮的有一米七五左右，身材矮胖敦实，大嘴、大眼、方下巴，走起路来透露着一股虎里虎气的憨厚老实；另一个身高大概过了一米八，脸膛儿英俊，眉宇间透露出一股天生傲气，给人感觉孤傲高冷，橄榄绿的武警制服穿在他身上尽显时尚大方，若不是大檐帽上闪闪发光的国徽提醒，还以为是模特在打卡走秀。

三人走上前去正要劝阻，一个戴着眼镜的光头中年油腻男子扒拉出人群，手嘴并用、张牙舞爪，大概意思是说文旅执法大队吃饱了没事做多管闲事，求个护身符保佑平安也违法了吗？

文旅执法大队工作人员耐着性子解释：设坛画符不属于传统文化范畴，庙会也不能作为宣传迷信的依据和阵地。

光头男子扬了扬手中刚画好的护身符："那我问你，庙会的庙是不是也是封建迷信？你把它取消了吧。你只要取消庙会，我就把护身符撕了。"

执法人员一时语塞："这位同志，请你不要抬杠。"

光头男子："抬杠的是你们，连这都管，你们有执法证吗？把你们的执法证拿出来看看有没有执法权，大家说是不是？"

人群一阵嘘声，使一男两女执法队员窘迫不已。为首的消防战士肩上插着电台上前劝说光头男："这位大哥，理解一下，他们职责所在，开坛画符确实不对，连道士都收摊了，咱们就别在下面发动群众了。"

光头男白眼一翻，阴阳怪气地说："消防战士！好好执行你的救火任务，这事不归你管，装什么蒜！"

为首的消防战士对光头男依旧面色平和正要进一步劝说，突然肩上电台响起："各备勤组请注意,龙山区观前步行街商贸城发生火情,请各备勤组火速前往支援。"

听到电台呼出的指令,为首的战士立即转身招呼:"庄磊、鲍坤,立即行动。"

三名消防战士以百米冲刺的速度向道观外的消防车奔去,此时消防车上其他四名消防战士已经将车发动,等这三名消防战士跳上车,一路拉着警报开向火情地点,留下一脸错愕的群众纷纷驻足、翘首张望。

观前商贸城是一个五层砖混结构的老建筑,建筑虽老却历久弥新,早已作为龙山区的著名地标成为人们的打卡圣地,此时,它却正在遭受磨难。

在火势的催动下,爱看热闹不嫌事大的人们纷纷高举手机把周围各个关键路口要道围成里三层外三层,凭空给救火行动增加了不必要的困难,在这些人的眼里,拍发视频似乎要比尽一份让路的公德心更有意义。现场交警、民警正在紧张地疏散人群,尽量为救援多抢出一点宝贵时间。

龙山消防大队的大队长许文杰站在大楼底下紧张有序地发令施号,做救援部署。古铜色的面孔冷峻威严,给人一种杀伐果断的形象,他把全大队四个中队(大队本部没有救援力量,都在中队)的水罐消防车、泡沫消防车、远程供水消防车、云梯登高消防车等全部家当共计20辆重型消防车全部调了过来,准备在起火初期一举将火魔降伏。

二

观前商贸城着火点在三层,三层为服装区,里面各类男装女装,就像堂口一样密密麻麻,极易造成火烧连营的场面。

在纷乱嘈杂的指挥现场,大队长许文杰掌握到两个消息,一个好消息和一个坏消息:好消息是三层以下人员全部疏散完毕;坏消息是三层火势蔓延到四楼封住了疏散通道,造成四楼服装区顾客被困住50多人,其中有老人、小孩、妇女。这些人都聚集在五层仅有的两个窗户边向下呼救。通往天台的门也被牢牢锁住，没有称手的工具，一时半会儿破不开，由于火势已经起来，五层的两个窗户，已经冒出滚滚浓烟，呛得窗户边被困人员难以支撑。当市局指挥中心询问要不要支援的时候，许文杰立即回答："报告支队长，情况紧急，请求支援！"

浓烟已经随着炙烤的热浪往楼上翻涌。

"大家先蹲下，不要慌，下面有氧气！我们马上攻过去解救你们！"

在许文杰扩音广播的安抚下，楼上已经沉不住气的被困群众，一时间保持住了镇定，甚至有一名被困群众从窗户探出头来安慰救援队伍："放心吧，我们好着呢，你们注意安全！"

被困群众传递给消防队伍的信任，甚至比火警命令更有压力，这反而让许文杰的脸色在焦急的神情下愈加黑亮。

"01，04，06，07小组注意，强攻进入三楼压制火情；03，05小组，冲上五楼窗户救人；02小组打开大楼消防泵、喷淋泵。"

当02小组战士们冲进泵房后，震惊地发现地下消防水池根本没有存水。

按照规定，消防水池的存水量至少达到200吨才能满足应急灭火要求。这个规定是从历史经验教训中得来的。正常情况下，任何火灾在200吨水扑下去之后基本就能浇灭，就算浇不灭，也能支撑30分钟的用水量来控制火情，这就为后续灭火和从市政管网水路取水提供了充裕的时间。

现在消防水池没有水，意味着火势无法及时有效地得到控制，考虑到消防车自带水源不足，02组的马志国和岳明赶紧现场找市政管网接水，这一下就耽误了不少救援时间。

有句俗话叫救人如救火，人有三急也赶不上救火最急。

许文杰听完02组的汇报头都大了，焦急中肩上电台传来市消防支队长雷若平的声音："龙山，你听好了！最近一批次消防支援，将于10分钟内赶到，云梯车 8 分钟赶到，这段时间一定要顶住，不惜一切代价先抢救被困人员！"

"龙山明白！保证完成任务！"

消防车喷出的泡沫水已经浸湿许文杰的鞋底，被高温炙烤的外墙墙皮不断脱落，白色指挥帽下，许文杰的脸色由铜黑转为铁青，作为 40 岁的消防大队长，已经在消防战线奋战了 22 年，他深知火场内每一分每一秒都可能出现不可控的人员和财产损失，现在最紧急的任务是如何把五楼窗户处 50 多名群众安全救出火场。

"四中队，分两组拿挂梯逃生索爬楼，特勤组架设云梯。"

许文杰用电台正在下达命令，感觉身边一道人影扛着挂梯飞奔到楼下，沿着一楼窗户挂梯而上，没等大家反应过来便一气呵成登上五楼翻窗而入，宛如灵猿攀岩，目测耗时 10 秒左右。

这名挂梯而上的战士，正是在三清观那个为首的消防战士，劝说光头男不要阻碍文旅执法的纪峰。

纪峰翻窗入室，来不及听被困群众的掌声，迅速环顾四周，麻利地找到固定点，拿起随身携带的逃生索拴好，对着大家喊道："我只带了 20 个降落扣，老人、孩子先过来。"

说着一手抄起一个身边 3 岁的小女孩，一手翻窗利用逃生索快速降落到地上，给大家做了一个逃生示范。降到地面，猴子马不停蹄地利用逃生索再次向上攀爬，这一套动作下来极耗体力，救人当下，能多救一个是一个，他显然已经顾不得那么多。

在纪峰刚刚爬到四楼的同时，和他同组的消防战士鲍坤，在未经下达命令的情况下，早已拉着充气垫冲刺到楼下降落地点，接通充气阀把充气垫充气到 1.5 米的厚度，这个厚度足以使人体在 20 米以内自由落体而能保命。1.5 米的气垫正好接住一个滑到三楼体力不支跌落的妇女，在一片惊呼声中，女子从气垫里爬出来劫后余生般大喊："我没事！我没事！"

20 名群众依托逃生索鱼贯而下，剩下 10 多名老人、妇女，因体力和年龄原因无法依托逃生索逃生依旧被困。

"这名战士叫什么名字？"许文杰欣慰地问身边的高参谋。

"四中队新入伍战士纪峰。"

"刚入伍不到三个月怎么会有如此身法？"

"等救完火我去找荣志海问清楚。"

"我正打算筹备特勤中队，回头把这名战士档案资料拿给我！"

这时警戒线外一阵骚乱，刚刚因为护身符和文旅执法大队争吵的光头中年男子，带着哭腔强闯警戒线："求求你们赶快救救我的老婆孩子！她们俩还被困在商贸城五楼！"

在民警将男子劝离现场时，他脖子上的护身符挂件在阳光反射下显得格外刺眼。

冲进楼内灭火的二中队和三中队进展并不顺利，通往三楼的楼梯通道已经被大火封死，楼梯两侧堆积的货物已经全部燃烧，要冲破大火封锁，需要两条水枪同时开路才能压制火焰，说准确点压制很牵强，只能把火焰中心温度降至 600 余摄氏度，这样，消防队员的防火服就能支撑 20 秒的时间，20 秒短跑运动员能跑 200 米，对于消防队员来说，却是生与死的考验，20 秒就能冲过去和被困群众会合，冲不过去就会倒下。

消防战士手上的水枪压力已经达到极限值 4 兆帕，这相当于两个人举着 200 斤的重量在前进，本来由两个人掌控的水管宛如苏醒的蟒蛇，在高压下左右摇摆，愈加难以驾驭。

就在这个节骨眼儿上，意外却出现了。

在上攻时，两名消防战士由于长时间掌控高压水枪过于疲劳，被脚下杂物绊倒时没有抓稳水枪，造成水枪突然失控掉在地上抽打起了鞭子，扫倒了另外两名水枪手。随着两条压制水柱瞬间失控，火势又突然暴起，温度也随即升高，刚蹈火前进的队员们防火服上的高温报警器发出一片刺耳的警报声。他们将直面超出600摄氏度，甚至上千摄氏度的高温，在这种高温下，冲锋队不但救不了人，自身都将难保。大队长许文杰正在二楼抵近指挥，眼看着十几号人瞬间被火海淹没，手下已经无兵可用，他正要跑过去抄起水枪，只见身边一道人影火速蹿出，定睛一看是四中队消防员庄磊及时赶到，庄磊发一声喊，气势丝毫不输举重冠军占旭刚，左手拿住地上胡乱拍打的水枪，夹在左胳肢窝内；右手捡起另一条掉落的水枪，夹在右胳肢窝，两条水枪在庄磊的挟持下像两条温顺的水龙，喷出两道生命水柱，硬生生在火焰中劈开一道安全水路，其他十几名队员乘势冲过烈焰，安全抵达三楼。

三

从受伤倒在地上的战士们视角看去，庄磊就像消防坦克一样平推了过去。

十几名消防员在坦克的掩护下顺利冲过火门的封锁，终于和受困群众会合，成功将剩下的十几名老弱病残通过逃生索缓降滑轮，安全送达地面。同时，各区县支援单位也迅速抵达，带队的支队长雷若平，大手一挥，6支齐装满员的消防队伍，连同30多台各类消防车，一下子全压了过去。

广场前凝固的消防水洼里倒映着支离破碎的天空，火情扑灭后的现场一如静静的顿河，只有劫后余生的人们才能体会到生命的可贵。广场前那个中年男人光秃的头顶泛着油光，仿佛被灾难之火燎去了所有伪装。他佝偻的脊背在妻女的啜泣声中剧烈震颤。纪峰抹去面罩上的炭痕，指节处新结的血痂在火光中宛如朱砂痣；庄磊的呼吸阀还在规律地喷吐白雾，他弯腰时防护服撕裂的破口露出里层焦黄的隔热棉，像战士铠甲下的旧伤；鲍坤的靴底粘着尚未冷却的沥青，每步都扯出细长的银丝。三人分别对视了一下，会心一笑，转身再次进入火场，查找可能存在的遗漏点。

观前商贸城火灾用时一个小时被扑灭。我作为现场的见证人和参与者，第一次震撼地见证了沧海横流显出英雄本色模样。纪峰像灵猿一样的身法，庄磊势大力沉的单手持压水枪开路，还有鲍坤每一个救援动作总是那么及时有效，需要水炮降温的命令还没下，鲍坤就料敌机先地把水炮上好，充气垫也提前做了准备，挽救了一条人命，说他是邮差准时赶点，确实当之无愧。

在震撼之余，不可否认的是我的失落感，我为什么就不能像他们三人那样，在面对紧急情况时有自己的判断和主观能动性，把握住战机，大显身手？我可是和他们同时入伍的，我的后知后觉是什么造成的？思想？意识？还是其他？

观前商贸城火灾经济上损失惨重，不过由于救人及时，该场大火除了一名群众摔成轻伤，无人员死亡，这已经算是奇迹。四中队的消防战士纪峰、庄磊、鲍坤现场表现突出，不但收获了表扬，还收获了属于自己响当当的绰号，分别被冠以"猴子""坦克""邮差"称呼。猴子（纪峰）——突出挂梯攀爬能力。坦克（庄磊）——在烈火中手持双枪开道的震撼。邮差（鲍坤）——奔跑速度快，反应及时、准时，及时挽救一名逃生索跌落群众。

这是纪峰、鲍坤、庄磊和我加入消防以来第一次参加灭火行动，他们三人抓住了战机，行动结果就连他们自己也相当满意，那段时间，在我们八人间的宿舍，大家晚上10点熄灯前都会讨论救火过程展现出来的无畏精神，我想那应该是消防员救人的勇气战胜了火魔带来的恐惧，这是真正成长为消防员的必过之关，而我只是按部就班的跟随命令执行，心里总感觉空落落的。

四

鉴于纪峰、鲍坤和庄磊三人的突出表现，龙山消防大队决定给他们报功，这本是一件顺理成章的事，可是报功申请递交上去一个月了，音讯倒是来了，不过不是立功的，而是受处分的消息，中队长荣志海是个急性子，接到信就去了大队部，才知道这档子事被支队政治部主任曹加宽拦了下来。

荣志海在海康市消防系统是个老资历，老家四川，平时喜欢吃辣椒，在中队长位置上干了 11 年，还差一年就到了届满极限。

许文杰赶紧给老荣说："你别着急，我下午去曹主任那里打听打听怎么回事。"

市消防支队位于衡山路 8 号，许文杰说来就来，在政治部主任办公室里，曹加宽背着手满脸怒气地来回踱了两步，然后转身向坐在沙发上的许文杰说："不听火场命令，擅自行动，这个口子一开，以后你这支纪律部队还怎么带，必须得给处分！"

许文杰呵呵一笑："曹主任，您消消气，就算不能评功，那咱也不能给处分不是？"

这时，支队长雷若平满脸红光地走了进来："文杰，听说你们大队来了几个火场不听命令、擅自行动的兵。"

许文杰马上起身，给雷若平递上一支烟："支队长，我正为这事而来，希望支队法外开恩啊。"

雷若平哈哈一笑："你小子是来求情的吧，兵是好兵，不过曹主任的意见也很重要，擅自行动可不能提倡。"

许文杰眨了眨眼睛说："明白，明白。"

猴子、坦克、邮差三人虽然均在火场中表现突出，但只有坦克受到嘉奖，猴子、邮差因为不听命令安排，擅自行动，功过相抵，这是许文杰能争取的最好的结果。

许文杰回到龙山大队办公室，沉思片刻，拿起电话打给四中队中队长荣志海，电话里，他告诉荣志海报功申请被退回的事，给战士们解释一下，既要讲清楚原因，又不能打击战士们的积极性。

荣志海挂上电话，来到三楼的战士宿舍，刚到203门口，透过未掩实的门缝，看到猴子背对着门，对着战士们侃侃而谈："说时迟，那时快，我一个飞扑挂上挂梯，施展八步赶蝉的轻功，就上去了五楼……"

荣志海在门口站立了一会儿，在战士们发现他之前又返回了办公室。

后来我才知道，荣队长说他听到我们在一起侃大山的情景，让他想起了和大队长许文杰一同参加消防队新兵训练时的情景，在我们的身上，他看到了自己当年的影子。有很多事是不用解释的，向时间倾诉，让时间告诉自己答案，接受起来会更加从容。

刚过35岁的荣志海，被时间捯饬得像40多岁。他和许文杰同年来到海康市消防支队，一番左右腾挪，许文杰现在是大队长正营职，他还是中队长正连职。虽说荣队已经把功名利禄看淡了，但当触景生情的时候难免也回想起自己的人生际遇颠簸不可预料。荣志海不是不想进步，主要是他平时有个习惯，爱提意见，当战士的时候，向中队长提意见，如何如何带队伍，如何如何改进技战术；好不容易当了中队长，就向大队长提意见，当时的大队长正是曹加宽。

以前消防战士出警和训练不走楼梯，都是从滑杆滑下。所谓滑杆，就是一根光滑的钢柱，立在楼里，从一楼车库直通二楼，有的还直通到三楼，出警铃声一响，战士们穿戴整齐后，分别从二楼三楼的滑杆滑下来，这么做，主要是为了节省出警救人的时间。

同样，溜杆下楼也有隐患，如果是半夜出警，人困马乏的时候，手掌无力，容易抓脱手坠楼。当时整个消防部队都是这么训练，也没有人提意见，荣志海一来就跑到曹加宽那儿开启了提意见模式："曹大，四中队建设用房的滑杆出警能不能改进一下。"

曹加宽就问荣志海:"你想怎么改进?"

荣志海诚恳地说:"我想把它取消,改成由楼梯跑下来出警,这样,虽说慢了两到三秒,在其他环节抢点时间倒也能弥补过来。"

曹加宽有点不悦:"取消?好好的为什么要取消?这可是规定建设。"

荣志海辩解说:"你看咱们的滑杆,二楼到一楼是 5 米的高度,加上三楼一共是 8.5 米,看着就吓人,战士们出警,尤其是半夜,爬起来就跑,手掌又没有气力,万一抓不稳,掉下来怎么办?"

曹加宽说:"整个总队乃至全国都是这个模式,寓练于平时,这个举措一直没人提意见,怎么到了你这就有隐患了。你是不是有恐高症?"

荣志海碰了一鼻子灰,正好当月省消防总队领导来龙山大队考核战备工作。

这次考核对曹加宽来说很重要,总队党委当时已经把曹加宽列为考察对象,打算提拔重用,说白了就是考察曹加宽的队伍建设水平。

曹加宽提前知道了消息,左思右想还是把出警演练项目选在了四中队。一是荣志海带队伍他信得过,二是四中队在荣志海的带领下,业务水平确实突出于其他中队。为此,曹加宽还专门把荣志海叫过来详细交代一番,荣志海当时拍着胸脯说:"保证顺利完成任务!"

然而,意外就这么发生了。

考核组在考核战士接警响应环节时,当场从二楼滑杆摔下来一名消防战士,摔成盆骨骨折,演练现场变成了抢救现场,演练自然搞砸了,曹大队长因此被总队领导当场训斥一顿,闹得灰头土脸,提拔的事不但搅黄了,还背了一个处分。

这下荣志海算是黄泥掉进裤裆里,不是屎也是屎了。

领导一走,俩人就吵了一架,曹加宽说荣志海故意使坏,摆了自己一道，荣志海反驳说自己早就建议取消这个出警方式，你偏偏不听，早晚要出事。曹加宽一听更来气，说我没采纳你的意见，你就给我来这一手。从此俩人算是心里存了疙瘩。

后来曹加宽调到了支队当政治部主任，荣志海就接着向新提拔的大队长许文杰提意见。

一开始许文杰还耐着性子听，时不时还会邀请荣志海到自己办公室商量着办，到了最后，干脆说："老荣，你的意见观点都很好，可我就是个大队长，每一项改革都要往上申请审核才行，你让我们联合当地政府搞起来夜间火情巡逻，这本身是好事，可咱们就这些装备和人员，这大量的人力经费怎么出？"

以上种种因素，使荣志海在中队长岗位上原地踏步十年未获得提拔，这对任何人来说，本身就是一件郁闷的事，有可能影响工作的积极性，或者意志消沉，可对于荣队长来说，好像提不提拔一点都不重要，重要的是，他还是一如既往地干工作、提意见。

在这个斗转星移、事物快速更替的时代，有人千方百计赚钱，有人费尽心机求官，有人安于现状过小日子，这都是个人价值取向。从个体出发，有思想、有目标没有错，至少不像神经病，语言表达和肢体表达都不在线。还有一些人，就真像别人眼里的神经病了，一不为钱，二不为权，每天像个沉闷的铁匠一锤一锤地把铁器打好，关键时刻还能豁出去、冲上去，完全一副只有奉献不索回报的态度。如果仔细观察，这种人在每个单位都有，不过并不多，正是因为有了这种人的存在，这个社会才能处处有让人感动的地方。

在我的眼里，荣队长就是这种人。

那天早训结束，在操场上，荣志海把这个不能立功的情况说出来时，猴子、坦克、邮差纷纷释怀大笑，说："荣队长，不给我们处分就不错了，我们从来没有想过要立什么功。"

其中猴子说得更狠："荣队长，立功多就代表成绩大吗？你每次都出生入死，你获得过只奖片功吗？现在这个功还能成为评价一个人的载体吗？我们只要对得起良心、对得起国家就行，金杯银杯，不如老百姓的口碑。"

荣志海听完爽朗大笑，用四川人特有的习惯拍拍肚皮，然后看着猴子，像是失散多年的哥哥找到了弟弟，又拍着猴子的肩膀说："你这小子，觉悟比我还高，说的没毛病，就是那么回事。我们干工作做奉献，不是做给领导看的，是做给党和人民看的！"

第二章
冤家一见钟情

一

在心里，我并不仰慕当什么中队长、大队长，倒是猴子、邮差、坦克这些和我肩膀一般宽的战友们让我特别仰视，仰视来源于真实本领，每次和他们出火警的时候，我的心里都特别有底。

那时候我们鲜衣怒马，激情每天使不完，遇到火海险情就嗷嗷叫往上冲，这种有爱国为民奉献和荷尔蒙加持的激情豪迈，只有在灾难现场才能深切体会得到，像那些腰包鼓鼓的私人老板和自私的人是永远体会不到的，这或许就是英雄气概吧！

当然，我们也有英雄气短之时，比如当我们遇到儿女情长，我记得纪峰、鲍坤和庄磊率先遇到爱情，他们三人谁先遇到了爱情呢？我得好好想想。

机场的广播上又响起了中文提示："各位旅客，登机时间到了，请大家开始登机。"唐丽并没有来送我，她在我离开前一直用心理学做了最大挽留："我们在这世外桃源，沽酒当垆不美好吗？非得要回到那个喧嚣的'大工地'去。"

梁园虽好，终非久留之乡，况且这里也不是梁园，这是资产阶级的大本营。

　　说完我自嘲一笑，说："老婆你读这个博士真的很有必要，等你真正达到博士水平，就会支持我回去了。"

　　跟着人流，我上了飞机坐在26号靠窗沿的位置，坐在我旁边的是一个扎着两个麻花辫的姑娘，简单交谈后得知，她来自武汉，比我小五岁，来斯坦福留学，这次是回去度暑假。当我把她笨重的行李箱塞进行李架后，她开心地拿出一包加州原野，要和我一起分享这20个小时的长途旅行时光。

　　"哥！您在旧金山做什么？"尚未等我回答，她就抛出了答案："是读博士？出差？做生意？"

　　然后自顾自地笑了起来，露出两颗小虎牙，既调皮又开朗，像极了消防支队那个被我们称之为小魔女的薛灵。这时，我才想起来，龙山特勤四中队三班组首先遇到爱情的是"邮差"。

二

　　邮差的爱情源于一次图书馆邂逅。

　　在我们入伍刚满半年时，海康市消防支队按照总队把消和防做强、做精，寓消于防的文件要求，组织开展消防专业知识竞赛，旨在提升消防救援队伍专业知识水平和应急能力，尤其强调了针对新入伍一年以内的消防战士，要尽快提升消防专业知识素质。一时间龙山消防大队学习氛围浓厚，除了值班组和备勤组，其余官兵都抓紧利用业余时间开展消防专业知识的学习。

　　每天晚上10点半之前，每一间宿舍，每一间办公室，都能听到此类声音："常见四种火……一级火警响应时间是20秒，应当同时出动两个中队……消防车通道最大转矩……"不知道的还以为这里新开了一家夜校。

　　邮差平时是个安静腼腆的小伙子，并不像救火时的动若脱兔，鉴于中队自习室经常人满为患，他索性利用休息日跟荣队长请假，背着一包书一口气跑到 5 公里外的中山路上，市图书馆就在那里。

别人去图书馆学习，就是学习，邮差去图书馆，一手拿着书一手按图索骥检查图书馆内各类消防设施的配置是否齐全。

不可否认，许多人都是有职业病的，比如警察在大街上看谁都像嫌疑人。

木匠看见树就想着这棵树能片多少木板，打几套家具。

媒婆见到黄花闺女总是会合计着哪家小伙子可以门当户对。

消防员走到哪儿自然会先注意到消防设施是否完备。

市图书馆是个七层的建筑，藏书 50 多万册，属于消防安全重点单位。

邮差当消防兵没多久，在单位的学习氛围培养下也养成了职业病习惯，他每次来到图书馆，就先从地下室开始，拿着书一边对照一边念念有词，从消防水池、泵房开始一直走到三层阅览室，巡视四周，查看烟感报警器、每 3 平方米一个、消火栓间距、喷淋安装合规有序，再随机找一个安静角落的桌椅坐下感慨："就算防火处的资深处长拿着放大镜跑过来也挑不出什么毛病，这个图书馆的消防预算看来都花在了实处。"

《孙子兵法》有云："无恃其不来，恃吾有以待之；无恃其不攻，恃吾有所不可攻也。"消防也是这样，每次搞基建、斥巨资建消防设施就是这个道理，也许这些设备一辈子不用，一旦用上，就能保住建筑和人员安全。

拿高位水箱来说，一旦遇到火灾，耐温 68 摄氏度的喷淋头玻璃就会爆裂产生水流，水流带动喷淋系统的信号蝶阀，信号蝶阀启动压力开关，压力开关就是开水泵的开关，通过压力开关启动消防泵抽取消防水池的水灭火。高位水箱的水量能满足 5 分钟的灭火用水，时间正好保证启动消防水池 200 吨的存储水供给上来，200 吨可以用 30 分钟，如果 30 分钟都控制不了火情，建筑和被困建筑内的人就麻烦大了，所以说，火灾发生后 5 分钟是最佳逃生时间，而 30 分钟内是扑灭火灾的最佳时间。这是自救，当然 30

分钟内，就算遇到堵车，消防队也能赶过来了。

邮差遇到爱情是第三次去图书馆的时候。

那天倒休日，他早早来到市图书馆，坐在书桌边，结合着学到的消防专业知识正融会贯通，体会到精妙出处，邮差忍不住一转身站了起来，想走过去查看馆内的消防设施是否和规定有出入，胳膊肘不偏不倚正好碰翻了自己的水壶，水壶洒了一桌面的水，等邮差从错愕中反应过来，只见桌子对面，一个留着波波头的女生杏眼圆睁、柳眉倒竖地看着自己，表情像是遇见了一只绿头苍蝇。

邮差挤眉耷眼刚想道歉，对上眼时，突然感觉心头一颤，像是被电了一下，发呆地目睹这英气逼人的美女拿出纸巾、擦拭完被水浸湿的书本时，才愣头愣脑地连声说："对不起！对不起！"正要起身帮助波波头整理书籍，却瞥见波波头手中的书是《消防业务知识实务》，波波头丢下一个白眼，收拾东西转身到了对面书桌上背对着坐下，给了邮差一个后脑勺儿。

邮差悻悻坐下，埋着头像个做错事的小学生，满脑子都在回味波波头摄人心魂的白眼。

快到中午的时候，邮差接到队里电话，说要紧急拉动训练，赶快归队。

邮差赶紧收拾好书包，急匆匆下楼而去，皮鞋在水泥台阶上敲出急促的鼓点，转过三楼转角时，他猛地撞上一团温热的影子，只听"啊"的一声，邮差用余光瞥见一本深蓝封皮的书像受惊的白鸽般坠落。

"当心！"他踉跄着扶住墙，掌心被石灰墙面刮得生疼。弯腰捡书时，"消防实务"四个烫金大字刺进眼底，空气里忽然漫开若有似无的柑橘香。这个认知让他脊背发僵。他心知不妙，抬头看清来人，正是波波头。波波头一把夺过书本，又白了邮差一眼，鼻子冷哼一声，丢下一句"怎么哪里都有你！"飘然而去。

邮差顾不上去道歉，赶紧归队，回到单位见到我时，说的第一句话就是："我今天撞见了爱情，不过这爱情似乎和我无缘。"

三

2·12观前商贸城火灾调查仍在继续，消防支队防火处火调员薛灵已经把火灾调查报告撰写整理出来，她在起火原因分析上和省里来的专家组仍有意见分歧。

专家组拿出的观点是人为纵火，否则火势不可能在极短时间形成规模。

薛灵的观点是三楼起火点是服装专区后台违规使用电炉加热，造成短路点燃大量衣物，这些衣物是化纤成分，且靠近通道，而工作人员正好上厕所，着火之初无人在场，人们发现起火后，造成恐慌性逃离，耽误了最佳灭火时间，又加上是化纤易燃品才造成短时间内轰燃。为了证明她的推论，薛灵决定再次进入火场提取无助燃物的证据。

薛灵驱车来到龙山消防大队，此时已经过了午饭饭点，许文杰说："薛参谋来了哪能饿着干工作，我这就给你安排饭。"厨师老崔做好了两菜一汤和一碗米饭，刚想从食堂端上四楼，这时门卫通知送菜的来了，老崔看到刚吃完饭的邮差正准备离开，便叫住邮差："帮个忙、帮个忙，把饭送到大队长办公室。"

邮差端着饭菜敲开大队长许文杰的门，刚想说大队长饭准备好了，就瞬间被茶几后坐着的人惊呆了，那一身橄榄绿像是用刀裁出来的，利落地裹着截儿细腰。波波头在玻璃窗漏进的阳光里泛着青黛色，让他想起老家屋檐下垂着的冰凌。

"许大，饭……"他舌头突然打了结。饭盒外沿凝着的水珠正顺着指缝往下爬，像极了上次在训练场被水枪冲得睁不开眼时的狼狈。

许文杰把烟灰弹进烟灰缸："怎么，我们小鲍同志见着女同志就不会喘气了?"缸底还沉着半张泡烂的扑克牌，红桃Q的脸糊成一团暧昧的红。

沙发上端坐的波波头似乎也注意到了邮差，刚想张嘴说话，邮差赶紧接话："不，不认识！"随着一身凉意从后背发出，慌忙把饭放在茶几上退了出去，在门外长呼一口气才急匆匆下楼而去。

许文杰等薛灵吃完工作餐，便抓起电话通知值班室派两名战士配合薛灵走访火灾现场，却被薛灵拦了下来，说："许大！刚刚那名战士看起来憨厚踏实，就让他跟我一起去吧！"

许文杰一摊手："妹妹看人的眼光不比火调精准呀，这可是个少爷兵，我给你派一名机灵点的战士吧！"

薛灵每次笑的时候都会露出右边的一颗虎牙，说："少爷兵怎么了，怕是没闻过真火场的味儿，灰烬里能扒拉出三年前的保险单，也能炼出真金，来到消防队都得浴火重生塑造成合格的消防兵！"

许文杰哈哈大笑："都说妹妹有手腕，像个铁娘子，果然名不虚传，就听你的。"随手抓起电话，"让四中队鲍坤来我办公室报到。"

四

薛灵带着邮差和猴子到达观前商贸城火灾现场时已经是下午 2 点。着过火的地方一片狼藉。按照要求在火调结果未做出之前，现场要保持原样，不能开展清扫工作，防止破坏现场。

薛灵摸索着找到了上次标注的着火点，脸色就变得凶巴巴的："喂！你们俩！把这 10 平方米范围内的灰烬用塑料袋装 5 公斤，记住，不要装少了。"

猴子问薛灵："领导！你带扫帚了吗？"

薛灵："咦！你倒反应得比猴子还快！我带扫帚还用你俩来配合吗？用手装！"

猴子撇了撇嘴，默不作声，邮差见状，赶紧打圆场："报告薛参谋，他的绰号就叫猴子，我们听您的，用手装！"

薛灵背着双手一边看着两人蹲在地上撅着屁股用手拢灰一边说："记

住，我要的是靠近地板底层的灰烬，不是上面的灰烬。"

猴子有点不耐烦："你要这灰烬也没用，已经过去 10 多天了，灰烬中并不能分析出助燃剂的成分！"

薛灵柳叶眉一竖："喂！新兵蛋子！看来你还懂得不少，去把那个烧剩下的衣柜取一块样品装起来。"

猴子抬头刚想反驳，看见邮差给他眨巴眼，索性压着性子来到衣柜旁，拿起钳子掰衣柜板取样，不多时满脸抹得像个烧炭工，邮差比猴子更勤快，早就撅着屁股给猴子打下手，猴子取一块样品，他就打包好一块。

过了一个小时，猴子和邮差满脸尘土，像是掏炭回来的工人，当他们俩把样品打好包搬到薛灵面前，正打算长出一口气时，薛灵看都不看劳动成果，满脸挑剔地走到一个角落，把手一指："再把这 20 平方米内的灰烬取 5 公斤，装进袋子里。"

猴子和邮差同时抬起头看着薛灵，眼睛睁得像铜铃，简直不敢相信自己的耳朵。

薛灵又重复了一遍："不好好完成任务的话，想不想让许大给你们俩'加餐'？"

猴子和邮差虽然是新兵，却很明白加餐的意思，在消防队里，加餐就是再跑五公里障碍越野。

俩人把头摇得像拨浪鼓，同时手脚也没闲着，异口同声说："我们马上就干，马上就干。"

等晚上猴子和邮差回到大队宿舍，我们都差点没认出来，马志国看了看他们俩说："你们俩干吗去了，怎么像刚刚从矿井里出来似的！"

猴子没好气地说："去去去，这儿没你的事。"看到邮差拿着脸盆正要出去洗漱，伸手拦住了邮差，"在现场的时候，你老是给我使眼色是啥意思？"

邮差说："没啥意思，就是希望你免遭点罪。"

猴子眨了眨眼睛："你们之前认识？"

邮差叹了口气："何止认识，简直还对上了招。"

猴子气愤地说："所以，她今天放了大招治你，把我也连累了，是不是？"

邮差依旧挤眉弄眼："我也不知道这个薛参谋是个睚眦必报的女魔头。"

猴子干咳了一声，皮笑肉不笑："我看她浓眉大眼，干练精致，自带一股英气，不是很漂亮嘛！"

邮差："难道你有想法？"

猴子冷哼一声："我没有想法，倒是有个人有想法。"

邮差有点紧张地问："这个人是谁？"

猴子眨了眨眼："这个人就是把想法都写在脸上的家伙。"

邮差前几天在图书馆遇见的波波头，就是市消防支队防火处号称冰鉴的火调员薛灵。许文杰叫上邮差配合薛灵现场勘察时，邮差之所以拉上猴子陪同，在邮差看来，猴子是个有点子的人，把点子多的人拉上就能想出更多点子，点子多了就能壮胆。

这就好比上中学时的早恋萌芽，第一次去女同学家，非得拉上自己的死党做伴，若是没有伙伴，打死也不敢敲开女同学家的大门，就算有伙伴，自己也不敢敲门，偏偏让死党背这个锅。

这次配合火调工作，猴子对薛灵的印象是没事找事，所谓冤有头债有主，薛灵本想对着邮差输出情绪，邮差比较鸡贼，对猴子信息单方面透明算是把猴子坑了一把，猴子和薛灵从拌嘴开始到争吵结束，双方不欢而散，猴子可能还不知道，防火处的人岂是好得罪的。

第三章
百伤烦扰报国心

一

随着龙山区工厂越建越多，按照消防工作部署，猴子、坦克、邮差所在的四中队整建制改成消防特勤中队，搬到了开发区内办公。

中队长还是荣志海，这和他"拼命三郎"式的工作热情有关，因为救人救火，右膝盖半月板断裂一次、右掌骨断裂两次、左小腿骨摔断一次、十个手指头曾经骨折五个。就这么个整法，别说有血有肉的正常人，就是机器人距离报废处理也不远了。

按理说，荣志海职业生涯是一路猛打猛冲，完全不顾个人安危，左胸口挂的功勋章都能把脊椎坠弯，可偏偏荣队长在龙山消防大队一干11年，不但没有功，就连安慰奖的嘉奖也只拿过一次，和他同届的许文杰早已在大队长正营岗位上干了3年，他还是个中队长正连职。

消防队的功奖全凭赴汤蹈火拿命拼出来的，所以消防队常常流传一段话：三等功站着领，二等功躺着领，一等功家人领。

荣志海在消防队简直是个特例，什么功也没立，伤残证倒是赚了一个，把全身搞得全是伤疤，手上三处、背上一处、胳膊上两处、左右大腿各一处，每次救火回来冲澡，在浴室把衣服一脱就像个烂梨子。

荣志海对自己"烂蛋梨"的身躯早就习惯了，而他的中队，不管来的、走的、退伍的、提干的，11年来个个却都毫发无伤，这在充满危险的消防队是很不容易达到的，以至于大家都私下传说，荣队长脖子上那个护身符挂件，是他母亲专门在峨眉山给他请愿请回来的，当然也有新战士提出不同意见，既然是护身符，为什么荣队长自己受了那么多伤？这时候，老战士就会训斥该同志："新兵蛋子！荣队的护身符是他求来保佑我们的！他是为了自己吗？"

新战士扭着头不服气地问："荣队长这是图啥呢？"

老战士："等你特么的和队长出一次火警就明白了！"

每次出火警，荣队长都会把最危险的地方留给自己，把安全的后背留给我们。"我倒下了，你们再往前冲，我没倒下，都跟着我上。"这是荣队长经常在火场上说的话。

荣志海脖子上挂着的护身符也叫平安符，是一个金属心形挂件，护身符保大家平安的这个传说通过一茬一茬老兵流传下来，一直流传了十多年，猴子有次问荣志海："荣队，这真是你的护身符？"

荣志海的反应讳莫如深，用手指头对着嘴唇做个嘘声，以显示护身符天机不可泄露。

猴子问急了说："荣队，能不能借给我戴上两天？"荣志海平静地说："不同意，除非我哪天牺牲了，就送给你！"说得猴子连连"呸呸！"

我们的荣队长有很多习惯，其中之一是每天早晨出操解散时都会说上一句话："平安回来！"以至于大家私底下有样学样，互相打招呼都不说"早上好，吃了吗？"，只说"平安回来！"。

那天猴子和邮差在操场上刚刚互道"平安回来！"就看见薛灵从大门外迎面走来。

上次被薛灵使唤得差点不能平安回来的猴子和邮差，见到薛灵就感觉头大脚大手也大，想赶紧开溜，被眼尖的薛灵给喊住。

薛灵不到半月时间又来到龙山大队，这可不是找猴子邮差叙旧的，更不是请他们俩配合工作，而是专门来找碴儿的，理直气壮地找碴儿。

海康消防支队出了个新规定，内务条令的执行由机关干部包队检查，宿舍卫生、出操纪律自然也属于内务检查范畴，薛灵找到政治部主任曹加宽，说自己对龙山大队那边情况比较了解，龙山大队的内务检查由她来负责，曹加宽到底是搞政工的一把好手，听完贱兮兮地打量着薛灵，说："薛灵，你是不是看上龙山大队哪个小伙子了，需要我来牵个线吗？"

薛灵没好气地说："主任，您就少乱点鸳鸯谱了吧，上次给我介绍的卫健委的大博士，现在还给我打骚扰电话呢，我都想换号了。"

曹加宽皱了皱眉头："那个美国留学的博士很靠谱啊！小妮子眼光可不能太高，要脚踏实地！"

薛灵哼了一声："是很靠谱，靠谱的都送我情趣内衣了！"

二

女人是不能得罪的，尤其是漂亮的女人。

薛灵按照支队的工作要求下去查内务，第一站就是四中队。

来之前，她首先打听到那两个新兵蛋子分到了荣志海的四中队，早上驱车到了龙山路搞了个突击检查，正好赶上四中队出火警刚回来。

刚回来的结果就是内务没搞，宿舍一片狼藉，要知道出火警为了节省时间提高效率，被子不叠都是小事，头洗到一半、胡子刮到一半、厕所上到一半就跑出去救火都是家常便饭。

猴子、邮差还有坦克、马志国等人被薛灵抓个正着。

对于以上情况，薛灵是理解的，所以薛灵的处罚措施充分体现了人文关怀和健康理念，她找来了荣志海，说一不扣分，二不考核成绩，让这几名战士每人做200个俯卧撑。

听得一旁的战士们像吞了苦胆，荣志海也没办法，只得下令照做，猴子和邮差一边做俯卧撑一边嘴也不闲着，交头接耳小声嘀咕："女魔头嫁不出去，找不到男朋友，一辈子打光棍！"

薛灵走到跟前，说："你俩在嘀咕什么？有没有纪律性？"然后一边手指着猴子和邮差一边对荣志海说，"这俩人每人加 100 个俯卧撑！"

这或许就是得罪女人的下场，尤其是美丽的女人，更为可怕的是这个女人是你的上司，麻烦就会自己找上门来，所以聪明的男人都知道八字箴言：取悦女人，远离麻烦。

老太太也是女人，自然也需要取悦。

市消防 119 指挥中心晚上 9 点接警：龙山区嘉园社区的一个 80 多岁的老太太晚上报警，说自己的孙子壮壮跑到树上下不来，要求消防队帮忙接下来。

这是猴子当代理班长后第一次带车组出警，车组成员有邮差、坦克、马志国还有我。猴子把车开上龙山大道就开启了飙车模式，想用最快的时间赶到，以防途中老太太的孙子出现跌落意外。

到达嘉园社区大门口时，远远看见一个拄着拐杖的老太太偻着腰等候多时，猴子跳下车快步上前问："老奶奶您孙子多大了，还这么顽皮？"

老太太拉着猴子的手不急不慢地说："都 3 岁了，特别不听话，转眼看不见就跑出去了。"

猴子几人面面相觑，心里说 3 岁就能爬树，这是神童吧！接着问："您孙子在哪棵树上？"

老太太指着院子中间一棵大榆树说："就在树梢上，怎么喊都不下来。"

我们几人顺着老太太的手指方向，借着手电筒的强光一看，惊得差点没站稳摔倒，原来老太太的孙子是一只猫龄 3 岁的波斯猫。

我们你看看我，我看看你，不知该怎么接老太太的话。"既然来了，那就抓吧！"猴子说完对着树上的猫开始劝导作业，我们也紧跟其后采取投食、恐吓、驱赶等方法，折腾了半个小时，这只波斯猫就像原产地的人一样有个性，怎么劝就是不下树，冷眼旁观着我们，还"喵喵"了几声，像是在向我们示威。

经过进一步的了解，老太太是一位空巢老人，老伴儿去世得早，儿子早就出国留学到美国定居，壮壮倒真是老太太孙子的名字，因为太过想念远在美国的孙子，就养了一只猫也起名叫壮壮。

看到我们一直在做无用功，老太太的情绪越来越急，一直在边上唉声叹气："壮壮都待在树上两个多小时了，再不下来，我怕它会饿着。"

猴子听完挠了挠头，对着我们说："这只猫估计是思春了，办法总比问题多，那就一起学猫叫，一起喵喵喵。"

一开始我们还学得有模有样，叫了半天，树上的猫居然连叫都不叫了，平静地看着我们，像是看到了外星人。

"思春的猫不是你那叫法，看我的！"随着不服气的马志国学起了猫叫，邮差、坦克和我在起了一身鸡皮疙瘩后，也不甘落后纷纷加入，就这样叫着叫着就叫走样了，由于天色已晚，社区的居民们在家里听起来可就不是那么回事了，这哪像猫叫，简直是一片鬼哭狼嚎之声，鉴于当时天黑又没有月亮，那一片的路灯也坏了，社区居民以为有不法之徒装神弄鬼，不知哪位热心群众拨打了 110 电话报警，说有一群疯子在小区里跳大神，吓得居民都不敢出门。

不多时，三辆警车到达现场，从车上下来的 8 名民警带着防暴盾牌和防暴叉呈现战斗姿态向我们逼近，正要开展行动，眼尖的带队队长说："慢着！"大家定眼一看，才发现是消防队的人，这时，猴子在坦克的搀扶下一瘸一拐地走过来，猴子下树时把脚崴了，队长看了看我们，表情哭笑不得，最后难为情地说："你们帮助群众这也太卖力气了吧！弄得自己都变成坏人了。"最后在民警的配合下，终于把猫哄下树交给老太太。猴子如释重负，高兴之余说漏了嘴："果然是同类，猫就是听警察的。"听得周围群众哈哈大笑。

队长转过头问猴子："你刚才说什么？"

猴子马上意识不妙："我说还是你们有办法。"

三

消防出警产生新的警情，属于大水冲了龙王庙，这件事不知怎么被支队知道了，政治部主任曹加宽专门到龙山大队开了一个出警纪律整顿大会。

主席台上，曹主任脸色严肃："为了服务群众学'鸡鸣狗盗'之辈，猫没赶下来，把社区群众吓得提心吊胆，最后还把警察招惹来了，有组织无纪律！一点也不注意消防队伍的形象。"

曹主任的一席话引来哄堂大笑，眼看着会议开到笑场，曹主任左右环顾了一下台下的我们，只得话锋一转："你们为人民群众服务的做法，精神可嘉，方式方法不可取，每人写一篇检讨……"

飞机此时已经爬升到平流层开启了巡航状态，脚下的太平洋似乎也对归来的游子展示了静如处子的温柔，20个小时的旅程让我有很多时间回想那以前的快乐。

消防队里有很多禁忌，比如，值班时，千万不要念叨"今天很平静，今天没啥警"之类的话，一旦说了，后果不堪设想。

那天在中队办公室里，荣志海队长让我帮他整理电脑桌前一年来的火警发生地点、原因，准备撰写辖区火情防控方案用，邮差路过队长办公室看见了我正在埋头奋笔，随口冒了一句："呦！今天挺闲的啊！"

此话一出，荣志海顿时就像泄了气的皮球，瘫坐在椅子上，刚想张嘴表达不满情绪，这时警报响起："工业园区凯美化工厂宿舍发生火灾，请四中队立即前往扑救。"

顿时，四中队院内警灯闪烁，消防车接踵摩肩开出大门，荣队长为了节省救援时间，果断下令抄近道康河路赶赴工业园区，刚拐进康河路，我们就看到一辆黑色私家车犹如《西游记》中的黑熊怪，四平八稳地停在路中间。

康河路以前没这么拥挤，不知谁开了一个头，在某个夏天摆起了路边烧烤摊，从那以后，此路充满了人间烟火，现在已经成为烧烤一条街，之前城管部门整顿了几次，效果也不理想，加之新上任的厉灼新市长十分关注民生，他认为人们自发形成的夜市、集市，具有城市管理的引导意义，并在全市力推生活圈工程，按照全市民生生活圈的规划点随着人群走的理念，把康河路顺势建成了美食一条街，率先安置了一批龙山区失业农民和拆迁户的创业、就业。用厉灼新的话说凡事都存在矛盾，我们要分清主要矛盾和次要矛盾。尽管这么做城市管理增加了难度，却换来了许多人的安居乐业，那我们就选择让许多人安居乐业。

城市管理的困境一到晚上就能体现得淋漓尽致，由于来吃夜宵的人越来越多，有些不守规矩的人，不愿把车停在300米远的停车场，却就近停在了路边，停在路中间。

听到消防车扩音器在喊："请车主把车挪走，我们有火警救援任务。"坐在路边摊吃烧烤的一个胖子站了起来，此人一身嘻哈装，脖子上套着一条手指粗的大金链子，慢腾腾地走过来直接说了一句："着什么急，这不是来了吗。"

猴子在车上催："请你赶快挪车，救火不能耽误时间。"

胖子一听不知道是不是啤酒喝多了："我没带钥匙，挪不了车，你有本事就撞过去。"说着一转身大摇大摆走回摊位吃起了烧烤。烧烤店老板也赶过来劝胖子别耽误救火任务，被胖子训斥了一顿。

猴子正想跳下车理论，却被荣志海用手势阻止。

荣志海抬手看了看时间，已经耽误了一分多钟，直接拿起对讲机下令：

"开过去！"

只听"嘭"的一声，白色奔驰轿车瞬间被撞到一边，现场群众纷纷鼓掌叫好，只留下一脸蒙圈的胖子车主在后面顿足跳骂。

等荣队长带领大家灭火回来之后，就接到了投诉，后来私家车将消防队告上法庭，不过，事主的官司打输了，审判时被法院当庭驳回。

当一个社会价值与另一个社会价值相冲突时，法律保护更大的社会价值，这就是法律的意义。

这类现象引起了社会学家的关注，有篇评论文章指出，当个体价值和群体价值相冲突时，保护群体价值进而侵害个体价值，虽然不合情理，却是合法规定。而少数人民群众在使用公权力维护个人利益的时候，把个体价值无限扩大，进而在法律上碰瓷寻衅滋事，希望国家有关部门给予重视。

出警救灾、救援无可厚非，然而，现实中会遇见很多奇葩的警情，可以说没有最奇葩，只有更奇葩，反正我们已经见怪不怪了。

我和猴子出过一个求助警情，事主报孩子被困屋里，请求出警，猴子、坦克、邮差带着破门装备开着消防车一路风驰电掣地赶过去，到了事主家的一楼楼道就远远听见婴儿哇哇大哭的声音，从哭声判断，孩子估计饿坏了。

开门的是个60岁左右的大妈，看到我们就说，你们可算来了，然后递给我一个奶瓶。

"大妈，你的孩子被困在哪间屋子里了？"

"唉！傻孩子，不是被困在屋子里，是孙子的奶嘴拧不开了。"

猴子看了看奶瓶，一顺手就把奶瓶拧开了，递给大妈后，又走到窗前往外看了看，窗外的居民遛弯儿的遛弯儿、聚在一起打牌的打牌。

猴子就不解地问："你报火警求助，为什么不说实话？我们还以为孩子被困了。"

大妈一听有点不高兴，脸拉得老长："不这么说你们能出警吗？你们不是打着口号服务人民嘛！这点小事都不想做了！啊！"

猴子赶紧解释："大妈，我不是这个意思，我是说，您随便往外喊一声，都会有居民来帮这个忙的。"

大妈丢了猴子一眼："你们消防员拿着纳税人的钱，先把人民群众的小事做好，闲着不也是闲着嘛！"

我一看氛围不对，赶紧上前拉着还在辩解的猴子离开了。

针对各类奇葩警情，省消防总队专门组织召开了研讨会，研究来研究去，感觉没什么好研究的，忠诚可靠、服务人民本就是消防队的宗旨，总队长万勤说："我们代表的不是自己，代表的是国家，国家竭诚为民，那我们就无条件服从国家的要求，道理就这么简单，群众拨打电话选择相信我们消防队能解决问题，这是一份沉甸甸的责任，所以通知各个支队，有警必出，不要抱怨，我们存在的意义就是代表国家给群众办事，而且要办实事。"

第四章
跪服难平众人口

如果你要细心观察，就会发现，消防队里无胖子，这和消防队日常训练体量是有直接关系的，每天没有出警任务就是爬绳、扛梯、五公里跑、扛假人、接水带、给绳子打结，每一个动作都在大量消耗人的脂肪储备。

平时训练不规范，在火场上就会要人命，这导致队员们睡眠质量很好，基本躺在床上不到一分钟就能睡着，这让长期失眠的人羡慕不已。

猴子却是个例外，刚来消防队那会儿，他老是半夜做噩梦，一到半夜嘴里像个大师似的念念有词，这个秘密是坦克和邮差先发现的，所以他俩经常被吓醒，吵着闹着找荣队长要求换宿舍。

荣队长让坦克和邮差稍息立正，说："你们俩入伍有几个月了吧？怎么连消防队里的老传统都不知道。"

坦克问："队长，是什么传统？"

荣队长："一不换床，二不换宿舍。"

邮差不解："还有这个习惯，这是为什么？"

"你们从接到警报铃声开始到达消防车战位上，多少秒合格？"

"报告队长，8秒算合格，您问这个干啥？"

"那好，现在你们俩给我回去计时，从床上起来到穿上消防靴、防火服，戴上大盔等所有个人防护装备，再回来找我，现在就去。"

邮差和坦克不多久就垂头丧气地回来了："报告队长！我们一共用了11秒。"

荣队长呵呵一笑："别忘了这是白天的成绩，要是晚上有火警任务呢？要是摸黑作业呢？停电了怎么办？"

看着坦克和邮差耷拉着脑袋，荣队长继续说："睡梦中听到警铃，你们第一时间反应起来是不是通过习惯记忆穿戴装备才能达到合格速度，如果换了床，就有可能穿错别人的装备，这会直接影响战斗力。"

"队长，我明白了，还真是那么回事，上一次，坦克嫌猴子说梦话，和我换了床，结果你猜怎么着，半夜出警时，他爬起来就往左跑，结果一头撞在墙上，头上起了个大包，一周才好。"

荣志海坐在椅子上哈哈大笑："所以说，你们这些小子，没事别乱换床。"

等邮差和坦克回去后，荣志海又把猴子叫到办公室劈脸就问："听说你最近老是做噩梦？有这回事吗？"

猴子挠挠头，想起了半夜做梦把坦克吓醒的场景，忍不住咧嘴一笑。

"荣队长，我打小就有这个习惯，20年了都没改掉。"

荣志海："是不是感觉工作压力太大？还是感觉给你个班长干，加重了肩上的担子。有什么更好的办法能让你改掉？"

猴子眨了眨眼说："你没发现，我每次救火后，睡得都很踏实。"

荣志海："这是个好习惯啊！我认为你更应该要坚持多出警。"

猴子："荣队长，你说我们干消防的，是希望火警多好呢？还是希望没有火警好呢？"

荣志海爽快一笑："你这可把我问住了，那自然是火警越少越好啦！"

猴子坐下来，抄起荣志海的大前门烟点了一根："现在火警是越来越少了，可是恶意报警的却越来越多了……"

确实，猴子说出了一个现象，这个现象正在愈演愈烈。

举个例子，有个事主下水道堵塞，就拨打了消防报警电话，还振振有词地说：物业服务态度恶劣，不如消防是人民公仆服务态度好，解决不好问题还可以投诉。还有的警情是上厕所没带纸，也打 119 电话求助消防战士给送点手纸过来。

此现象有个学术名词，称之为"公众资源插队"现象，目前很普及，将来还会更多。

海康大学法学院某教授曾经讨论过一个课题，如何界定政府的公众服务和私人服务。他拿公安举例，一群在广场上跳广场舞的大妈，为了自身健康锻炼身体跳广场舞，而被某一人举报扰民，警察该不该出警阻止。最后得出结论：个人利益凌驾于集体利益之上的行为，显然是得不到政府支持的。

所以说，拖垮国家正常运转机器的一定不是事情多，而是违反社会治理规则的成本太低。

曾经网络上有个狂人说了一个段子："只要给我 1000 部手机，我可以在一小时内瘫痪全市的警务系统，让警察疲于奔命。反正都是扰民、漏水、鸡毛蒜皮的事，你不出警那就投诉你。""警察最怕投诉。"这话虽然狂妄，却不无道理，敢说这话的人一定是钻了规则的空子，问题是钻空子的人越来越多，形成了破窗效应。

消防队平日里经常遇到恶意无聊的报警行为，每次消防员却是全员全装备出动。

一次消防队接到火警，报警人称路边失火。猴子带上我和马志国等人赶到现场，找了半天也没见起火点，倒是发现一个摆在街边刚刚生起火的煤球炉，我们正想收队回去，却被报警人在电话威胁："小火也是火，消防员不灭火，我就投诉你们渎职。"

猴子鼻子都气歪了，只能催促马志国和岳明接水带，生怕再不接好水带炉火就自行灭了。这边刚灭完火，就看见从街边门面房跳出来一个大妈骂骂咧咧："你们是不是吃饱了撑的，把我费了半天劲才点燃的炉子给浇灭了。赶紧给我点上，不点着我就告你们去！太无法无天了！"

最后我们实在没办法，费了整整一个小时给大妈重新生炉子。

这绝不是笑话，这是真实的事件。

不知道在哪个环节出了问题，各个部门都在追求人民群众的满意度。

满意度这个概念总感觉有点太玄乎，怎么服务才能满意？不满意又能怎样？感觉把满意度这个概念带偏了，因为每个人的满意度标准是不一样的。

恶意报警、恶意投诉，这类事件太多了，为了一个满意度把报假警成本降得太低，报了假火警也没有人去追究。荣队长却说，要时刻保持警惕，小火也像大火一样对待，就当是一次实战训练了。可以说荣队长这个思想境界是很高的，直到一个报警女子把消防队告上法庭他的思想才开始硬着陆。

那次警情是淮海路家天下小区一女子报警，称自己父亲被困家中出不来，需要消防战士赶到现场解救，荣队长带着我们前去解救，到了现场，一个30多岁的女子哭得梨花带雨："我爸可能突发疾病被困在里面了，你们快救救他！"猴子看着三级防盗的大铁门，显得稍微犹豫，门是千叶门，价格估值在上万。

荣志海上前问："你确定老人在室内有危险？"

女子："我确定，你们赶紧开门吧，再晚就真出危险了。"

在争取女子同意下，荣志海向猴子挥了挥手，猴子、邮差抡起消防钳，撬棍乒乒乓乓用时3分钟把门打开，这时候，女子的老父亲慢悠悠地从屋内走出来："谁让你们破门的？你们这是在损坏私人财物！"

荣志海上前解释："你女儿担心你在里面有危险，就报警了，我们才过来。"

老头儿把头一梗："报警你就破门，这是你工作简单粗暴的理由吗？赶紧给我赔偿。"

"你没看到房产证上写的是我的名字？"说着老头儿拿出了房产证，"她是我儿媳妇，要来分我的家产，我才插门不让她进来。"

女子大呼小叫："我爸老年痴呆，你们不要听他的!"

老头儿上前抓住荣志海的衣袖："我老年痴呆，也比你们这帮坏人强，不问缘由就砸我的门，和强盗有什么区别？赔我的门，不赔我就报警。"

老头儿的话，说破了一个现象，这个现象是猴子率先发现的，当时海康市公安局正在推动一项便民改革措施叫"有警必出，公安兜底"。有警必出这个还能理解，公安兜底产生的影响就巨大了，一时间，全市警情陡增了3倍，城管部门执法占道经营商贩被报警，市场、税务等政府部门执法也被报警，而且还有警必出，本来这些行政部门是代表国家行使监督管理权，结果一报警，还得有警必出，执法者和被执法者被一个报警电话拉到了平等的矛盾双方，警察还要居中调查，原有的矛盾没解决，又产生了新的矛盾，矛盾都转化到公安部门，居委会在自己社区上门调解矛盾也被报警，说居委会调解不公，要求警察处理，最后弄得一团糟，掌握规则漏洞的报警人乐得在旁边看两个执法部门斗法的笑话。

荣志海遇到这个情况自然抽不开身，等出警民警过来问明情况后，说别耽误你们的下一次出火警，你们先回去吧。

派出所的同志扛下了所有，终究没有扛过去所有，不到一周，龙山大队就收到了法院传票。法院最终判决老头儿女儿代为赔偿才把这一事件画上句号。事后，荣队长气得在办公室里破口大骂："群众里面有坏人!"

第五章
拯危需舍身

一

飞机里的广播又响起了温柔的女声："各位旅客，前方有强气流云层，请系好安全带，我们将安全把大家送到目的地。"旁边的"麻花辫"关切地问我："哥！您是不是身体不舒服？"我尴尬地笑了笑："谢谢妹妹，哥哥没啥事。"然后转过脸去，透过舷窗望去，前方黑压压的云层里电闪雷鸣，在我的印象中，风雷激荡早已成为消防员日常。

猴子的代理班长是在龙山四中队三班原班长孟浩光荣退伍时任命的。孟浩和猴子是老乡，退伍时向荣队长推荐了猴子。

作为同一批入伍的坦克表示不服气。

不服气是有原因的，大队长许文杰在大练兵时就说过，要形成"比学赶帮超"的氛围。本来大家都是同一批入伍，猴子能爬，挂梯项目玩得好，一口气上四楼，面不改色气不喘；坦克能扛，一人一枪在火海里耍得浑然天成，换成谁自然都有点不服气，坦克不服气就表现在日常训练和各类比赛中，一直和猴子较劲。

坦克身材敦实像个消防坦克，和代理班长猴子比，除了60米肩梯、负重登楼这两个项目有优势之外，其他的项目如挂钩梯上四楼、绳索攀爬、百米障碍等都是饮恨赛场。

坦克偏偏性格倔强不服输，像个耕地不止的水牛，拿起180斤的配重不练力量练灵活度，甚至半夜偷偷爬起来加练，用他的话说：比不了速度，就在负重中比速度。还别说，坦克这话很有哲理，就像当年某个选秀节目，一位歌手的行为艺术：我站着唱歌唱不过你，那就倒立着唱歌，你能唱得过我吗？

坦克所做的一切都被中队长荣志海尽收眼底，于是又记起办公室谈话这一法宝，他把坦克叫到办公室，为了舒缓气氛，专门给坦克沏了一杯茶，然后拍了拍坦克肩膀，等坦克坐下来，就问了坦克一个问题："你说一个篮球队为什么不选清一色人高马大的运动员？"坦克有点摸不着头脑，说："不是有打中锋有打后卫，后卫个小速度快，控球能力强。"荣志海哈哈一笑说："猴子、邮差和你三个同年入伍的战士每个人都有自己的优点，不要拿自己的短处和别人的长处比，要发挥自己的优势，毕竟救火救助是团队协作的工作，缺一不可。"

荣志海自己的事没弄明白，带队伍却不含糊，接着拍了拍坦克肩膀说："你好好干，马上二班班长要退伍了！"这句话让坦克像打了鸡血般瞬间完成了心理历程的转变，说："荣队长，我明白了，我还要做回我自己，您放心吧！"

海康市四区一县，五个大队，薛灵兼职龙山大队的督导员，集训练、内务等各种考核大权于一身，就连许大见到也是尊敬备至，脸上赔笑嘴上抹蜜喊薛科长，心里喊着薛事妈。

薛灵那段时间没少给龙山大队扣分，而扣分大户自然来源于四中队，过程极其严格，扣分、整改、加训练量。荣队长看到扣分通报，脸都绿了，董小勇、岳明、坦克等人找到猴子和邮差商量如何应对考核，大有把猴子邮差绑了推出去交给薛灵处置之势。因为龙山大队的考核分数基本都被四中队扣光了，四中队又被三班拖累，三班被猴子、邮差拖累，大队长许文杰摸底排查找到病根，让荣志海把猴子、邮差带到办公室问责。

许文杰在办公室对着墙像个面壁的高僧，转过身看到这两个惹祸精进屋，也没客气，上来就劈头盖脸一顿骂："你两个小子怎么回事，招惹了薛姑奶奶！"

猴子觍着脸说："许大！这个薛姑奶奶不知道为什么，老是对我们鸡蛋里挑骨头。"

许大怒气未消："不打勤的，不打懒的，就打不长眼的，你小子工作干了不少，还被扣这么多分，你怎么回事?"

邮差心知肚明，拍着胸脯保证："许大，我们立即回去整改，保证把先进流动红旗拿回来！"

许文杰："这还差不多，我带的兵，就没有一个怂的！"说着摆了摆手，邮差赶紧拉了拉猴子逃出办公室，走到楼梯口时，邮差拉住垂头丧气的猴子："猴哥，这事包在我身上！我保证把那个魔女给降伏了！"

"你们俩在嘀咕什么呢?"邮差、猴子循着身后传来清脆的说话声回头一看，薛灵正好从身后走过来，像个随时会出现在逃学生面前的班主任。

猴子、邮差魂都差点吓掉了："什么也没说……什么也没……"头也不回地溜之大吉。

二

夏天的聒噪湿热难不倒海康市民，他们有的是避暑办法，去海河游泳自然是少不了的项目之一，哪怕河边到处挂满了警示语却选择性视而不见。人们总会关注和自己利益相顺的事物，而忽略违背自己意愿的忠告。长达30公里的海河东流入海，就算有些地方加装了护栏，也挡不住人民消暑的热情，这也是人性。

去游泳自然就会产生危险，有危险就有警情。

中午11点半正是消防队开饭的时间，"乌鸦嘴"马志国拿着餐具凑到猴子身边，贱兮兮地说："猴哥，下午没啥事，咱俩去健身房出出汗呗。"

猴子迅速手起手落一把堵住马治国的嘴，可惜为时已晚。

突然警铃大作，警情显示一名女子在海河要跳河自杀，猴子、坦克、邮差、马志国加上我五人跟车火速出警。出警地点距离消防队并不远，5分钟的车程就赶到了，消防车刚到达现场还未停稳，我就感觉一道人影跳下车拿着救生圈"嗖"的一声从身边飞过，一猛子扎进河里的同时，顺势把救生圈准确扔给了正在溺水的女子，动作宛如刚退役的国家跳水队健将。猴子还没回过神来，正琢磨这谁呀，跑得比邮差还快。

"快来……救我！啊！……我不会……游泳……啊！"

猴子定眼一看，发现坦克早已在河里扑腾挣扎。

坦克救人心切，直接把速度提到极限，就连以速度取胜的邮差看了也自愧不如，直接把猴子看呆了。猴子惊叹的不仅仅是坦克的速度，还有坦克接下来的一系列操作。坦克在河里扑腾两下，就像秤砣一样沉入江中，哪里还能救人，自保都很困难。

这让猴子和邮差烧坏大脑回路，一时反应不过来，然而，这并不是最让人震惊的，正在河里挣扎扑腾的女子，看此情形把牙一咬、心一横，心说："得了，老娘今天不自杀了！"解开了绑在脚上的石块，以一种很专业的蝶泳姿势快速游向坦克，从背后一把抄起坦克，并顺手把扔过来的救生圈递给了坦克。

坦克被女子救助上岸，吐着酸水，脸色红得发紫，呆呆地看着周围群众纷纷对着自己挑起大拇哥："不会游泳都敢下去救人，消防战士真是舍生忘死啊！"

"这名战士奋不顾身，值得表扬！"

"小伙子真厉害，下次救人要量力而行，不能人没救先把自己搁里头了！"

坦克恍惚间听到群众七嘴八舌的议论，顿感羞愧难当，加上刚刚喝了几口河水，急火攻心，眼一黑晕厥过去了。

寻短见的女子名叫王锐，是市第一人民医院急救科护士。

王锐处了一个男朋友是市医院著名外科医生，去美国读博士临行前把王锐甩了，王锐一时想不开，就脚绑石块，打算在海河中力尽而亡。

王锐之所以选用这种死法，是因为她和前男友你侬我侬的时候，就是在这条河中教会她游泳，她用这种方式自杀寓意把一切都还给男朋友，明志两不相欠，结果看到消防员坦克明知自己不会游泳还奋不顾身为了救她而差点淹死，随即打消自杀念头，在猴子、邮差还未来得及出手的情况下救下了坦克。

收队回去后，猴子当起了宣传员，为了突出坦克的光辉形象，说从来没见过坦克跑得这么快，是什么激发坦克的潜能，把坦克开成跑车，连速度制胜的邮差也甘拜下风云云，气得卧床静养的坦克拿着喝了半罐的牛奶扔向正打算夺门而去的猴子，结果刚好砸到推门而入的政治部主任黑脸曹加宽的身上。

第六章
鸳鸯谱从来乱

一

政治部主任曹加宽是个很事儿很轴的政工领导。

自从他走上政治部主任岗位，对全支队事无巨细，统统一抓在手。宿舍卫生、食堂伙食、情绪变化、帽子有没有戴歪、着装整洁不整洁，要是看到你一脸愁容，保准得喊你来谈心，开场白就是："遇到什么事儿了，有什么困难需要我帮助的？"还时不时地联系送医上岗、中医正骨什么的，海康消防支队在这个"事儿妈"的伺候下，各项工作还真没掉链子，这也是塑造战斗力。

对于这次坦克受伤，曹加宽是从网络视频上了解到的，视频名为：《救人消防员秒变被救者，旱鸭子入水只为履行为民服务承诺》。于是在龙山消防大队大队长许文杰的陪同下，带着果篮、牛奶前来慰问坦克。

路上曹加宽就对许文杰指出："这个叫庄磊的消防员为了救人，把自己是否会水都给忘了，第一是反映出我们的两学一做的主题教育深入人心、落到实处；第二说明这名消防员忠厚老实，这样的消防员要多关心、多培养、多正面宣传。"

谁知刚进门就被泼了一身牛奶。曹加宽不慌不忙地拿出手纸擦了擦牛奶，脸色像块生铁，许文杰见到赶紧打圆场："纪峰！你们又在胡闹什么？"

曹加宽不顾纪峰连声道歉，关切地走上床边："庄磊同志，我通过接到群众的感谢信，了解到你的事迹，我代表政治处来慰问你，不会游泳却不顾个人安危勇救落水群众，充分体现出消防战士为民服务的大无畏精神，这正是我们海康市消防支队的精神面貌所在。"

坦克看着围着病床一圈的领导干部，满脸憋得通红，恨不能钻进石缝里，最后结结巴巴憋出来一句话："赴汤蹈火，竭诚为民。"说得曹加宽和许文杰哈哈大笑。

"这个兵好样的！"曹加宽说话通常前部不是重点，"要救人是好事，也要量力而行嘛！要平时全方位地锻炼，把本事学好，我们这个职业救人有的是机会！"说得坦克头点得像鸡啄米。

曹加宽和许文杰刚走没多久，一通陌生电话来袭，陌生电话往往意味着诈骗、推销，有时候也意味着好消息。坦克正心烦意乱，拿起电话看了一眼又扔在床头柜上，不多时电话没完没了响起，坦克接起电话，电话中传来一个苍老的声音："庄磊警官您好！我是王锐的父亲，感谢您舍命相救我女儿……"

庄磊一时脑袋没转过来，条件反射地回答："我没有救过你女儿。"

·王父在那边赶紧自我介绍："就是在海河跳水的王锐。"

庄磊这才想起来："哦，哦，大叔，我没有救她，是她把我救了。"

王父干咳两声："听说你住院了，我和王锐母亲想去看看你，当面感谢一下。"

坦克显得很惊慌："叔叔，我已经出院了，真的不用来看我，说起来都很惭愧，不但没能救起您女儿，我还差点搭进去。"

坦克刚说完，听见电话里传出一阵笑声，听起来像是王锐的母亲。

王父稳了稳情绪："这样吧，小庄，我和王锐妈妈请您来我家吃顿饭好不好？"

坦克嘴巴半张，稳了一会儿："大叔！救人是消防员的义务，真的不用请客，叔叔，我这还有事，我先挂了。"

没等对方回答，心虚的坦克赶紧挂断电话，正回味这一突发情况，门口值班的猴子打电话过来说门外有个美女找他。

坦克嗷嗷乱叫："我平时在队里，又不像邮差，整天往图书馆跑，怎么会认识美女？你别来忽悠我，之前炒作我的事迹的事儿还没跟你算账！"

猴子在那头一脸坏笑："这就要问你自己有没有拈花惹草了。"

坦克没搭理猴子，索性挂断了电话蒙头睡觉。加上曹主任这一次，已经连续出了两次糗事，让他的心情糟透了，急需休息调整。

也就五分钟之后，猴子推开宿舍门探出一个脑袋，一脸揶揄的表情，坦克刚想问是怎么回事，从猴子身后转出来一个身材高挑的圆脸美女，笑吟吟地看着坦克："庄磊警官，您好！我是王锐！"

来者不是别人，正是救自己于水火之中的王锐。

原来王锐父亲考虑到坦克未必会来吃饭，便叫王锐亲自登门邀请。

坦克撑起腰躺也不是起也不是，就这么尴尬地对视了几眼，这不看不要紧，王锐是个圆脸，加上一对杏眼和卧蚕眉，俊俏可爱的模样，让坦克感觉头大手也大，不知道往哪儿放才好，低头看到自己的军警靴，生怕露着脚指头的袜子被王锐隔物看到，下意识地把脚往后收了收。

二

这一细节被猴子看在眼里："王锐妹妹，您先回去，我明天就带着坦克过去，放心吧！"

第二天，在荣队长的办公室，老荣说了一段话耐人寻味："我们消防员救火，是职责所在，怎么能救了人就去人家里吃饭，不过，这顿饭我决定批准你们俩去吃，毕竟坦克也要答谢救命恩人。"

坦克脸色为难："我这本身就够尴尬的，这饭怎么去吃。"

老荣哈哈一笑："别忘了提几斤礼物不就不尴尬了嘛。"

坦克那次赴宴做足了准备，在镜子面前照了又照，看来看去总感觉平头有点刺棱，又抹了一把定发胶，等穿上从邮差那儿借来的范思哲西装才算有点安心。

猴子在一边临时敲起了竹杠："说什么我也不陪你去，除非给我买一条华子！"气得坦克伸出虎爪一把擒住猴子后颈。

王锐父母都是退休教师，知书必然达理，老爷子看着坦克、猴子提着大包小包，心里说这俩孩子真懂事，嘴上却数落俩人来吃饭不用破费买礼物。

老太太则是拉着坦克和猴子的手，请进客厅落座，然后像个媒婆一样从头打量到脚，又从脚仔细端详到脑袋，然后笑眯眯地和老伴嘀咕着："这头是头、脚是脚，长得真好。"

声音虽小，已被坦克、猴子听见，坦克如倒缸的发动机当场抛锚，猴子像施了定身咒，呆若木鸡，脸比屁股红，就连一边站着的王锐也未能幸免，满脸红霞飞、全身花枝颤："妈！你干吗呢！"

家宴在热情洋溢的氛围中拉开序幕，猴子喧宾夺主，在饭桌上超常发挥，讲的笑话一个接着一个，郭德纲来了都得自愧不如，一会儿起身给王锐父母敬茶，一会儿又给夹菜，俨然一副上门女婿在招待"救命恩人"。现场氛围和谐到极致，除了脸色铁青黯然失色的坦克，其他人都笑得前俯后仰。

坦克、猴子回去之后，王父王母对王锐开启了招婿模式："你看纪峰这孩子多幽默懂事，你看纪峰这孩子多有趣。"王锐则羞涩难当："你们到底是感谢救命恩人，还是帮自己选女婿啊！"

王母："我就觉着纪峰这孩子长得帅气，又懂事，倒是庄磊有点木讷。"

王锐："你可别忘了，是庄磊奋不顾身救你女儿的。"

从谢恩宴上回来的坦克，内心是很有感觉的。

他首先感觉自己笨手笨脚，就连口才也笨，除了一身蛮力，和猴子相比一无是处，就连饭桌上王锐父母看着猴子的眼神也是满心欢喜。王锐睿智爽朗的性格是坦克无法抵挡的魅力，坦克每次和王锐对眼心脏都怦怦直跳，更想在饭桌上表现个人魅力，可这风头都被这只可恶的猴子抢走了，现在自己一无所有，就算是草船借箭也要等风来。

<h2 style="text-align:center">三</h2>

风很快就来了。

海康市经常刮台风，在一次刮12级大风的天气，王锐父母坐在电视机前看见一个感人的画面。

一辆厢式小货车被大风吹得东倒西歪，司机正在车厢一侧伸出双臂拼尽全力推着货车，一车厢啤酒像是生活的重担，不停向司机传来巨大的压力。眼看货车就要被吹翻，货车司机又背对着车厢倔强地用自己单薄的身躯扛着厢式货车，那一车货的重量似乎包含着他的家庭，以及等着米下锅的妻子和嗷嗷待哺的孩子，因此他决不退缩，哪怕货车倾倒后把他砸得粉身碎骨。就在这个紧要关头，一名消防战士刚好从画面外拍马赶到，双手托起即将倾倒的厢式货车，给货车司机一个脱身的时间，两人同时撤退的时候，货车被更大的一股风刮倒，重重砸在地面上，飞屑四溅。

这个镜头被楼上群众抓拍到并传到网络，随后在电视台加工成新闻素材播出。

王锐的父母在电视机前看得目瞪口呆，那个消防战士的采访画面，他们太熟悉了，赫然就是坦克，老两口沉默良久，不约而同地说了一句肺腑之言："这个孩子品质很好！"

就在同时，好品质的坦克接到了母亲的电话："你爸这月的医疗费是1753元，你那还有钱吗？"

坦克关切地告诉老妈："不要担心，我马上把钱打过去。"等母亲安心地挂完电话，坦克愁容满面地思考这次是不是又得向战友们转个急弯子。

坦克如果和村里同龄人一样进厂打工，每月保底收入能拿到 5000 元，家里不会这么捉襟见肘，偏偏他选择了入伍当消防兵，每月领取 900 元津贴。入伍送行那天，瘫痪在床只有小学文化的庄父一句话两声喘地告诉庄磊："跟着党走，有个好前程！不要顾家。"

这就是庄磊的情况，这个情况就像有位歌唱家唱过的一首歌："你不当兵，我不当兵，谁来保卫祖国谁来保卫家……"

不过这次庄磊似乎不需要再为钱而发愁，他低头打开自己手机里的余额，余额显示：5003. 15 元。

第七章
姻缘线终须牵

坦克这次的见义勇为是有奖金的。

奖金 5000 元，留 200 元准备上龙山消费，剩下 4800 元，全部邮寄给父亲看病。

在我们的战友中，庄磊家的经济条件最差，光靠着每月的津贴无法补贴家用，通常，我们会对坦克提供一些资金支援，坦克倒也不客气，给钱就要，像极了爱占便宜的铁公鸡，直到一次，就我和坦克在宿舍，我给完坦克 200 元钱，喊着坦克一起去食堂吃饭，坦克"哦哦"两声就是不走，好奇心驱使我折返回来，发现坦克正在拿着一个笔记本记录着什么，我猫声猫步地走到他的背后，发现坦克的笔记本上写满了账单：欠猴子 1700 元，欠邮差 5400 元，欠……

坦克父亲老早得了股骨头坏死，外加强直性脊柱炎，要么躺着，要么靠着双拐直挺挺站着，庄父年轻时卖力气干活，无法坐着休息，现在坦克长大了，还是坐不了，就像马一样，一辈子站着的命。坦克私下不止给我说过一次，他想利用倒休时间偷偷溜出去做兼职赚钱。

我当时就说："坦克，你是不是钻进钱眼儿里了？当着兵还搞起了第三产业！"

坦克听完我的一顿臭骂后，像个闷屁，一声不吭。

既然赚钱的兼职不能干，部队纪律不允许，但是其他的兼职却是可以大力提倡，比如抓贼。

只要有正常思维的盗贼也好抢贼也罢，都应该掌握一个常识，在武警驻地方圆 500 米范围内最好不要作案，因为这是犯罪禁区。

那天下午 2 点，我们正在院子里搞日常战备训练，突然听到院外有人喊救命，猴子、邮差、坦克、岳明等人听到呼救声条件反射把装备一扔冲出门外。

马路边一个穿着时尚的年轻女子跟跟跄跄手指前方："他抢我包，快抓住他！"顺着手指的方向，战士们看见一个壮硕的男子拿着一个女士手提包正在拼命往前跑。

二

这是典型的抢劫案件。

猴子他们循着呼救声冲出来的时候，嫌疑人已经跑出 50 米开外的距离。

追逃行动由此开始，跑在最前面的选手自然是邮差、猴子，马志国、岳明、坦克暂列第二梯队。

平时多流汗，战时少流血的经验立马得到了验证，眼看和嫌疑人的距离从 50 米压缩到 30 米、20 米、10 米、7 米。

邮差突然放慢了速度，猴子及时追上了邮差，两人就像跑马拉松一样谈笑风生，"邮差，今天拉胯了吗？"邮差："我再拉胯你也跑不过我。"说着向猴子使了个眼色，猴子看到嫌疑人手中还拿着明晃晃的匕首时，随即配合着："我快跑不动啦！"

邮差也跟着起哄："前面的朋友别跑了，我也跑不动啦！"却一直保持和嫌疑人 5 米左右的安全距离，消耗嫌疑人的体力。

抢劫嫌疑人听到后，跑得更加起劲，就像蚂蚁公司上市一样，总以为再坚持一下就能成功摆脱国家监控。

倒行逆施永远行不通，嫌疑人眼看尾大不掉，再跑心脏都快累得蹦出来了，索性扔下匕首和抢来的包四仰八叉地躺在地上说："你们别拿我当智障，要抓要剐你们随便！"

警察赶到时，"抢劫犯"已经被五花大绑等候发落了。只是令人意外的是，警察当场核实出嫌疑人居然是一直在逃的多起抢夺案件的嫌疑人。

这个案子是由龙山刑警大队一中队中队长云蕾负责，云蕾苦苦追寻两年多也没抓到该人，却被消防队搂草打兔子给擒获了。

云蕾很好奇，决定来拜访这两位见义勇为的消防战士。

云蕾第一次见到猴子，是在龙山消防大队的会议室里，当时，猴子和邮差还有我和坦克、岳明都在现场，云蕾一头干净利索的短发和凸凹有致的身材在警服的衬托下，英气逼人、不可方物。当云蕾扫视我们一圈，把目光锚定在猴子身上时，猴子心里咯噔一下，隐约间感觉这人在哪儿见过。

云蕾主动大方地伸出手说："纪峰你好！我叫云蕾，市公安局刑警队的。"一向机智幽默才智过人的猴子，居然先伸出左手，可见当时的慌张程度。

鉴于猴子对破获这起案件具有重大贡献，云蕾邀请猴子来刑警队介绍经验。

那天，刑警队的会议室里侦探满座、警星云集。

云蕾以高规格的态度，专门组织了30多号人列席猴子的经验介绍会。

猴子当仁不让，充分发挥在美女面前爱出风头的习惯，从体能训练、格斗技术的基本功积累到抓捕的惊险过程，俨然一副刑侦专家在给警院学员授课的模样。

讲到激情处，云蕾刚好给猴子端来一杯热茶水，猴子顺势端起杯子就猛灌一大口。猴子有个习惯，每次救完火都会拿着自己的富光牌大水壶猛灌一大口水，这次也不例外，等到云蕾刚想阻止，显然已经来不及了，只听"哇"的一声，猴嘴像喷泉一样把热茶全部喷射出来，嘴里瞬间冒出一个晶莹剔透的水泡。

鸟儿求偶，会展示漂亮的羽毛。人类求偶展示才艺环节必不可少。有个大型综合类生活节目，每次男嘉宾一出场都会首先展示才艺以吸引女生的青睐。猴子在云蕾面前的第一次才艺展示以激扬澎湃开始，以出糗结束，这让猴子一直引以为憾。

三

云蕾是个名副其实的警花，干的又是男人扎堆的警察工作，身边自然不乏追求者，按说云蕾早该折梅采撷，可事实上云蕾却一直单身。有一次市政府秘书长做媒给云蕾介绍一个财政局局长的公子哥，云蕾迫于情面，不好直接拒绝，和公子哥见了面，直接带着公子哥到游乐园玩起了天地双雄、过山车，当场把公子哥吓得草容失色，下来就吐了一地，自知与云蕾对花枪，斗之不过，主动离场。

此类事件有很多，结果只有一个，云蕾宛如坐莲观音，观世间青年才俊如猴子般在眼前蹦来跳去，却不愿动一下拈花指尖。

云蕾父亲曾对着云蕾咆哮："你已经30岁了，是不是想气死我才肯结婚。"

云蕾面向父亲，表情云淡风轻："在你和我妈离婚的那一刻起，我就下了决心，这辈子都不结婚！"

云父办公室外，秘书闻声前来查看，隔着门缝往里一看，马上缩回，退避而返。

猴子在刑警队的经验介绍应该是成功的，成功在于印象深刻，尤其是那些见惯生离死别、社会阴暗面的刑警队员。在他们眼里，对猴子的欣赏不是其他，而是猴子能接过云蕾的热茶，喝起来把自己烫了一嘴泡。有几个青年才俊更是心里暗暗爽了一把，猴子讲得好不好先放一边去，能看到猴子在女神面前出糗才是他们快乐的源泉。

几个青年才俊俨然已经把猴子当成情敌，私下议论消防队猴子的时候，意见基本一致："我当初在云蕾面前吃了一嘴瘪，求而不得，你个瘦猴子也不称称自己的斤两，也想在云队面前卖弄风骚，这不，烫一嘴泡回去了吧。"

调侃归调侃，青年才俊里面还是不乏头脑清醒者："能把平时不苟言笑的云蕾逗得前仰后俯，这小子有戏。"

"你从哪方面看那个消防战士有戏？"

"老兄，亏你自封刑侦专家，你没看见云队每次望向猴子的时候，都是眼神迷离，双目放光吗？"

"那又怎么样？"

"不怎么样，只能说那个消防队的家伙还被蒙在一层窗户纸里。"

"你的意思是，主动权在那个家伙手里？"

就在刑警队几个青年才俊评论猴子的同时，猴子正一声不响地站在消防队的更衣室镜子面前，龇牙咧嘴地观察着口腔里的水泡，那水泡晶莹剔透，薄似一捅就破的窗户纸。

第八章
英雄气概情暂别

一

"爱是行动"——贝尔·胡克斯。

那段时间，邮差经常神出鬼没，消防队的警纪似乎已经约束不了这匹脱缰的野马，只要遇到倒休日，队里就看不见邮差的人影。马儿向往郁郁葱葱的大草原，邮差不去草原，他的去处是知识海洋——图书馆。

岳明、马志国最先发现猫腻，经常缠着邮差带他俩一起去图书馆充电，每次邮差都把嘴噘得像条翘嘴鲢："去、去、去、一边凉快去！"

猴子只要在场就会打趣邮差："邮差你这么学，是不是准备要提干。"邮差不管这些，对猴子的冷嘲热讽理都不理径自下楼扬长而去。

直到一次薛灵前来检查工作，当时猴子和我也跟在后面。

薛灵问许文杰，你们大队学习氛围挺浓的呀！说得许大一头雾水，嘴上却说："薛科长果然明鉴，我们是学习型大队，全员都在苦学消防专业知识……"

薛灵马上打断了许文杰的官话，说："我指的是你们队里有个叫鲍坤的战士，经常来图书馆学习，我老是能遇见他！"

许文杰听完皱了皱眉头，不置可否。

后来我们才了解，那段时间薛灵在备考消防工程师，邮差索性跑去图书馆求偶遇，古有"程门立雪"，今有守馆待薛。

不管是公交车爱情，还是图书馆爱情，都是需要勇气加智慧才能获得心仪对象的青睐，光靠勇气会被认为是耍流氓，光靠智慧，永远不敢迈出那一步。

邮差有勇气更有智慧，每次到了图书馆从一层爬到五层总能找到薛灵的身影，然后假装偶遇和薛灵攀谈。

薛灵应该是学过《概率论和数理统计》的，她知道在不可能的时间和不可能的地点连续遇见某个人是不正常的，小概率事件连续发生，只能说明是人为的。因此对邮差一直不温不火、不咸不淡，态度一向稳定如石佛，偶尔会挖苦邮差两句："你没事不好好训练，跑来干什么，是不是又想加练体能？"薛灵的话让邮差很沮丧，回去半夜失眠，早上起床有黑眼圈，注意力不集中，训练时给安全绳打活结，要不是荣志海及时拉住，差点让自己从训练塔上摔下来。

荣志海把邮差叫到办公室谈话，问邮差："最近怎么回事？没事就请假往图书馆跑，训练时思想老是开小差，队里还找不到地方容下你学习吗？"

这时候猴子刚好进来，对着老荣又挤眉又弄眼。

老荣一看邮差憋红了脸，顺势摆了摆手示意邮差先回去。

等邮差走远，老荣一把抓过来猴子，吓得猴子大叫："队长，别别别！"

"你老实交代邮差到底出了什么问题？"

猴子摸了摸脑袋："我哪知道邮差的事儿。"

"你给我挤眼使暗号啥意思？"老荣把眼一睁。

猴子干咳了两声："我还以为你要邮差去洗车呢。"

"你小子给我打马虎眼是吧，看我怎么收拾你。"说着装腔作势要拿下猴子。

猴子赶紧上前把老荣请到座椅上，说："队长您别着急，我倒是知道一点邮差的动向，可我说了不就成了打小报告了。"说完挂着一脸欠揍样。

老荣松开猴子咬紧后槽牙忍住说："这是关心同志，不算打小报告，说吧。"

猴子贱兮兮地趴在老荣耳边嘀嘀咕咕一阵。

老荣拍了拍自己的脑袋恍然大悟，说："怪不得最近薛灵老是来我们四中队检查工作，仔细认真，原来是这小子把鬼子给引过来的！居然敢招惹薛姑奶奶，你去把他给我叫过来！"

猴子垂头丧气地说："这下不打小报告也算打小报告了，队长您可别把我给卖了啊！"

在荣队长的办公室里，荣队长双手后背，来回踱步，像极了大领导。

"薛灵我不知道你是怎么认识的，她22岁大学毕业进入海康市消防支队防火处当火调员，是我们海康市第一个女性火调员，靠的绝不是关系，而是水平能力，她的火调报告和结论，在公安部消防局都是被认可的。同时，薛灵肤白貌美、家境优越，她父亲在我们市乃至全省也是知名企业家，家里有一座生物发电厂，有一个上市的高能循环经济科技公司，追她的人，从总队各个青年才俊到我市各个部门的后起之秀，人数不要说比我们一个中队要多，就是一个大队都有。你小子吃了熊心吞了豹子胆，敢打她的主意，你凭什么？就凭你跑得快吗！当然了，我不是说你没有机会，你只要好好坚守岗位、干出成绩，这也是有机会的，问题是你现在跑去找她，不就是应了那句老话，睡地摸天嘛！"

荣队长一顿慷慨激昂的政治工作，使邮差失望至极，他后来只看到荣队长嘴巴一张一合，具体说什么已经听不清了，只感觉天旋地转，想夺门而出。

猴子的敲门给邮差解了围："队长，您看我把谁带过来了！"

荣志海转身看见妻子带着4岁的儿子站在办公室的门外，像头豹子似的冲到门口，一把抱起儿子："乖儿子！长这么高撒！"

二

荣志海因为达不到营职干部的标准，妻子无法随军，两口子长期两地分居，这次荣嫂带着4岁的儿子从四川过来探亲，主要目的是说服荣队长转业回四川老家，提前没给荣志海说要来，等于给了他一个惊喜，还带了老荣爱吃的四川辣椒酱。

荣嫂专门给猴子一瓶辣酱，没想到却惹出来一个麻烦。

食堂开饭的时候，猴子趁着驯犬员马志国和岳明不注意，在两人的饭盒米饭里各塞了一大勺辣椒酱，马志国正好闹肚子吃不下饭，为了不浪费把整盒饭菜搅拌在搜救犬的狗食里，小上海岳明出警回来，看着猴子献殷勤帮他打好的盒饭，狼吞虎咽之后，突然嗷嗷乱叫，满嘴喷出先人问候语。

四中队的阶段性战训考核被主任曹加宽临时提前了3天，这等于是突击考核，好在平时荣队长对战训抓得紧、练得多，四中队自然不担心考核成绩，就连恐高症患者岳明也在挂梯项目一把就过了，并获得大队长许文杰的当场表扬，被表扬者岳明下来后谈获奖感言表示："吃了四川辣酱，嘴上肚子里全冒火，一口气上四楼！"

在搜救犬训练项目中，驯犬员马志国遭遇了一场意外。

为了演示搜救行动，董小勇充当受困群众藏在箱体里面，只要搜救犬闻到气味找到人，叫声持续20秒就算成功搜救。然而，搜救犬在找到董小勇所在箱体后，表现得非常急躁，每次都不到20秒就跑走，跑走后又折回来，最后马志国一看搜救演练失败，就打开箱体放董小勇出来，搜救犬当时趴在旁边，看到从箱体出来个人先是上前闻了闻，然后"嗷"的一声，一口咬在董小勇的胳膊上，顿时鲜血直流。

董小勇一脸无辜地问："马志国！训练时没这个项目啊！"

这一突发事件让曹加宽当场发飙："你们是怎么搞的，训练的到底是搜救犬还是抓捕的警犬，还有纪律性吗！"说完又意味深长地看了看荣志海，然后拂袖而去。

吃过晚饭，荣志海来四班宿舍查看董小勇伤情时，透过门缝看到四班战士凑在屋里嘀嘀咕咕开着会，心里有了大概判断。隔着门没进去，对着屋里说："犯了错误的同志，晚上来找我说明情况。"

晚上猴子去得最晚，当猴子推开荣队长的办公室门时，发现邮差、马志国、岳明、坦克等人早已在屋内站成一排，荣队长正背对着马志国，马志国支支吾吾地说："荣队，是我没有照看好搜救犬重生，中午喂饭时不小心让重生吃了你老家的辣椒，我甘愿受罚。"老荣扫了一遍四人，然后把眼神定在一脸无辜的董小勇脸上说："你认为替战友承担错误就是战友情，讲义气？真正的战友从来不包庇错误！"

一边说着一边把头转向猴子。

就在大家被猴子吸引住的时候，岳明"啪"一个立正解了围："报告队长，我知道这事是谁干的。"

董小勇和坦克愠怒地看向岳明，心说这小子平时蔫不唧的，原来爱打小报告。

"队长，董小勇他说假话，这事是我干的！我偷拿了魔鬼辣椒，趁着董小勇不注意加到搜救犬的饭食里，队长！要罚就罚我吧！"

"呦呦呦，都来充当英雄了，你们以为这么做就讲义气，当好汉？别忘了你们是消防战士！要对党忠诚，对组织负责！"

荣队长看着这几个小伙子互相为猴子开脱，嘴上不饶人，心里却感到欣慰，猴子是他一手提拔来当班长，一开始还担心不服众，但是，这次大家相互为其开脱来看，说明这个班在猴子的带领下已经初步形成了战斗力。

"好了，你们都回去吧，等我调查清楚再说。"

猴子的心是很温暖的，温暖到他必须站出来："荣队长，对不起，搜救犬重生是我喂的辣椒，我错了，甘愿受罚。"

荣志海站起来蹀步，绕到猴子身后："纪峰，这个猴里猴气的做法，让我一开始就判断出是你。"

猴子："队长，你为什么不当面指出来。"

荣志海："当面指出来，还能让你体会到消防员的精神所在吗？你知道是什么吗？永远把危险留给自己，把平安留给别人！"

猴子低下了头："请队长放心，我保证以后永不再犯。"

荣队长一直很欣赏猴子，从他和许文杰的聊天就能感受出来。

"纪峰这个兵能成事儿也爱惹事儿，要是猴气收一收，准能成事儿。"

许文杰哈哈大笑："什么人带什么兵，这个猴子在你猴王手下，能不能成事儿不好说，能惹事儿我倒很有信心。"

荣嫂来到海康，在10平方米的单身宿舍一住半个月，给荣队长洗衣做饭暖被窝，也会把我们邀请过来，给我们做一桌子菜，真切地让我们感觉有个嫂子真好，我记得有篇小说叫《嫂妈》，也就是这个感觉了吧。当地居委会给荣嫂的假期马上结束，要回四川。

荣志海为了留住妻子方云，头一回提着两瓶五粮液找了街道办崔书记，崔书记倒是很爽快，看到后笑了笑："号称不送礼的荣队长怎么也送起礼来了。不用送礼也能办成事，我们有拥军爱警政策嘛！"

老荣酒没送出去，倒是带回来一个好消息。

崔书记答应给方云安排一份居委会社工岗位，可方云不同意，她的意见是荣母和自己的父母都在四川，老人体弱多病，家里还有几亩自留地，这些都需要她来照顾打理。

她和荣志海本是初中同学，当年不顾家人反对，以城镇户口铁了心地嫁给荣志海这个泥腿子，家里穷不说，连个像样的房子都没有，长期寄宿在娘家。荣志海选择当兵能干到这个份上，对这位朴实的女人来说，已经心满意足。

马上要夏收了，她得回去做着准备。临行前，4 岁儿子缠着荣志海，噘着小嘴："爸爸，这地方不好，没有宝宝，我们一起回家吧！"

荣志海抱起儿子转过脸，擦了擦眼泪："爸爸年底休假就回去陪你玩。"没想到这句话一语成谶。

第九章
衷肠拿云家国事

一

"猴子最近状态不太好！"

指导员邵飞一向是个沉默寡言的人，说话虽少，却总能一针见血指出问题。

邵飞武警学院毕业后来到龙山干了五年，从年龄角度充其量也就是纪峰的师兄，而荣志海对邵飞这个搭档却很满意。

满意来源于细节和专注。

指导员邵飞有一个笔记本，详细记载着每一名队员的技术特点、思维模式、喜恶爱好、习惯特点、生辰八字，比组织部档案材料还全。针对这些统计数据，邵飞制订了每个人的职业发展计划，按照一号位到七号位采用轮岗机制，让每一名消防员干起工作来既不单调固化，又能全面掌握各个战位业务要领。

换句话说，他培养的战斗小组，每一名消防员单独拎出来，都能当战斗班长，指挥灭火救援战斗。

这样的安排大家自然都很服气，大家一服气，队伍自然很和谐，战斗力就能提升。

这次邵飞和荣志海到区里开全区安全生产监督会议，会议结束的时候，出了龙山区政府大院，邵飞思来想去还是和荣志海沟通了情况。

"是不是从上次搜救犬恶作剧的处分中还没走出来？他最近训练心不在

焉，训练成绩也直线下降。"荣志海边走边接着话。

邵飞："和他的档案有关。"

荣志海不解地问："他的档案能有什么问题？"

邵飞叹了口气："上次猴子去了一趟政治处，回来感觉就像丢了魂似的，这个事吧，怎么说呢，说是问题它就是问题，说不是问题，也没多大问题。"

荣志海面色有些凝重，说："我们先回队里商量。"

荣志海的办公室和指导员的办公室都在一楼，他们这个中队按理说，领导办公室应设在二楼，偏偏这俩人为了出警快两秒，一合计，干脆都搬到一楼，办公室隔壁就是车库，用他们的话说，这叫指挥前出，方便救援指挥。

总队长万勤来龙山视察，就当着支队大队领导表扬说，从这一点就能看出，这俩人懂领导艺术，会带兵。可问题是，荣志海再会带兵，也是十年没提拔使用，这个情况让人不由咂舌。

邵飞和荣志海回到办公室一通气，老荣才明白，原来猴子的问题出在政审档案上。

纪峰在招进消防队之前大有来头，他居然是中国人民武装警察部队学院消防指挥系的学员，杠杠的天之骄子警校大学生，毕业就能通过国家分配到消防队成为指挥官，前途可谓一片光明。

可他为什么偏偏跑来当消防员了呢？

事情还要从他大三那年说起。

不出什么意外，作为大三学员的纪峰还有一年就会按时毕业，然而，因为一次外出，纪峰在大街上遇见一个男子殴打一个坐在轮椅上的老头儿，老头儿被巴掌抽得嗷嗷直哭，纪峰上前制止时，和打人男子产生冲突，失手将男子摔成手臂骨折，当警察闻讯赶来时，让人意外的是，老头儿作为男子的父亲，看到自己儿子被打，反咬一口，告起了纪峰，就这样，纪峰的见义勇为变成了故意伤害，事情发展到最后，校方经不起老头父子俩天天来学校折腾，只能把纪峰做劝退处理。

邵飞："现在情况弄清楚了，说纪峰档案造假也行，说对组织不坦诚也没问题，总之是他把这一段事隐瞒了，对组织隐瞒事实，是很严重的问题，尤其是面对曹加宽主任这个黑脸。"

荣志海听着邵飞的介绍，一会儿傻乐，一会儿眉头紧锁。等邵飞把情况介绍完，说了一句："原来这小子深藏不露啊！得亏我没有看错他。"

邵飞叹了一口气："荣队，先别赞叹了，纪峰有可能要被勒令退伍呢！"

荣志海无奈地说："猴子的事，我来去找曹主任说说，这么好的消防员，如果退伍就可惜了，猴子已经为当年的事交了一次学费，不能再为这件事交学费了。"

邵飞有点担心："你去找曹主任说行吗？还不得又争执起来，还是我去说吧。"

荣志海尴尬地笑了笑："解铃还须系铃人，如果能挽救猴子，也只有我过去了。"

二

消防支队的办公大楼坐落在华山路 119 号，一共 12 层，支队领导都在 11 层办公，党委班子一共九人，支队长、政委、两名副支队长、政治处主任、防火处长、参谋长，政治部主任曹加宽的房间号是 1103，1103 数字显示着他是支队三号领导，属于实权派。

消防支队领导架构很有学问，支队参谋长的主要业务是管兵，属于"消"，政治部主任管干部，防火处长管"防"，分工十分明确。

在 1103 办公室里，曹加宽的黑脸在面对荣志海时已经发亮："老荣，你这么多年提不上去，吸取的教训还不够多吗？很多事不按照规定和原则办，这个兵隐瞒事实，可见对组织不忠诚，对组织不忠诚就无法谅解，必须退回原籍。"说完顺势把烟头狠狠按灭在烟灰缸里。

荣志海站在一边，满脸赔笑："这个兵在火场处置、应变能力、协助公安部门破案等方面做出了很大的贡献，充分说明他是一名优秀的消防兵，这么好的兵，打着灯笼也找不到，再说，咱们不能一棍子把人打死，要体现出组织的宽容。"

曹加宽冷哼一声："干得再好也要守纪律，对党忠诚。你还来劲了，兵是你去接的，这件事你也有责任，首先要检讨的是你，你还有理了。"

荣志海显得真诚而沉重："曹主任，纪峰瞒报事实入伍是不对，说白了，也是事出有因，那也是见义勇为引起的，这正说明纪峰同志心中有正义感。纪峰很诚恳地向我检讨，说他有苦衷，担心因为说了这事，过不了政审，我向组织和您请求，就给纪峰同志一次机会吧。"

曹加宽沉默了一下："我们是纪律部队，办理每一件事都要讲程序，程序对了，即使结果错了，也是对的；程序错了，即使结果对了，也是错的。"

荣志海努了努嘴："我看没有必要上纲上线吧！这么多年过去了，你对当年的事还是耿耿于怀吧！"

曹加宽横了荣志海一眼："你怎么和领导说话的，请注意你的言辞，当年的事，我早就忘了。"

荣志海满脸悲愤："如果当年的事忘了，就不要上纲上线轻易断送一个小伙子的前途，纪峰绝对是个好同志，我拿党性保证！他以后会成长为一名优秀的消防战士！"

荣志海这番话气得曹加宽在办公室背着手来回兜了几圈，停下来指着荣志海："荣志海！既然你敢这么保证，我回头研究研究，不过，处分一定要有的！"

猴子最终留下了，后来，我们才知道，猴子的命运被荣队长用党性担保挽救了回来。

以前我们总认为猴子在处理各类紧急火情时方法科学有效合理，是因为年龄比我们大一点，所以经验要多一点。直到这件事出来，我们才明白，猴子以前的出身竟然是消防指挥的最高学府中国武警学院。命运的铁砧从未停止锻打这具淬火的躯体，那些被我们视作天赋异禀的火场神迹，不过是它用碎骨拼凑的生存摹本。

大家聊到猴子的话题，对他的遭遇感慨不已，用命运多舛来形容猴子再合适不过，可是，令人想不到的是，这只是猴子命运多舛的开始。

三

消防工作充满危险与挑战，没有勇气的人绝不敢扛起消防梯，没有豁出去的豪迈，更不敢舍命入火海，这一切力量的源泉就两个字——信仰。猴子热爱消防事业的本心和我们一样，也是信仰。

在信仰的支撑下，我们视自己生命如蝼蚁，托起的是岁月静好。

曾经有个网络大V经常鼓吹说什么拿着纳税人的钱，要听纳税人的话，把国家的庇护看成理所应当，看成欠你的，殊不知你家失火国家来救火；你家有困难国家来排忧；你家生活苦难国家还每月发补助金，没有国家你啥都不是，没有家国情怀，人的精神不能自理。

家国情怀放在现在多元化价值观中有点虚无缥缈，实则无处不在：街上老大爷面对打架斗殴的呵斥，街坊大妈对于小区的卫生保护，陌生人对交通事故的出手相助，子弟兵的救死扶伤……这些表面看是个人行为，实则体现出家国情怀，没有这样的人，国家才会变得很可怕。

一个人有没有家国情怀，平时真看不出来。

猴子的家国情怀是荣队长率先发现的，从这一点来说，作为业务主管的荣队长做起政治工作是很有水平的。

海康的冬天有点冷，我在的那几年，年年下大雪，瑞雪兆丰年，也往往会使警情下降很多。

老荣挑了一个风雪封门的夜晚到后厨发挥其当年做司务长的特长，专门给执勤猴子做了一碗香辣小面。这一向是荣队长的惯例，他带的兵，都养成了吃辣的习惯。

当猴子接过热腾腾的小面时，老荣细心地发现，在红油铺面的碗里，不经意间，一颗晶莹剔透的泪滴溶入其中。

"荣队长像我的父亲！"

这是猴子后来对老荣的评价。

这个评论产生了一个后果，指导员邵飞为此专门在中队组织了一场生活会，主题是"聊聊我的父亲"。

早在邵飞开启"我的父亲"座谈会之前，我们就回答了这个问题，那是一次难得的空闲，我们四班几个战友相约去龙山找刘叔聊天吃饭。

刘叔除了每天巡山护林，和刘婶儿拉呱，剩下的就是乐见我们的到来。

"我当年带着两名战友从发卡山穿插到者阴山，在人迹罕至的野人山全靠一把砍刀开路……"每次给我们讲起故事都是以这个开头，这时候，刘婶儿就假装嗔怒地说："这老头子，又聊陈年烂谷子事，烦不烦。"

这次刘叔专门杀了一只圈养的公鸡，准备给我们做拿手的地锅鸡。

人多干活就是快，我们也跟着搭把手，择菜的择菜，拔鸡毛的拔鸡毛。适逢高考在即，猴子不知道哪来的风骚，两手沾满鸡毛，突然站起身迎着山风吟唱："大鹏一日同风起……"颇有一番苟富贵勿相忘的气概。

马志国被酸得起了一身鸡皮疙瘩，手里抓着一把蒜苗凑过来说："猴哥，看把你能的，你还想参加高考博个功名不成。"

刘叔正在门口支起的案板上切着菜，听到猴子的吟唱，一时感慨也跟着附和："路迢迢水迢迢，功名尽在长安道，今日少年明日老，山，依旧好，人憔悴了。"

当时听得我们面面相觑，感觉刘叔的谈吐不像护林的老头。

用刘叔的话说，对于农村人来说，上大学成才是最好最公平的路径，却不适合所有的人都走这条路，社会各行各业都需要人手，工人、农民、理发师、维修工、清洁工、工程师、厨师、送货员，如果大家都考上大学了，都去坐办公室，那么其他的社会分工该由谁来承担呢？

这就注定有一批孩子上不好学的，从而二次分配转入其他行业。

我们像个虔诚的小学生，一边听，一边头点得像鸡啄米。刘叔不管这些，双手和着面粉问："小伙子们，说说你们为什么选择当消防员？"

坦克随手捏起一块做好的拍黄瓜，放在嘴里，鼓捣了几口说："刘叔说得对，我是农村出来的，同村的伙伴，打工进城，上学进城，我是靠着当消防兵进城，所以我很知足，部队让我留多长时间，我就留多长时间，等转业了，我再想别的事儿吧。"

坦克话音刚落，邮差接着说："原先，是我爸让我来锻炼，我就来了，当我从火海中抱着婴儿冲出来，抱着燃烧的煤气罐冲出来，迎着周围群众目光的洗礼，嗨！别提有多酷了！我已经多次拒绝老爸让我退伍的要求了。"

岳明平时寡言少语，也在刘叔的渲染下打开了话匣子："我从小就想当一名消防员，在烈火中救人特别帅，我的想法是干一辈子消防员，可是这义务兵很难能干上一辈子的。"

此时，晚风温柔地抚过山岗，山林中不时传来几声归鸟的鸣声，像是断断续续的青春挽歌上的音符。

四

轮到四班开生活会的时候，我记得已经快到中秋节了。

那天晚上月圆如盘，却是八月十四，会议室的桌子上摆满了月饼和水果，意味着属于我们的中秋节已经到来。每年的中秋节我们都要战备，自然要提前走个仪式。

似乎老天也不想打扰这难得的安宁祥和，尽管我们齐装满员、全副装备、枕戈待旦，可当晚一个警情也没有，全体都在。

既然好不容易都在，那就好好开个生活会，所谓生活会，说白了就是社会上流行的真心话大冒险。只是区别在于，我们可以敞开心扉毫无顾忌地说，因为我们都是战友，也是出生入死的兄弟。

荣队长从这次谈话中，了解了我们每个人心中的消防梦，和我们为什么甘愿抛弃繁华三千的热闹世界，偏偏跑来参加这个经常玩命的职业。

邮差是个富二代，更衣柜里的便装全是范思哲、阿玛尼等名牌，一双灰土色的运动鞋，乍一看很像地摊货，却是乔丹10S限量版，价值好几万人民币。一块劳力士手表价值30万人民币。我们曾经私下和邮差聊过，大致意思是："你家里有矿，父母有钱，祖上有福泽庇佑，为什么非要来当消防兵。"

邮差说这一切都是他爸安排的，他爸也是个消防兵，退伍后下海经商，深知水火无情，救人救火争分夺秒，和商战一样。如果想掌舵家族企业，就要在火中淬炼成钢，所以邮差就来了。

邮差当消防兵为了锻炼，却拒绝当少爷兵，遇事真敢往前冲。

坦克从农村走来，当消防员的原因很虐心。他上初中时，班里有一个很好的女同学，辍学后去南方打工，住在城中村，因为用电过载发生电火灾情，被浓烟熏到无法逃脱，等把火扑灭找到人时，已经被烧成半米左右的黑炭。

坦克说完已经泪眼婆娑："我的第一双运动鞋叫'特步'，是她'走'

前半个月寄给我的。"

当马志国聊起他的父亲时，说小时候他很顽皮，和几个发小爬到发小家的平房上玩耍，看到隔壁王奶奶在自家院子里生炉子，刚生着火，王奶奶去水井打水，几个淘气的孩子就比谁得尿滋得远，目标就是隔壁院子王奶奶家的炉子口。

等到王奶奶打水回来，好不容易点着的炉子，已被童子尿彻底浇灭。王奶奶抬头看天，还以为下了车辙雨，可是炉子口的尿膻味让她感觉不对，一抬头，发现了站在房顶的孩子们。结果是马志国被父亲拉回家暴打了一顿，一边打一边说："就你滋得远，就你滋得远，你以后去当消防兵吧！"

马志国说完，大家哄堂大笑。

荣志海作为中队长组织大家聊严肃话题，本想隐忍不笑，结果没绷住，把鼻涕带了出来。坦克笑得直放屁，猴子捂着肚子表情痛苦，上气不接下气，说马志国："怪不得你小子挣着想当一号手，就是为了滋得远，哈哈哈哈……"

消防兵的日常紧张而有规律，在严肃中不失活泼，救人救火豁得出去，捉弄搞怪也层出不穷，因为我们正鲜衣怒马，有的是活力，即使偶尔做出了圈，也有的是时间挽救，只有老态龙钟的人，才总想着躲在一角苟延残喘。

五

我一直认为猴子身上有许多秘密。

这个判断有迹可循，疑点之一就是猴子这么开朗，却总是做噩梦。他脖子上挂着一个"心"形挂坠，像是金子做的，看起来很酷，估计价格也不菲。他说这是"护身符"，能保佑他每次出任务平安回来。

我们几个战友都想问他要着戴，也想沾沾庇护。但他对这个"挂坠"爱如珍宝，坚决不外借。这让我们有了一个"邪恶"的想法。在我们嘀嘀咕咕之后，于是就有了后来的丢"符"事件。

"我的护身符挂件哪去了？"猴子那天像火烧了屁股，冲完澡急匆匆回到宿舍就把邮差、坦克问得一脸蒙圈。

"猴哥！是不是你经常挂在身上的挂坠？"邮差一副看热闹不嫌事大的样子，让猴子更加坚定地判断，"鬼"出在他们俩身上。

"你俩是不是藏起来了？"说着把自己的玻璃茶杯摔在地上，碎碴儿四溅。

眼看着猴子着急了，马志国走过来说："猴哥，别着急，我们看着你天天对着挂件自言自语，就给你开个玩笑，是我把它藏起来了。"

猴子满脸通红，一把推开马志国，马志国失重地跌坐在床上。

"这是开玩笑的事吗？快拿出来！"

邮差拿出猴子的挂件："猴哥，这个挂件卖给我吧，你要多少钱？"

看到挂件，猴子突然像变了一个人，小心翼翼地拿起挂件，戴在身上，说这个永远不卖。

"那就招了吧，是不是老家的邻居妹妹送给你的？"

"你管得着吗？"

"难道这是你的秘密？"邮差想进一步探索。

猴子摆摆手，气哄哄地走出宿舍洗车去了。

晚上值夜班，荣志海和指导员邵飞带上我查岗查到值班室，猴子刚好出去上厕所，办公桌上留下了一封未写完的信，信写在笔记本上，荣队很纳闷，感慨猴子有情怀，这个时代居然还坚持写信。

拿起信件，看到猴子的字迹干净有力，荣队长才明白这是猴子写给他父亲的信，其中一段很是真情流露："……我小的时候，你从来没有来幼儿园接过我，每次都是让徐叔叔、张叔叔来接我，我知道你就是再忙，也不能不来接我，好吧，我已经原谅你了。当我第一次穿上消防服的时候，你说我很帅，很像你年轻的时候。成为一名消防员应该也是你的心愿吧……"

原来，猴子的父亲也是一名消防战士。

正欣赏间，猴子上完厕所回来，看到荣队和指导员在值班室正在翻看他的日记本，他一个箭步冲上前，一把从老荣手里夺下笔记本，早已忘记平日里立正敬礼的好习惯。猴子这个举动让我们错愕当场，邵飞马上训斥猴子："猴子，你干什么？有什么秘密不能让我们了解！"

"报告中队长指导员，日记涉及个人隐私，对不起，我无法汇报。"

看到猴子因为情绪激动涨红了脸，荣队长柔和地打圆场："猴子，人的心情就像堆在电脑桌上的杂物，需要定期清理，才能保持心情舒畅，如果你有秘密，我们两位老哥很期待你能说出来。"

"报告指导员，我不想说。"

"那没关系，等你想告诉我们的时候，我们会真诚地聆听，另外，有什么困难需要组织帮助，你也可以说。"

邵飞说完话，随即不约而同地和荣志海立正敬礼："我们代表四中队，向我们的前辈，您的父亲敬礼！"

第十章
烈火炼忠心

雪碳生物能源有限公司的生物发电项目，承担着整个海康市农作物秸秆处理发电再利用，总投资 7 个亿。原龙山区区长，现在的副市长厉灼新经过多次谈判才把该项目引进落地。

厉灼新曾为治理全市农作物秸秆禁烧工作大伤脑筋。

每到秋、午（端午）二季，农民朋友为了省事，直接把收获后撒在地里的秸秆一把火烧了，造成环境二次污染不说，还经常火烧连营地引起各类火灾。厉灼新当时是区长，专门组织了专家研讨会，得出一个结论，要想解决问题就要在市内建设一个生物电厂，把生物秸秆变废为宝：一是用来发电，二是使农民增加创收项目。

说起农作物秸秆，搁在以前那可是农民朋友视为珍宝的好东西：一是可以作为牛羊的口粮进行消化吸收，转为牲口粪便再循环到田间肥沃土地。二是农作物秸秆作为燃料供给农村做饭烧火之用。现在由于城市化进程的推进，大量农民进城，再加上机械化自动化耕种收获，农村养牛养羊的市场早已不复存在，每家每户都在用天然气，农作物秸秆就成为多余的废品，收起来麻烦，堆起来占地方，索性当场在地里烧了，一到秋、午（端午）二季，广大农村由于秸秆焚烧，造成狼烟四起，不但污染环境，还造成生物秸秆的浪费。由于没有有机物施肥，土地越来越硬，焚烧农作物却成规模地屡禁不止。

厉灼新在这个结论得出之后，紧接着引进投资建成雪碳生物电厂，充分把农作物秸秆变废为宝，生物电厂负责回收秸秆，发电；市财政负责按照市场电价回购电能，再低价卖给园区化工企业，既保证了化工园区的用电需求，还打出了一个循环经济的漂亮牌。就一个电厂，这么一来一回，每年区政府净赚一个多亿。有人说，这政府不是不能做生意吗？政府是不能做生意，但政府城投公司可以做生意。

龙山区公务员 3000 人左右，事业编制 14000 人左右，雪碳生物一个厂就能解决一个月的财政收入。而且是固定供应，根本不需要用卖地、卖资源等不可持续发展模式。

循环经济虽然完美，厉灼新拉项目找投资的能力也得到了省委的认可，改革家、经济学家什么头衔都往身上安，海康工业大学专门授予厉灼新经济学客座教授。可是私下里，厉市长却经常说，还是希望能看见遍地牛、羊的场景。

农民的锅灶是他拆的，农民的房子牛棚羊舍也是他拆的，现在倒说还是当年的状态好，私下大家纷纷议论，这个厉灼新是不是得了精神分裂。

雪碳公司电厂在禁烧工作中发挥着很重要的作用，由于虹吸效应，附近几个市的农作物都被吸收过来，董事长薛长贵每天坐在办公室里数钱，自然乐不合嘴，可是，他最近却苦着脸，笑不出来。这主要是因为最近的一场大火。

由于附近五县两市的农作物都集中在雪碳电厂，造成电厂的农作物秸秆堆积如山，政府专门给电厂批了 200 亩地存放秸秆燃料，同时，燃料场是消防部门的重点工作对象。

海康市的 7 月正值夏季最炎热的时候，在这个季节，空调过热、手机过热，还有电动自行车的电瓶都是防火需要关注的工作。

龙山消防大队在此之前，已经开展了入户检查、公共宣传等形式的消防教育 200 多次，使当月的火警同比下降了 76%。参谋的汇报表明防火形势很乐观，可是大队长许文杰仍然感到心里不踏实，整个龙山区 100 多家企业，其中化工企业 75 家，这些都是隐患，说得不好听一点，就是坐在火山口上过日子，尤其是高温天气，火灾隐患更是成倍提高，好在早上下了一场及时大雨，算是老天给饭吃，暂时降了温，这才让许大队长心里稍微踏实些。

其实也就踏实一中午，下午 1 点，火警来了。雪碳公司草料场突发大火，火势很猛，有外溢蔓延趋势。

雪碳公司隔壁就是康田化工厂，厂区库房 8 个直径 20 米的储罐，储存着十几万吨的化学原料苯，一旦火势蔓延或者火星被风吹到厂区，后果不堪设想。

康田化工厂也未雨绸缪组织起人员装备在院墙内严阵以待、以备不测。

海康市消防支队调集了齐装满员的 8 个中队前来灭火，现场总指挥雷若平组织起 20 条水枪，在康田化工墙外打出一道水幕，火苗左冲右突尽数被水幕挡住。

一时间现场黑烟滚滚，卷起漫天火星，好似人间地狱。关键时刻，市政府调集 5 台大型鼓风机赶过来支援，通过反向吹风作业，丢车保帅，终于解决了致命风向问题。

这场大火经过 12 个小时才得以扑灭，12 个小时里，参战消防指战员不吃不喝，以一种惊人的毅力和火魔抗争，坚持到胜利。雪碳公司初步估算直接损失 3000 多万，这属于重大火灾。

第十一章
然诺一吐身心累

一

雪碳生物电厂的火灾很快引起了省政府的关注，要求限定时间侦破此案，我们消防系统的火调组和龙山区刑警大队也快速介入联合办公。刑警大队带队的是重案组中队长云蕾，作为行业调查主责单位的消防支队则是派出火调员薛灵带着第一现场救火的猴子、邮差、坦克进入现场开展了前期的调查取证。

调查工作很快有所突破。在调取草料场外围视频监控时发现，一男子于起火当天上午进入草料场，出厂时点了一支烟，在该人离开草场半个小时之后，草场大火燃起。

经过对该人得身份进行核实，为雪碳生物电厂的草场管理员老陈。

几项疑点全部指向老陈。

老陈在大门外点烟，已经说明他违反了草料场的安全规则——带着火源进入草料场，调查组通过进一步走访了解到老陈和雪碳电厂还有薪资纠纷。

有现场、有动机、有矛盾，这还哪里跑，于是老陈被锁定为纵火嫌疑人采取了刑事强制措施。

下一步工作就是固定物证，形成证据链闭环，把嫌疑人移送司法机关。

案件即将水落石出，联合调查组已经有人打算开香槟庆祝。

然而，当调查组在固定物证时，却出现了麻烦，由于火情太大，现场无法提取相应的有效材料送检，造成无法锁定或者排除老陈的作案嫌疑。

被羁押在看守所里的老陈却一直在喊冤。

在大众的认知里，对于家庭失火、家人去世等事件，警察也要赶来现场凑热闹掺和一下搞调查，通常持不太理解态度。"我的家事我做主，你干吗掺和。"

殊不知这正是法律保护人民群众利益的需要所在。

曾经有个案件，儿子报父亲因病去世，抬到火葬场打算火化。

殡仪馆工作人员一看老人嘴唇发黑、面色发紫，愣是没给烧，非得要儿子去公安局开正常死亡证明。

这事闹到最后真相水落石出，老人是被儿子毒死的。后来，就形成了只要有死亡的事件，火葬场必须见到公安机关开具的死亡证明才能火化。

同理，雪碳公司的这场火灾在公安局介入后，被定义成人为纵火案，既然是案件，必将有人站出来负责。

二

市公安局的会议室烟雾缭绕，这让云蕾、薛灵等几名联合调查组的成员呛得不时咳嗽几声，刑警支队长马钰又递给消防支队长雷若平一支华子，雷若平接到烟不管不顾地抽了起来，使原本烟雾缭绕的室内更加云遮雾绕。

投影仪里的视频监控显示，火灾当天，老陈上午 11 点半进入草料场，出草场门口时，停步后点了一支烟，在该人离开草场半个小时之后，也就是中午 12 点半，草场大火燃起。

"老陈今年 55 岁，最近和雪碳电厂有薪资纠纷，目前已被认定为纵火嫌疑人进行控制。"

当刑侦支队长马钰提出这个观点时，遭到了消防支队火调员薛灵的反对。

薛灵站起来向主要领导敬了一个礼："着火点所在的 19 号草垛周围提

取物分析并未分析出燃料等残留物，监控并未显示老陈进入草场后在起火点附近的活动，最重要的一点是，最先着火的19号草垛提取物中，并未发现助燃剂残留。"

刑警支队长马钰提醒薛灵说："薛灵同志，请你注意，没有助燃剂，能不能排除，老陈用打火机点燃草垛？"

薛灵微笑着站起身，走向前台，她拿着激光笔打在屏幕上的草垛照片上，自信地回复马支队："现场由于下过大雨，草垛三米以上都湿透了，就算用打火机点上一小时也点不着，三米以上的位置被塑料膜盖住，上面还有许多积水，起到阻止燃烧的作用，这更加推定不可能被人为点燃。"

"所以，我分析着火原因另有隐情。请求立即解除老陈的刑事强制措施。"

话刚落音，就引来了马支队长的反驳："如果照你所说，一是点不着草垛，二是不可能自燃，这不是恰恰更能证明，草垛失火是人为纵火！"

薛灵诚恳地回答："失火的原因我还没有想到，可能我受限于自己的思维局限，但是，我会继续努力查找答案。"

雷若平为了平衡调查组关系，把头转向云蕾："你有什么观点，抛出来我们分析研判？"

云蕾快速地站起身："对于老陈的突击审讯，老陈反抗意志很强烈，拒不承认纵火，他说带打火机进草料场确实违反安全规定，和草料场有劳动纠纷也认可，但是，他有孩子上大学，有老母亲需要养老送终，公司打算辞退老陈的劳动纠纷不足以支撑他走上极端。"

马支队看了一眼雷若平，然后转头黑着脸对云蕾说："人，我们已经刑拘了，你继续开展工作，压力我们给你顶着。"

这时候，坐在一边倾听的市政府副秘书长，站起身来，示意了一下马支队，两人推门而出。

来到楼底口的吸烟处，副秘书长掏出两支烟，递给马支队一支，说："马支，薛灵可是雪碳公司董事长的千金啊，别人为老陈开脱我倒有怀疑，可是她站起来为老陈开脱，我认为还是有一定道理的，或许，我们都陷入了思维死角。"

马支队拍着脑门，恍然大悟："嘿！这个情况我还真没有掌握，薛灵这小妮子还真坚持原则。"

马支队没想到自己很快就顶不住压力，第二天，老陈的家人们来到公安局举起横幅聚集喊冤。横幅上写着："老百姓讨薪无罪，公安局陷害有功！"这一举动，迅速招来几百不明原因的群众聚集。

从在老陈家属跑到市公安局门口举横幅开始，性质已经发生了悄然的变化，它由一起刑事案件转变到社会维稳工作上了，这让公安局面临很大的社会压力。

公安局专案组的第八次研判会也发生了分歧。

以马支队长为代表的一方认为，首先，现场除了老陈没有其他人进入草料场，老陈离开后不到半小时草场着火。其次，老陈离开草料场时还点了一支烟，这说明他当时心情很不平静，像是刚刚实施了纵火行为的人点支烟给自己压惊。另一方以云蕾为代表，持不同观点。老陈在离开草料场时点了一支烟，这说明他当时心情很平静，不像是刚刚实施了纵火行为的人。

此外，云蕾还注意到老陈在离开时并没有表现出任何慌张情绪。老陈如果有纵火动机，不可能在大雨之后马上实施犯罪，从而给自己增加纵火难度。

在审讯过程中，老陈坚决否认自己纵火，并提供了自己在案发时的合理解释。他说自己在进入草料场时并没有带任何火源，打火机和烟装在他放在草垛场大门口的三轮车上，离开时点烟只是因为想抽根烟放松一下。

案件分析会上的僵局，被云蕾的一个行为打破了，她向局长作出保证，限期一周时间破案。

立军令状时有多豪迈，清醒时就有多累，现在压力交给了云蕾，五天后的云蕾陷入了困境。

第十二章
解忧有红颜

一

面对家属的喊冤和无休止的申诉上访，云蕾的电话已经变成了热线，不是支队领导催破案，就是局领导要了解案件进展，这让云蕾倍感焦虑。早上，她站在一楼的警容镜前，不经意发现脸上和额头前冒出一个个红包，那是压力和疲惫的象征。

云蕾情绪低落地回到办公室，正想把队里专案组的几名干警召集起来，开会商讨下一步行动，抬眼间，看见猴子已经一身戎装站在办公室门口。

猴子的到来让云蕾有些意外："纪峰，你来找我？"

猴子看了看四周："能借一步说话吗？"

云蕾的同事自然认识猴子，都知趣地走出房间。

"说吧，什么事？我这正忙着呢，今天可能没时间接待你。"

"云队长，我这次来的目的，是想告诉你这把火是天灾，不是人祸。"

云蕾被猴子逗得哭笑不得："你来找我就为了说这个？呵呵……你根本不了解情况，你还是把消防工作做好，瞎凑什么热闹！"

猴子满脸真诚，用坚定的眼神看着云蕾："几天不见，你脸上长了这么多包呀！"

云蕾上前捶了猴子胸口一拳："会好好说话吗？"

"我帮你找答案，你还来捶我。"

"我忙着呢，你不好好在消防队值守，跑刑警队来捣什么乱？"

"我要带你去找破案的线索。"

云蕾满脸疑惑："你要是能帮我找到破案的线索，我就……"突然意识到说得有点不对劲，赶紧闭上了嘴。

"我帮你找到破案的线索，然后怎么样？"

云蕾皱着眉头："请你吃饭。"

猴子瞬间有点失望，嘴里咕哝着："我还以为要嫁给我呢！"

云蕾装作没听见："现在去找答案？"

"当然是现在，你的军令状明天就到期限了。"

"为什么选在这么热的天出来找线索。"

猴子讳莫如深："等一会你就知道答案了。"

和猴子出了办公区，云蕾做了一个优雅的手势："请！"猴子看在眼里，不由得说："云队，你好像变了。"

云蕾："莫名其妙，我哪儿变了？"

猴子："对我的态度变了。"

云蕾看着猴子似笑非笑："哦，是吗？说具体点。"

猴子："你在我面前越来越有女人味了！哈哈！"

云蕾咬了咬嘴唇，极力忍耐着猴子的调侃："我看你也变了？"

猴子做抓耳挠腮状："是吗？请领导明确指示！"

云蕾眉毛一竖："变得欠揍！"

二

说话间他们俩驱车来到了龙山脚下一个院子外，院子看起来像个废弃的厂房。开门的是一个值班的60岁左右的大爷，看到猴子迎上来："说小纪来了，东西都为你准备好了。"

云蕾顺着大爷的话看到院子中央堆起一堆1米多高的草垛，草垛主要由麦秆组成。

猴子走到房子里像变戏法似的，拿起一大块早已准备好的塑料布，很随意地盖在草垛上，塑料布由于并未用力拉扯，使中间部位凸凹不平。

云蕾表情像是遇到骗子："猴子，我正忙得焦头烂额，你把我叫过来就看这个？这和纵火案有什么关系呢？"

猴子也不回答，自顾自地提起早已经准备好的一桶水，泼在了塑料布上。云蕾目不转睛地看着猴子的动作，心中充满了疑惑。

就在这时，猴子指向旁边的办公室，笑嘻嘻地说："云队长，咱们进屋吹吹空调吧！"

"你在故弄什么玄虚，我哪有时间和你吹空调，玩什么草船借箭！"云蕾说着转身就要走，猴子一把拉住云蕾，说："你要想知道纵火案的重要线索，就老老实实在这待一会儿。"云蕾气得直跺脚，她心里很明白，此时侦查方向已经陷入了死胡同，猴子既然说能帮她找到答案，眼看明天破案期限到期，按照自己的方向搞下去，也没有头绪，看了看外面毒辣的骄阳，索性坐了下来："去，给姑奶奶拿瓶水喝！"

大概过了半个小时的时间，云蕾终于耐不住性子，站起来要走："猴子，你别卖关子了，想表达什么你就直说，否则我真的……"

云蕾话刚说一半就停了下来，她惊奇地顺着猴子手指的方向，看到院子中间塑料布下面的草垛居然冒起了青烟，就像农村某家孩子考上大学，祖坟冒起了青烟一样。

这一幕让云蕾瞬间恍然大悟，也不顾矜持，双手抓住猴子的胳膊一通摇摆连声问："这是为什么？这是为什么？"

"凸透镜原理啊！我小时候经常玩。"

猴子一副吊儿郎当的样子，让云蕾着实感觉又好气又好笑。

要知道云蕾是刑侦科班出身，对细节和线索的捕捉可是天职，现在天职在业余面前啥都不是，说起来确实挺打击人的自信心，尤其对云蕾这位高傲的职业女性，她的高傲不仅来自身后一大堆追求者，更有她对公安业务精湛掌握带出来的自信。

龙山区龙湖公园曾经发生多起猥亵案，都是在晚上，针对一些夜跑的单身女士，嫌疑人藏在花木丛里，看到路过的单身女士，就出来假装夜跑，趁着女士不备，冲过去，又搂又抱，把受害人吓得又跳又叫，然后一溜烟跑得没影，搞得龙湖公园大好休闲胜地寥无人烟，尤其是女士，谈起龙湖公园就说："龙湖公园那边出了个变态。"

云蕾主动请缨，乔装打扮成夜跑女破了此案，用云蕾的话说，那天要不是队友及时赶到，自己差点失身，因为嫌疑人人高马大，曾是健身教练，因在健身房揩油女顾客被开除，从此记恨女士，进而沦为变态。

云蕾就是这样一路拼出来的，是个实战型选手。在调查雪碳电厂失火案件的关键证据上，云蕾陷入了被动，此时，猴子拍马赶到帮了她一个大忙，要不怎么说纪峰精明得像个猴子呢。

"原来下完雨后，雨水在凸凹不平的塑料布上形成了凸透镜，阳光一照，就把下面干燥的草垛点燃了。你是怎么想起来的？你可真行！"云蕾手舞足蹈，雪白的脸颊由于兴奋过度，充满了红晕，像是一幅摄人心魂的画，一时间让站在一边的猴子看呆了。

"你盯着我看想干吗？"

"我看你一个刑警女汉子，怎么突然间就变成了一个可爱小女生了。"

"去去去，聊正事，我这案子看来能破了，记你大功一件。"

"那你怎么感谢我？"

"请你吃饭呗!"

"非鲍鱼海参我不吃!"

"去你的!"云蕾用小拳拳捶打着猴子。

爱撒娇的女人为什么总是那么招男人喜欢？聪明的男人都知道，倘若你遇到爱给自己撒娇的女人，千万不要错过，一定要大胆表白，那就是你心心念念此生要找的女人。

云蕾撒娇的样子更显得妩媚动人。

猴子看在眼里心花怒放，他忽然感觉自己是天底下最幸福的男人，以至于猴子竟然看得走神怔住，任凭云蕾撒娇捶打。

"猴子，你这个臭小子在琢磨什么？"

猴子马上回过神来，干咳了两声，解释说："对，就像这个案件。我们必须找到那个能引导我们找到真相的'塑料布'。只有这样，我们才能突破僵局，找到真正的答案。"

云蕾沉默了片刻，坦诚地承认："你说得对！我差点被困在固有的思维里，看不到问题的关键。"

猴子接着说："这件事告诉我们，面对困境时，我们很容易陷入固有的思维模式，难以找到突破口。但只要我们敢于挑战常规，用全新的视角去看待问题，就一定能够找到答案。"

正如猴子所说："这把火是天灾，不是人祸。"问题的关键在于我们如何去应对它。

老陈很顺利地解除了强制措施，出看守所的当天，从云蕾口中得知为他洗刷冤情的竟然是龙山区消防大队一名普通的消防战士，便和家人一起敲锣打鼓来到消防队为猴子送上锦旗。

所谓金杯银杯不过如此，永远比不上老百姓的口碑。

荣志海专门把四中队集合在院子里感受来自人民群众的感谢。送锦旗的现场还是很感人的，老陈十分激动地紧握住猴子的手摇个不停："感谢你把我的冤屈洗了，消防员好样的！是老百姓的平安守护神……"

第十三章
云梯作短 难攀贪欲

一

协助刑警队破获雪碳公司失火案，被海康市公安局授予了三等功，领了5000元奖金，寻找线索的事迹还被写进了海康市公安局刑事侦查补充案例，中央电视台《走近科学》栏目都想不到拍摄这样的题材，甚至一度联系海康市消防支队，要抽时间过来拍摄一组关于消防题材的科学纪录片。那段时间，猴子在工作上干得风生水起，用卦象来说，属于飞龙在天、利见大人。

猴子刚刚回队，大家便七嘴八舌地嚷嚷让猴子请客。

"猴哥，您这下露脸了，得请我们哥几个撮一顿。"

"猴子，那个送你回来的美女是谁呀？"

"猴哥，听说你走了狗屎运了。"

坦克最笨，本想说猴哥你走了桃花运了，结果说成走了狗屎运了，被猴子一顿捶，锤完坦克，猴子把头摇得像个拨浪鼓："党教育我们，要反对大吃大喝、铺张浪费。"

马志国献着媚笑："猴哥啊！我的猴哥，就让铺张浪费这种低级错误犯在我们身上吧，您只需要去结账就成啦！"

猴子苦笑一声："让别人犯错误，是我最大的错误！"

邮差接着话茬儿："猴子，还有革命的战友情谊吗？这样吧，我们也不黑你，老规矩，一人50元的标准，怎么样？"

猴子一听两眼放光，盘算了一下，全班一共七人，350元就把他们打发了，这事能干："就这么定啦！明天中午'回娘家'呗！"

马志国挤了挤眼睛，大家异口同声："不成！不成！至少158！"

猴子把眼一翻："看来你们心心念念地想去吃江小鱼自助了呗。"

大家异口同声："答对啦！"

猴子眼珠子滴溜溜转了两转："咱们虽说都休息，可随时都会有火警，需要我们支援，江小鱼自助距离我们队有5公里呢，万一赶不回来怎么办，还是出门左转'回娘家'比较近，再说，组织教育我们要反对大吃大喝嘛！"

大家听完猴子的怪论异口同声："呦！！！！！"

邮差一看争执不下："现金为王，谁让猴子掏腰包请客呢，'回娘家'就'回娘家'，明天中午'回娘家'撮一顿。"

邮差口中的"回娘家"，就是去消防队后面龙山山腰上的战士们口口相传的"龙山大饭店"，"龙山大饭店"说白了只不过就是用活动板房搭建的三间简易房，再用夹板围了一个院子。

这本是巡山员老刘头儿的吃住一体用房，老刘头儿今年60岁，胡子拉碴、满脸风霜，看起来像70岁，领着每月2000元的工资巡山。龙山虽是孤山，面积却达方圆10公里，为了巡山，老刘和老伴儿一起几乎常年不下山。

龙山植被茂盛，一年四季都怕山火，作为巡山员属于森林公安管理，而森林公安的主责任务之一就是防火，和消防队是联系单位。

老刘头年轻时烧得一手好菜，加上战士们偶尔需要换换口味，干脆在活动板房的客厅摆上一张圆桌，导向性营业，只给消防队服务，战士们每月来换口味，点几个小菜，老刘头儿也只是象征性地收一收费，就这样，龙山大饭店的招牌就这么在消防队里叫响了。

　　老刘头开餐饮无牌无证，接待的客户也是特定的，基本都是消防队队员，也没有相关部门前来检查。

　　"这是为什么？"

　　猴子第一次来吃饭的时候心里也存在这个问题。

　　让猴子更加困惑的是，老刘头儿的生意从何年何月开始？

　　猴子第一次到这儿吃饭是老班长孟浩带他来的。孟浩和猴子是老乡，接完猴子这批新兵，三级士官也到期了，在退伍前带着猴子他们班的战友来到这儿聚餐，猴子一上来就感慨这个地儿真好，依山傍水，关键还不收税，那天就问了孟浩这个问题，孟浩回答得很孟浪，说你以后自然就知道了，一定要常来。

　　这个问题并没有困扰猴子多久，就在猴子来到消防队不到半年，便揭晓了答案。

　　那时候快过年了，早上训练完毕，中队长荣志海就把猴子和坦克喊到他办公室，俩人进去一看，办公室的空地上摆放着一堆米面油，看到俩人奇怪，荣队长说，"咱们要去慰问龙山消防大队的一名烈士家属。"

　　猴子坦克拿着米面油，正准备往车上搬，荣志海挥挥手说："不用了，不远，就几百米，提着吧。"

　　等猴子走过去才知道，原来龙山大队的牺牲烈士刘雪峰的父亲竟然是龙山大饭店老刘头儿。

　　也难怪每次战友们请客，老刘头儿做的菜不仅分量足价格还便宜。在外面要花400元的餐，到了这儿只需要200元左右。从那以后，四中队的战士们想家了，也会提二斤水果跑到后山腰找刘叔坐一会儿，和刘叔聊聊天。用刘叔的话说："你们经常过来，不是因为我这个老头子做的饭菜香，而是对我这个烈士家属怀揣着敬意。"

二

在海拔 300 米的龙山腰上吃饭，出门整个龙山区风景尽收眼底。

春花满山、夏日荫凉、秋叶飘落、冬雪点缀，大诗人杜甫爬山能写出："荡胸生层云"的佳句不无道理，所以人不论情绪高昂还是难过失意，都应该经常爬爬山。

中队长荣志海接待妻子的第一餐就是龙山大饭店，尤其是刘叔的烧黄鳝、烧泥鳅，绝不比五星大饭店的味道差。

当然了，消防员吃饭就是吃饭，酒是万万喝不了的，实在想喝酒也没辙，只能赶到倒休的时候偷偷喝，想在刘叔这儿违规饮酒，那是不可能的，他本身就在监督着我们。

约定聚餐的那天早上，邮差找到猴子："我早上专门看了皇历，今天中午就是聚餐的黄道吉日，我负责约薛灵，你们想约谁就约谁，赶快约。"

猴子一听气不打一处来，"合着我这奖金成了你们的餐补费了，你经过我同意了吗？"

坦克听了赶紧给王锐打电话，邮差没搭理猴子，自顾自给薛灵打电话。

"云蕾说她有个案子来不了，今天聚餐取消。"猴子一副老财主的模样。

"我去你大爷，人我都约来了，你要是不请客，我跟你没完。"邮差可不惯着猴子。

这时候，马志国刚从外面回来，看见邮差和猴子嘀嘀咕咕，顺口问了一句："哥几个今天挺闲啊，琢磨什么好事呢？"

这一问不要紧，猴子、坦克、邮差和我们几人顿时脸色大变。岳明想去捂住马志国的嘴，显然已经来不及了。

果不其然，没过三秒，院子里警铃大作。

四中队接到报警电话，有人在潜江路忆江南小区 20 层顶楼欲跳楼自杀，请消防队火速支援。

　　当四中队在中队长荣志海的带领下 10 分钟赶到现场时，只见 20 层的楼顶，半米高的裙墙上坐着一个中年男子，满面愁容、双腿悬空，随时往后一仰，就会跌落地面、死于非命。站在不远处劝说男子的民警看到消防队赶到，马上走过来和荣志海商量营救方案，老荣对这种情况早已司空见惯，于是说：“你站在左边做男子的思想工作，吸引男子注意力；我从右边切入，找准时机，把男子拉过来。”

　　民警坚定地点了点头：“好，注意安全。”

　　当男子看到警察从左边靠近时，情绪又开始激动起来，手指着民警大喊：“你们不要过来啊，过来我就跳楼了！”

　　就在跳楼的男子和警察激烈对峙的时候，荣志海开启了自己现场教学模式：“绳子先绑在楼顶的柱子上，拉一拉看看承受的力度有多大，如果现场没有合适的固定点，那么就启动第二个应急方案，猴子、坦克、邮差、志国，你们四人把这根绳子绕在腰上，脚下找好着力点，等一会两个人的下坠冲击力要大于你们四人的体重，这一下一定要扛过来。”

　　就在我们准备好第二方案的时候，老荣已经悄悄从右边靠近男子，在距离 5 米处停了下来。

　　老荣看到左边的民警拿着一瓶水要递给男子，男子连连摆手让民警把水扔过来，在准备捡起水瓶子的时候，荣志海看准机会，一个箭步冲飞扑上去抓住男子手臂，一发力把男子拦腰抱住，从裙墙上薅了下来，民警也赶紧上前扑倒并控制男子，整个动作两秒完成，营救成功。

　　这让现场出警的民警也忍不住连声叫好，楼底下的围观群众更是毫不吝惜地送出热烈的掌声。

　　果断都是来自平时千百次的训练。

　　每一次出警回去的路上，都是大家最开心的时刻，这一次，我们仍然载誉而归。

纪峰让庄磊开车，腾出空来问荣队长，大概内容说是什么支撑你有如此大的动力，拿自己的生命当草芥，冲锋陷阵勇救群众。

这句话听起来像个马屁，以至于荣志海讪讪一笑："猴子，你看非洲大草原角马迁徙的时候，总会有四五头强壮的角马守在队伍最后，它们最终的结局就是被吃掉，这是为啥子？"

猴子往上推了推帽檐，上面的国徽显得愈加明亮："为了保护老弱病残的角马和整个族群做出自我牺牲呗。"

荣志海接着问："在危险面前，断后的角马有没有生的权利撒？"

猴子表情严肃了起来："它们生的权利好像被剥夺了。"

荣志海语言深沉得像个哲学家："要得，我们这个社会有几种职业，也是这样子，比如消防员面对火灾、警察面对凶恶的歹徒，都是奋不顾身，因为我们没有避险的权利，所以哪儿有危险就往哪儿去撒，把危险带走，把平安留下，这就是消防员的职责嘛。"

车辆很快来到了四中队院里，就当我们起身推开车门准备下车的时候，纪峰肩上的电台又响了起来："四中队！四中队！请注意，辖区官亭小区7号楼2003房间发生火灾，请快速前往支援扑救。"

猴子抱怨了一句："这火情还续上了。"

马志国："猴哥！这不挺好吗，至少装备还没脱。"

消防车一路风驰电掣，荣队长在路上对此次火情给出了分析：这可能又是一起空巢老人烧饭产生的火灾。

白居易先生曾经说过一句话："老来多健忘。"我们遇到多起火灾显示，空巢老人居住在小区将会产生很多安全隐患，而集中化的老年关照产业势在必行，比如社区老年食堂。

我们到达官亭小区时，现场已是浓烟滚滚。荣志海连下三道指令：找物业切断电源，调集云梯支援，呼叫大队支援。这一通操作下来气贯长虹，宛如消防总队长。

20层上的一名50多岁的受困男子已经被火势逼到了阳台，而阳台处不停向外翻起浓烟，受困男子手摇着毛巾不停呼救，他身后冒出的滚滚浓烟，含有一氧化碳、二氧化硫、烟尘颗粒。最主要的危害还是来自一氧化碳，只需要吸一口就能把人毒昏迷致死。龙山大队没有超高云梯车，只能紧急呼叫支队把50米的云梯消防车支援过来。

消防云梯车开过来仅仅用了5分钟，这个速度在海康市的交通路况下算是飞过来的。

当云梯车到达火灾现场时，荣志海率先登上云梯车，却被猴子拉了下来："队长，让我上，爬高挂梯我更灵活！"

荣志海执拗不过猴子，说："注意安全！"

猴子一上去就遇到了大麻烦。

50米高的云梯仍然无法达到20层楼高的位置，只能够到19层。猴子站在云梯车顶端用对讲机呼叫荣志海："荣队长，赶紧送一个挂梯上来。"

20层的高度使用挂梯上去，且没有任何保护措施，风险性极大。

荣志海脸色犯难："猴子，再等会，我们正在破门，你先用高压水枪压制火势。"

"荣队，室内火势较大，还有一名老人被困，生死未卜，使用水枪会造成室内温度过高。"

猴子的分析不无道理，当火势起来后，一旦火场有人藏匿，高温把水气化，无孔不入，这会让室内被困人员坚持不到20秒，这是其一。一旦室内火势凶猛，贸然破门会造成大量空气进入火场，将会造成爆燃情况发生，这就是为什么中国科技大学专门设置了一个国家级火场重点实验室，还设置了火灾研究的博士点。

荣队长何尝不明白其中的道理，他制止猴子使用挂梯，是担心猴子出现意外，可是当听说室内还有老人时，他沉重地挥了一下手，岳明马上冲出来背着挂梯沿着云梯攀爬而上，动作宛如灵猴，猴子站在云梯上不由感叹："这小子基本功扎实，假以时日，我这个挂梯王称号就是他的了。"

岳明不但带来了挂梯，还带来了安全绳，这让猴子喜出望外，有个安全绳，就算坠落，也会被安全绳拉出鬼门关。这些血与火之中养成的细节在人荒马乱的火场中更能体现得淋漓尽致。

"猴哥！让我上吧！"岳明看形势危险，猴子刚才一直在上面施救，显然有些体力不支。

猴子又岂能把危险留给战友，咬了咬牙："你负责接应，我倒下了，你再上！"

岳明听完没多说话，赶紧把挂钩的另一头牢牢钩在云梯把手上。

猴子把云梯往20层楼阳台上一挂，顺势腾身而起，一个利索的翻身跃入充满浓烟的阳台，此时，受困男士已经被烟熏得快要昏迷，他用尽力气抬手指了指卫生间的方向："我妈，还在卫生间里。"随即昏倒。

20层到19层隔着二米四的挑高，底下是近50米的悬空，阳台上男子已经昏迷，室内火场里还有一个被困的80岁老人，高空营救一个行动正常的人问题不大，因为可以配合消防员的指令，现在倒好，男子被烟熏昏迷，此时室内火势已经起来，一旦烧穿天然气管道，后果不堪设想。

好在荣志海用手台告知猴子已经关掉天然气管道供气阀，这让猴子心里稍微放心。

昏迷的男子就躺在脚下，目测有180多斤，救老人还是救就近昏迷的男子，这对消防员来说已经管不了这么多，只要是救人，救什么人都是救，哪怕是逃犯也不例外。猴子解下安全带束在180多斤的男子腰上，另一头扣在安全绳，安全绳连接阳台钢筋挂钩，试了试牢固，赶紧把男子抱着往下降，岳明在云梯升降台上接住男子，云梯驾驶员马上收缩云梯。

猴子站在阳台看到男子被救，这才放心转过身，瞬间湮没在滚滚浓烟之中，留下地面上人们一阵惊呼。

客观地说，就在云梯往下降落时，室内有烈火，身后是 50 米的高空，这是绝路死地，阳台上的猴子也成了被困人员。猴子面对死地，偏偏往火里冲，因为猴子明白冲过火路就是生路，室内七八米的距离，只需要一两秒就能穿越。

猴子是专业的消防员，受过正规训练，他不可能也不应该有这个想法，有这个想法的消防员，估计早就去马克思那儿报到了。

这正是普通人的常识欠缺，要知道火场中心的温度能达到 3000 多摄氏度高温，不要说一到两秒，就是 0.5 秒，穿着防火服的消防战士也受不了。

荣志海站在楼下早就看出端倪，抄起电台连续呼叫："纪峰，听从命令，在阳台原地待命，你的任务已经完成，我已派人正在破门，马上攻入室内！"

"室内还有被困老人，荣队，如果我回不去，我的秘密都在日记本里。"

猴子说完索性把电台放在阳台，因为他知道室内的温度，电台也会融化，那就尽量减少国家设备的损失吧！

消防员是一条人命，群众也是一条人命，从《社会学价值论》角度来说，保全一命，放弃一命，没有错误。但这条规律对于某些特定职业不成立，比如面对劫匪用自己交换人质的警察、面对火场用自己生命救助群众的消防员。说白了，他们选择了这种职业，这种职业也就赋予了他们没有避险的权利。

也许有人问："那我选择避险行不行？大不了挨个处分，反正脱不了衣服。"

"也行也不行！"

"此话怎讲?"

"选择避险,也有理由,比如,我的能力不行,我当时被烟熏到了肺部,没有行动能力,比如……有很多比如。"

"那不行呢? 怎么解?"

"不行的解法,说出来让你听了感觉有点高姿态了。"

"什么是高姿态?"

"所谓高姿态,就是常人理解不了的东西。"

"愿闻其详。"

"比如家国情怀、职业精神、舍生取义等。"

"听起来这确实很扯。"

"所以我并不想给永远理解不了的人解释。"

"那你为什么又解释?"

"因为你问了我。"

"我若不问呢?"

"不问也没关系,怀有这些情感的人也一直都在。"

"和平年代,需要这些情感来催动自己拼命吗?"

"不但需要,而且十分需要。"

"既然需要,那为什么很多贪官为了自己不择手段,早就把这些情感抛之脑后了呢?"

"你可以侮辱贪官,但是不要忽视他们曾经也有这样的情感,否则不可能为官,甚至当高官。他们首先挑起更大的担子和责任成为官,才有可能成为贪官。"

"贪官哪有什么家国情怀的情感。"

"他们确实有,只不过被自己误导了,除了一部分完全自我的贪官,还有一部分贪官只顾家、不顾国,他们感觉国很遥远,家才是真实的,随手可触摸。"

"我对你的谬论来了兴趣，贪官有什么情怀?"

"有一部分贪官之所以贪，还真不是没有信仰。"

"那岂不是贪腐无罪，清廉无理了吗?"

"还真不是，他们的问题出在价值导向，只为自己的家，不为国里的家。"

"你越说我越不明白。"

"你不明白是因为你没有情怀，也没有信仰。"

"哪些人有信仰?"

"比如面对劫匪用自己交换人质的警察、面对噬命烈火用自己生命救助群众的消防员。"

"你这不是说车轱辘话吗?"

"所以，你不了解信仰和情怀，是因为你根本就没有信仰和情怀。"

以上对话展示的道理，猴子自然知道，荣志海也更明白，所以猴子冲进火场时决然地像个殉道者。"虽金汤火池，吾往矣!"

外面一组迟迟没有攻进来，原因居然是这个号称可以和海康汤臣一品相媲美的小区，消火栓居然没有水! 消防泵居然是坏的! 不是一直没修好，而是一直没人修，急得马志国破口大骂黑心物业。

骂归骂，如果没有水枪的压制，冒然开门造成爆燃，不论对屋内人员还是对屋外救援人员伤害性都更大，这就是专业，懂专业的人自然谋定而后动。就在众人一筹莫展的时候，一道水柱从天而降，水柱后面的人正是站在云梯上的荣队长，水枪在手中宛若白练当空舞蹈。在近距离水枪的压制下，火势很快得到了控制，只是破门时的爆燃效应还是让室内火势陡然间增加了一倍。

这是一场成功的扑救行动。

我们把卫生间被困老人抬出楼的救人画面，被记者通过现场直播的形式在电视和网络传播，据云蕾后来回忆，她当时正在食堂吃午饭，看到猴子在没有任何保护的情况下，悬梯救人，手心里都捏了一把汗。

市防火处火调员薛灵赶过来见到猴子、邮差的时候，显得格外高兴："你们又立了一功呀！"

鲍坤站在旁边插话说："要不是荣队长料事机先，猴子就不是立功了，他该立传了。"

猴子把眼一翻："滚犊子，乌鸦嘴！"

薛灵打趣鲍坤："没事多学学纪峰那眼力见儿，你看人家总能冲在第一线，拿下首功，你吧！关键时刻跑得比坦克还慢。"

鲍坤："因为我的视力很好，一直没掉线。"

薛灵："哦，说来听听。"

鲍坤："比如，我就感觉我们家薛灵最好看。"

薛灵听完调侃卧蚕眉倒竖、杏眼圆睁，用小拳拳捶着鲍坤："你今天吃了蜜蜂屎吧，说！你到底骗过多少女生！"

这时，曹加宽从旁边走过，干咳了两声，对着鲍坤、薛灵皱着眉头："注意形象！"

薛灵赶紧收住笑容："曹主任，官亭小区的火灾调查，我就借调他们俩吧。"说着手指向了猴子和邮差。这让猴子和邮差大吃一惊，异口同声地说："我们这段时间搞战训，没时间！"没等曹加宽说话就脚底抹油，撤离了现场。

这场火灾原因很快调查清楚，独居老太太正在家里烧饭，未关火就去上厕所，因为健忘，等到出来时发现火已经烧起来封住了逃生的门，又赶紧躲回卫生间。儿子正好来看老太太，此时火势已经起来，靠他个人扑救显然已经来不及了，抢到卫生间把老太太背出来时，已是浓烟滚滚，好在儿子有常识，把老太太放在卫生间关好门，打开水龙头然后出来呼救，才逃过一劫。

　　说起独居老人，这是个社会问题。一个社区独居老人多，可不单单是没人照顾、行动不便那么简单，老人最大的特点是容易健忘，有可能正做着饭，一会加盐一会倒酱油，倒完酱油，忽然想起别的事，把做饭的事完全忘了，现在用的又是天然气，等到锅里烧干着火一切都晚了。客观地说，独居老人多的社区，安全隐患必然少不了。

　　薛灵在火灾调查报告上签完字后，就问邮差和猴子："听说你们的事迹很惊心动魄，最近几天电视台也在滚动播放救人画面，都说你们是英雄，作为英雄本人你们有什么感想？"

　　邮差刚想接话，被猴子用手势拦住，自顾自展开了长篇大论："消防设计规范，超高层50米要设避难层。避难层耐火3小时。有良好的独立通风，有防火门……"

　　"为什么不是在60米、70米设置避难层？原因就是消防云梯的最高限是52米。超过50米的楼房对消防安全要求也随之增加难度。"

　　"我们省现有的几部消防云梯车最高只能达到52米，这个高度，也就是17层楼那么高，而这几部消防车还是放在省会和重要城市，如果县城都盖上超高层，那么，会对消防救援工作带来巨大的压力。"

　　邮差叹了口气："你一消防战士，真是操碎了心，考虑的比厉市长还多。"

　　薛灵倒是对猴子的言论很认可："猴子，你这是从哪儿学来的，我正好在写一篇论文，题目是《论高层建筑消防救援难点分析》，你帮我看看还有哪些要补充的。"

　　没等猴子回答，邮差在一边黑着脸说："薛大科长，我要举报！猴子都是看我的注册消防工程师书籍学的，我来帮你把关，他没这水平！"

薛灵听完脸上一红，想到了邮差那段时间老是去图书馆占座的事儿，一种异样的感觉传遍全身，生怕被发现，于是转过身："你俩接着瞎诌吧，我回去了。"说着自顾自地上车开走，留下俩人在后面追着车跑："大姑奶奶，我们没车，等一下！"

在第三届全市生产安全形势讨论会上，主管安全生产、经济的市长厉灼新，坐在主席台上语重心长地说："我一而再、再而三地强调'区域定位'这个概念。尤其是全山、海江两个区县，楼盖得是越来越高，住宅项目一上就是20层、30层起步。有些同志对我要拦下这些超高层楼盘项目大为不解，甚至背地里骂娘，我就举个简单的例子：我们全省50米的消防云梯车，只有6台：4台在省城，2台在我们海康，楼一盖就是七八十米甚至上百米，一旦发生火灾连救援的设备都没有。"

"在座的都是区长县长，可比我这个市长好干得很啊！区政府财政没钱了就知道卖地盖楼，卖资源，实在不行就跑到市里来诉苦要钱，完全不想着搞活循环经济。"

"盲目追求盖楼的高度，倒不如动动脑筋把厂矿企业办好，把经济搞上去，一个城市的实力不是靠高层、超高层建筑来体现，而是靠厂矿企业办得兴旺，解决人民群众就业决定的！我们的财政和资源是有限的，盲目地追求高楼大厦、金碧辉煌，只会让当地的经济畸形发展，带来其他社会问题。"

在讨论环节，全山县县长提出一个刁钻的问题："厉市长，龙山有水道港口、海江有造船铜矿，我们全山除了土地，没有其他资源，想搞个旅游业，连座山都没有，怎么循环经济，实在是巧妇难为无米之炊啊！"

厉灼新脸色平静地听完提问，就开启了论证模式："区长、县长的调动交流为了什么？这个你没有搞明白，这不是人员的调动，而是人才的交流，都是带着理念和任务去的。这是人才的循环，经济怎么循环？说起来深奥，其实也很简单，内蒙古羊肉运到北上广深，火锅店也要开过去，义乌的皮草小商品、上海的养牛养羊技术设备运到内蒙古，这就是经济内循环，在内循环的基础上，我们还要挑选几家潜力公司扶持往外走。扶持不是给钱，扶持是帮助产业升级，打通各个关节。"

在一片掌声中，厉灼新接着补充："你们回去要号召区县镇乡街道的党员干部学习龙山，那才是你们该走的道路。"

要说厉灼新的执政理念还是相当超前的。那天雷若平去找厉灼新申请消防装备，起因是上次救火，云梯车不够用，差点没把人救下来。一台云梯车七八百万，雷若平按照海康四县五区一市的布局，要增加 7 台云梯车，心里正盘算厉灼新到底能不能批下来，正好在市长办公室碰见海康市下辖的县级市金仓市市长来汇报工作，说要在金仓再划拨一万亩地，专门建个金仓新区，先向市长汇报，再准备过会讨论。厉灼新听完汇报，当场就拍了桌子，说区域发展要有自己的定位，县城不可能盖得比地级市还大，也不应该比地级市大，地级市在那儿摆着，作为辖区的县级市却到处占地盖楼，规划怎么落实？区域发展怎么定位？是不是要把县级市升级为地级市，地级市降级为县级市？一通话怼得金仓市市长嘴巴半开半合，僵住不语。

会干能干的地方主官，都是在实业企业上下功夫，企业做好做大，全市群众有班上就能留住人，能留住人，就能带动一系列消费，通过消费再刺激经济发展，这就是良性循环。

厉灼新训完人，不紧不慢地端起茶杯呷了一口，指了指雷若平，接着对金仓市市长说："你把楼盖得这么高，一旦出现火灾，就连消防配套装备都跟不上。"雷若平站在一边尴尬无比，心里知道没戏，赶紧找个借口退了回去。

第十四章
红线挽离别

一

厉灼新曾经对各级官员的城区建设工作有个著名的评论：水平一般，老旧搬迁；水平高等，企创引领；水平低能，卖地万顷。说白了就是水平高的官员，带领大家把企业办好，把当地经济搞起来；治理水平一般的官员就搞老旧小区改造，不占用大量的农田土地；水平最次的就是那些天天搞卖地经济的官员，简直就是个败家子，这种人上位主政一方就是中央政府和人民的灾难。

厉灼新说得没错。

龙山区的经济在厉灼新的治理下，龙山区厂矿企业逐渐增加，GDP 从全市倒数第一走到全市第一，2016 年全区税收 387 亿，GDP 总产值 2952 亿元。这个成绩放眼全国县级区市也能排得上号。

干出成绩自然有人认领，龙山区的成绩不需要认领，厉灼新实至名归。

当年他当龙山区盘龙镇镇长时，就大刀阔斧引进造纸、化工、机电各类企业，说是企业，也就是百八几十号人的作坊式企业，其特点是耗能多、污染大，还出现过环境污染事故，那年他坐进镇长办公室的皮椅，檀木桌上的规划图还沾着印刷厂的油墨味。"要钱袋子还是要绿水青山？"省城来的视察组抛下这句诘问时，镇东头造纸厂的排污管正往小龙溪里吐着墨汁。五百亩龙虾塘浮起白花花的肚皮，养殖户老赵跪在泥浆里打捞希望，捞上来的却是泛着金属光泽的死寂。

那段时间盘龙镇上空总飘着一股工业酸雨的味道。但账本上的数字在跳舞。3 年间，37 家作坊式工厂在盘龙镇落地生根，机电厂的冲床声取代了庙会的锣鼓，税务局的报表曲线陡峭得像断崖。当厉灼新在庆功宴上接过镀金奖杯时，秘书悄悄递来环保局的罚单，他随手折成纸飞机，看着它一头扎进香槟堆成的酒塔里。

龙山区早年是农业大区，主搞农业生产经济，这个事故一出，厉灼新遭到了区长、区委书记的连番批评，说他好大喜功搞冒进，愣是像如来佛掌压孙悟空一样，把他压在盘龙镇 8 年没调动。8 年后出现了转机，时任市委书记康年吉是个改革派，一走马上任就专门来龙山区盘龙镇调研。时值 2005 年，全国各个行业如火如荼，股市也像装上了喷气式发动机，直往上蹿。康年吉却很警醒，他谆谆告诫下级官员，要走可持续发展道路，把 GDP 做成铁案。

昔日的区长书记，调走的调走，退休的退休，早已成为明日之黄花，厉灼新治理龙山的时代却正式拉开了序幕。

他首先利用龙山区靠江临海的交通优势，把龙山港口建成入海第一深水港，每年吞吐货物量 7000 万吨，又连续祭出大招规划出以化工为主的龙山工业园区，亲自挂帅招商局局长，打出 5 年免税、确保就业的口号，吸引了大量投资。这些化工类产品包含醇酯烷烯苯炔等的全类别产业，内销饱和后，他亲自来到北京第二外国语学院招了一批小语种毕业生委以重任，配合招商团队专门开拓海外市场。

2014 年的述职报告会掌声雷动，大屏幕上的 387 亿税收像一串发光的锁链。厉灼新松了松领带，瞥见窗外新落成的 CBD 玻璃幕墙映着的晚霞，恍若当年造纸厂排污池泛起的彩色油膜。

现场有记者问及他当年石破天惊说出的"败家子理论"，他摩挲着镏金话筒轻笑："赌徒才惦记祖产，真正的玩家都在创造新筹码。"说完，扔下话筒钻进对他实施考察的省委组织部的轿车。

深夜的副市长专车驶过灯火通明的开发区，厉灼新摇下车窗，化工厂夜班工人的咳嗽声混着冷却塔的白烟飘进来，像极了盘龙镇老茶馆里蒸腾的水汽。秘书提醒他明天要视察新建的湿地公园，他望着远处拆迁工地的探照灯，忽然想起小龙溪畔那些死去的龙虾。在 GDP 的潮汐里，它们不过是最先搁浅的贝壳。

在他当区长的这 5 年，龙山区的 GDP 翻了 5 倍，居民腰包比以前鼓多了，就业也十分容易。以一个 7 口三代之家为例，孩子上学、父母进厂、老头儿老太太七八十岁干不动怎么办？那就把厂里的工艺品、塑料花、包装纸箱纸盒半成品拉回家穿串、贴商标、深加工，然后定期回收。

那段时间，龙山区一下子涌入了几十万打工人，连百年老店的龙山茶馆也增加了早餐供应，茶客们捏着茴香豆比画："厉区长上任那日，西街菜场的五花肉降了八毛。"说书人把惊堂木拍出裂痕，唾沫星子差点溅到门口的"十大民生工程"的红色横幅上，而那横幅处，去年还写着"坚决取缔占道经营"。

盘龙巷口修鞋匠老周早已是皮革厂的老板，他把"模范区长"绶带从包里掏出来向大家展示，这是他参加完表彰大会顺走的纪念品。茶馆老板瞅见了，把没吃完的半包糖炒栗子往他怀里一塞："老哥这绶带借我拍个视频。"

厉灼新办公室的陈列柜塞满水晶奖杯，最深处藏着女儿用作业本折的千纸鹤。那封未拆封的离婚协议压着《年度经济人物》采访提纲，记者问他"如何平衡事业家庭"，他指着窗外塔吊林立的开发区笑道："龙山人民都是我的家人。"

省组织部的考察车驶过刷新的白墙，红漆标语正从"要金山银山"悄悄蜕变成"留绿水青山"。厉灼新摸到正厅级干部履历表边角的瞬间，听见钢笔滚落的声音，就像女儿周岁时碰倒的奶粉罐，在空荡荡的复式楼里能滚上 17 秒。

龙山群众根据自己的获得感，用自己的语言直接把龙山区分成厉灼新区长上任前和上任后两个阶段，一提厉区长就竖大拇哥，说这个厉区长会搞经济、懂民生。

厉灼新那几年也有自己的收获，他的收获是妻离子散以及职位的升迁。

厉市长的妻子云芳是海康师范学院的文学系讲师，多年来都是市级先进教育工作者，自从厉灼新当了区长，她就再也没先进过，院领导找她谈话，说得很直白："这是你应得的荣誉，与其他关系无关。"云芳叹了口气，说："机会还是留给其他老师吧，我不需要这么多荣誉。"

厉灼新偶尔回家的时候，一不关心女儿的成绩如何，二不提老婆生活有什么困难，心情好不好，话里话外就是："我要是市长，我就能调动更多的资源；我要是市长，龙水滩的项目就能落地！"

云芳没办法，只能劝说："干得越多，错得越多，不能太急功近利了。"厉灼新总是会回　一句："女人，能懂什么！"说完夹克衫一拿，把门一摔，留下一桌子饭菜和面面相觑的母女俩。

在这种氛围下，云芳终于扛不住了，在经历了漫长的失眠煎熬后，一次讲台上的偶然晕倒，送到医院一检查，确诊为急性髓细胞白血病，这是一种最难治愈的白血病，简称"AML"。

云芳在医院最后的时刻，厉灼新当时正在谈一个重要项目的引资，等谈完了才想起来看手机，显示有女儿未接电话 30 多个，等他赶到医院时，终究没能看上妻子最后一眼，在冰冷的停尸房外，女儿丢下一句话就走了："去做你的升官梦吧！我们不需要你！"

家庭不需要一心扑在工作上的厉灼新，龙山人民还是很需要的。他走马上任副市长的时候，自发前来区政府大院送行的百姓有 5000 多人，以至于龙山公安分局专门派了警力前往维持秩序。厉灼新志得意满，现场连连拱手："我不会走，就是换个办公地点为父老乡亲服务！"

二

龙山消防大队对辖区厂矿企业开展消防大检查的过程中，查出奥力、罗贝尔、日美达三家化工企业存在消防隐患问题。

三家公司都不是省油的灯，按照消防标准规定，他们的厂房仓库均属于消防乙类以上标准。奥力专业生产电池，罗贝尔生产油漆，日美达企业更猛，专业生产发胶、啫喱水，仓库堆积的全是易燃易爆原料。

"乙类以上标准按照丙类施工，区别不就一个字吗？有什么了不起？"

"这区别可大了去了！"

"首先，乙类消防标准厂房按照丙类施工，可以节省40%的施工费用，说得直白一点，好比你有一家消防施工公司，中标了某企业乙类厂房消防工程，在施工过程中，偷工减料，降低标准成为丙类厂房，那么你就多赚了工程总额的40%的利润。原来的1000万，你能赚150万，现在你能赚550万。"

"那不是很好嘛，我通过优化设计，节约成本剩下的钱，有什么不能赚的。"

"老天，我劝你先用凉水冲冲脸，再抹把风油精，好清醒片刻。"

"怎么，我说的有问题吗？"

"不但有问题，简直要命。"

"那你解释一下问题在哪？"

"打个比方，甲级防火门可以扛住3小时大火，乙级防火门可以扛住2小时，假如火势很大，两个半小时才能扑灭，你该用甲级防火门却采用乙级防火门，钱省了，结果门被烧穿，又烧了一个库房，现在明白哪个损失大了吗？"

"你这么一说，我算明白了，这还真不是省钱的事儿。"

"不但不能偷工减料，而且国家《消防法》强制规定，不按照消防规范施工，处罚很严重。"

龙山消防大队检查的这三家公司问题集中在建筑耐火等级不达标和消防设施不全两项，说白了，一个甲类厂房按照乙类甚至丙类要求施工了。

许文杰在会上做出了指示："不管他是谁，找了什么关系，该整改还得整改。"

当开具罚单时，日美达厂方负责人山本正雄拿出了消防设计图纸，来到了许文杰办公室，坐定后，推了推基辛格眼镜，用半生不熟的国语对着消防大队长许文杰说："文杰桑，我地设计图纸地合格地家伙，消防施工老板厉见田良心大大地坏。"

许大队这才幡然大悟，原来又是海康市精诚消防工程公司承接的项目。

该消防工程公司老板厉见田长着一副八字眉，笑眯眯地眯着两眼，见到谁都像见到爹一样，3岁小孩一看都能看出来是个奸商。

该人曾经多次给许文杰行贿被拒。有一次假惺惺地故意把一个牛皮袋留在了许大的办公室，当该人下楼走到院子里时，只见三楼一个牛皮袋物状的东西从天而降，重重摔在厉见田眼前，把厉见田吓了一跳，从此两人算是结了梁子。

只是这次奇怪的是，这三家公司是怎么通过消防验收的，难道里面有内幕？

许文杰带着疑问，约谈了精诚消防公司老板厉见田，约谈结果很不愉快。

在龙山消防大队办公室里，厉见田刚开始对许大软磨硬泡，眼看着许文杰油盐不进依旧开出了巨额罚单，干脆撕破脸对着许文杰嚣张地说："许大不会是今年刚提的正科吧，海康常务副市长厉灼新是我叔，我劝许大还是和气一点为好。"

许文杰冷笑一声："我不管你是谁的关系，这个法我今天执定了！明天上午 10 点前不整改，我亲自封了你的公司！"

厉见田忽然笑出声："许大队长，消防栓里流的不只是水。"他慢悠悠地掏出打火机，火苗舔舐着整改通知书的一角，"就像这纸，烧起来可比灭火器快多了"。

说完，厉见田转身出了办公室，留下了捏着处罚单副本、手青筋暴的许文杰。

坊间传闻厉见田是厉灼新的侄子，许文杰也想求证一下，于是驱车来到了支队。

"有冲劲儿是好事。"在支队长办公室里，雷若平往紫砂壶里添着第二道水，雾气模糊了墙上的"执法如山"锦旗。看到许文杰坐在茶椅上还在生着闷气，雷若平接着说："厉市长上周刚视察完消防指挥中心，特别强调要优化营商环境。"

许文杰盯着茶海上盘出包浆的貔貅："所以这次消防执法就不用执了？"

"话不能这么说。"雷若平手腕轻抖，公道杯里的茶汤划出金色弧线，"就像这武夷岩茶，既要烈火烘焙，也得文火慢炖。"他推过茶杯。

"执法部门不执法，要执法部门干吗！先发限期整改，剩下的我来沟通，对待这类人，我们要做到有理、有据、有节。"

坦克作为力量型选手，平时的奔跑速度有些慢，那天却快得出奇。在人山人海的海康机场候机厅里狂奔，有几次差点撞到旅客。

他第一次展示速度的时候，是勇救投江的王锐，这次还是为了王锐，只不过是在机场候车区疯狂地寻找王锐，原因还得从上个月说起。

上个月王锐打电话给坦克，扭扭捏捏地说了半天，当时坦克正准备消防技能比赛，马上要上场，电话里听了个大概：那个害她跳江的前男友，留美博士陈洋，学成归来，主动找王锐要重修旧好，并打算带着她赴美留学。

坦克一想，这王锐摆明了是好了伤疤忘了痛，就赌气说了一句：我只是个消防兵，如果你有更好的选择，我会祝福你。

这下好了，王锐有一个月没搭理坦克。

王锐虽然没有搭理坦克，但是对陈洋的重修旧好诉求也是一直在抵制，尤其是王锐的父母，用两位老人说的话："陈洋害你害得还不够深吗？他在美国过得再好，我们也不羡慕他，我们就过我们的日子，我看那个叫庄磊的孩子挺不错的，消防兵怎么了，人踏实、心眼好，这就够了。"

陈洋这边不死心，回来的一个月内，就干三件事，吃饭、睡觉、找王锐。每次见到王锐都言之凿凿，说自己以前害怕给不了王锐未来，耽误她的青春，所以狠心放手，如今，他有了足够的实力和信心，希望弥补过去的遗憾。

要说耳根软的女人是不适合做老婆的，王锐还真被陈洋给劝回头了。

当一个女人和男朋友说，有人正在追她，通常想反馈的是，我选择的是你，但是，我正在面临诱惑，你要帮我拿主意。

聪明的男人都知道该怎么做。

坦克在感情方面显得后知后觉，明明喜欢王锐，嘴上却说自己的条件比不上陈洋，还要祝福王锐。

就这么僵持了两个月，出事了，等到坦克再次接到王锐的电话时，却被告知，她明天就要飞往美国了，说完挂了电话，再打也打不通了。

猴子头天晚上出了一夜任务，起得晚，找不到脸盆毛巾，以为又是邮差和他开玩笑，刚想去找邮差讨说法，看到坦克端着他的脸盆回来，跟丢了魂似的，嘴边的牙膏也没擦净。

消防员的衣服鞋帽、用品都有固定位置，整齐摆放的，一旦拉起警报，在8秒内穿上就跑，16秒内登车出库。此所谓"救人如救火"，装备物品绝不可能拿错。

这一反常引起了猴子和邮差的注意，在两人连番追问下，坦克终于把事情全抖了出来。

猴子气得抓耳挠腮："那你还不赶快去机场追！"

"追回来我又能怎样？像我这么一个月几百块钱的消防兵怎么比得上留洋博士，再说了，纪律规定，我们不允许谈恋爱。"

邮差手势打住坦克："你可别瞎说，现在部队可没这个规定啊！不但没有规定，而且还鼓励我们在不耽误工作的前提下自由恋爱。"

猴子补充说："追回来再说，这份感情可是你拼了命从江里捞上来的。"

"我们金汤火海都不怕，还怕喜欢一个人吗？"邮差也跟着劝说。

三

三人在偌大的机场像没头苍蝇似的转了半小时，也不见王锐的踪影，坦克垂头丧气地坐在一边直叹气，打算接受现实，猴子一边擦汗一边想办法，抬头时，突然发现柱子上的一个消火栓，鲜红的颜色就像漆黑的夜里发射了一枚照明弹，他赶紧问了工作人员拉着坦克和邮差来到了消防中控室。

中控室有消防广播，一般群众是不了解的。

消防广播有两个作用，平时可以播放背景音乐，比如大型商超的背景音乐都是用消防广播播出来的，一旦发生火灾，就能通过消防广播告知人们有序疏散。

猴子拿起消防广播的对讲机，开启了消防广播的另一种功能。

"王锐，王锐，我是纪峰，你听到了吗?"

"庄磊也在我身边，请你走向最近的消火栓框，拿起红色消防电话，庄磊要和你说话。"

"王锐，王锐，听到请回答!"

广播响起的时候，候机的旅客们纷纷放下手中的手机，好奇地听着广播里的寻人启事。一些先知先觉的旅客，甚至跟着起哄，也在左右顾盼广播中女主角的出现。

王锐手里攥紧机票，内心挣扎纠结，陈洋在一边听到广播，心知不妙，连番几次催她登机，都没起身，王锐似乎失去了自主能力，大脑一片空白，她甚至想，倘若有两个安保人员把她强行架上飞机，那也认了。

在猴子的连番广播下，引起了一群候机年轻人的共鸣，他们中有男有女，直接充当了啦啦队的角色，异口同声地喊着口号："王锐，接电话! 王锐，接电话!"口号像是有感染力的艺术细胞，不多时就把广阔的候机厅里的男女老少带动了起来："王锐，接电话! 王锐，接电话!"

是的，谁没年轻过，这就是爱情的力量。

王锐在这种强大的召唤之下，身体像是启动了久未运转的齿轮，缓慢站起身来，在一片欢呼声中，缓缓走向柱子旁边的消防电话。

细心的人们发现广播寻找的正是这名女子。

陈洋站在登机口咬了咬牙，默默地拉起行李箱，跟随着正在登机的人群，消失在通往飞机的过道里。也许此刻他已经想明白了，爱情，既然当初选择了放手，就不再属于你了，就算追回来，也不是当初的那个人、那种感觉了。

当坦克来到王锐跟前，握住王锐的手时，现场响起了热烈的掌声，此时，一个八九岁的小男孩扭着脑袋，好奇地问身边的妈妈："妈妈! 你看消防员叔叔拿着一个带插孔的电话，走到哪儿电话都能打到哪儿，真好玩，我也想用那个电话向我的女同学芳芳告别。"

　　妈妈摸了摸儿子的脑袋温柔地说:"傻儿子,我们不需要告别,我们还会回来的。"

　　小男孩开心地笑了,露出一排小奶牙: "我多想现在就能见到芳芳同学。"

　　妈妈低下头担心地问:"你怎么会有这种想法?"

　　小男孩认真地回答: "因为她把最好看的笔记本送给了我,她对我可好了!"

　　妈妈听完放心地叹了口气:"什么都没学会,倒是把你爸小时候的那些本领学会了。"

　　这也许就是青梅竹马故事的轮回。当然,还有许多故事,也只是上一次的轮回,世上本没有新故事,有的只是表现形式不同而已,烈士的轮回还会是烈士吗?他们会不会在牺牲前想到自己的全家老小,从而选择在灾难来临前明哲保身?

第十五章
火魂重现哀英烈

一

龙山大队四中队的白墙被岁月腌成了姜黄色，走廊奖状框里的集体三等功证书倒还鲜亮——像两枚褪了金的勋章，钉在这位37岁中队长日渐佝偻的脊梁上。

荣志海蹲在训练场边啃冷馒头时，总有人打趣他是消防队的"铁树"。十年光阴足够让新兵蛋子熬成大队长，偏他这株铁树只往地底扎根。

荣志海今年37岁，打破了全省中队长最高任职年限，在他的带领下，四中队全体战士加上退伍的，转业的都算上，大火小火、固体液体气体金属火扑救了几百起，除了自己弄得一身伤，却能保持手下的队伍零伤亡，就连他带的几名班长也都获得提拔，有的已经和他平起平坐任职中队长了。

带出来这么优秀的集体，作为优秀集体的主官，怎么也该提拔重用了吧。

说来也奇怪，老荣就像上小学的"抱窝鸡"留级生一样，一直待在四中队，一待就是十年，究其原因，有以下几点：平时总爱提意见不说，好不容易遇到组织考察提拔时，保准会出情况，前两年赶上任期届满，考核组过来考核，就在这节骨眼上，结果一个战士违规把消防车给开翻车了，人虽然没事，但车辆损毁严重，造成国家经济损失20多万。锅总要有人来背，本来处理一下班长擅自决定更换驾驶员就行了，荣志海考虑到班长马上要提干，于是在问责会上，当曹加宽问起："谁批的换驾驶员？"

"我。"荣志海把烟头碾在会议桌上烫痕累累的烟灰缸里。许文杰在桌底猛踹他小腿，他却盯着墙上"担当作为"的镏大字表情严肃。

散会后，许文杰私下说："老荣，到底是谁的责任，你说清楚，别什么事都往自己身上揽。"老荣不听则已，一听瞬间来劲了："我作为主官就是我的责任，和其他人无关。"所谓领导担当，不过如此。

于是荣志海提拔的事又一次搁浅，他保下来的二班长考警校，再提干，再后来就提拔到支队当参谋去了。

大队长许文杰私底下想让荣队长到大队当参谋，请示材料都写好了，专门把荣队喊过来，苦口婆心地劝："老荣，树挪死，人挪活，咱们换个地儿接着干革命工作。"

面对许大队长牵来的借坡驴，老荣脖子一梗："不去！不去！我就留在四中队！哪儿都不去！"

这次，老荣又赶上一次提拔的机会，总队政治部也下来考察了，等到写鉴定材料的时候，考察的同志顺口问了一句政治部主任曹加宽："荣志海这名同志日常表现怎么样？"

曹加宽沉默了几秒说："荣志海这个人在海康支队'算一号'。"

"算一号"到底是个什么意思，我到现在也不太明白，往正面理解是算一号人物，有能力、有水平。直到后来我查了相关资料才确定这三个字放在体制内说，那就是这个人不省心、会折腾、会经常出问题。

猴子、邮差、坦克和我听说老荣要调走，专门跑到荣队办公室闹着要荣队请客。老荣这次没把我们轰出去，而是坐下来拿出早就干巴的大前门香烟，每人发了一支，自己也叼了一根，心事重重地抽了两口，被呛得连声咳嗽，又随手拧灭了，说我哪也不去，就留下来看着你们成长。然后就开始给我们讲奉献、讲信仰、讲消防员的意义。

后来，猴子回忆起那天的谈话，说了一句话："荣队那天说了一段意料之外，又是情理之中的话。"

邮差家里祖祖辈辈做生意，对吉凶敏感，随即抢过话说："那天荣队说的话，听起来很不吉利，似乎在和我们告别。"

那天的谈话，似乎老天也在给时间，从晚上 7 点聊到 10 点半，熄灯号吹响时，也没有一个警情，不知怎么的，聊着聊着，话题赶着话题就聊到生死课题上了。

老荣问猴子："消防员因为救火而死，老百姓因为火灾而死，既然都是死亡，这两者有什么相同点和区别？"

猴子的答复很耐人寻味："相同点都是非正常死亡，至于区别，我想听听荣队是如何理解的。"

老荣捶了猴子肩膀一拳，假装生气地说："你这小子学坏了，把问题留给我了。"然后表情很庄重地说，"消防员因为救灾而死，属于人之常理常情，人和动物都有趋利避害的天性，可是，作为消防员没有这项权利，我们的职责决定我们要面对危险、面对牺牲，去挽救人民群众的生命财产，这一点上，是我们代表国家兑现对人民群众的承诺，所以，我们的死，应该叫死不足惜！"

猴子当时吓得直吐舌头，邮差脑子机灵赶紧圆场："荣队，您别说得这么伤感好吧！我会相面，咱们都是猴子爬树梢——高寿。"

坦克则是一脸茫然地望向窗外，窗外一轮皓月当空，月边云朵飞驰而去，像是急于回家的孩子。

二

远在四川的荣嫂，已经多次打电话，劝老荣转业回去建设大西部："锤子脑筋！咱们是外地人，竞争不过本地人嘛，中队长一干就是十年喽，再往下干也没意思撒，转业回家老婆孩子热炕头，你还要搞啥子呦！"

老荣更是不客气，直接用四川话开骂："龟婆娘，你懂个铲铲，老子出生入死就是为了当官？老子是对得起良心撒！"

从一个长满杂草的废弃大院开始，带着第一批战士拔草开荒、铺路拓土、搭房支灶，从无到有一手创办了龙山特勤四中队，并把四中队带成了优秀集体，一路披荆斩棘、赴汤蹈火，一干就是十年，个中滋味，对老荣来说，这已经不是用简单的热爱二字所能解释，用荣队长的话说，这已经超越了荣誉。

听干满二期士官的二班班长讲，那年春天的荒草能吞活人。荣志海攥着任命文件站在断墙根时，半人高的野蒿正从坍塌的锅炉房里探出头，锈蚀的消防栓歪在泥地里，像根被遗弃的兽骨。

炊事班最初支的是汽油桶，炒菜声混着狼狗的呜咽声在废墟上飘荡。荣志海蹲在断墙上扒饭，眼瞅着远处化工园的烟囱群吐出灰蟒，转头把最后一块腊肉埋进新兵碗底。当第一面队旗终于抖开在混凝土浇筑的旗台上，旗角还沾着荣志海结痂的血指纹。

十年后，荣誉室里满墙的锦旗熏黄了边角。

晨雾漫过训练塔时，我们总能看到中队长在荣誉墙前伫立。那些烫金证书在他眼里分明是另一种碑文，每道褶皱都嵌着煤气爆炸现场的玻璃碴儿，每道折痕都渗着化工厂泄漏的酸液。

当新消防车呼啸着驶过修葺一新的营门时，荣志海摸着花岗岩门柱上隐约的刻痕，像极了他左臂烧伤的疤，在某个雨夜会隐隐发烫。

有一部电影叫《海上钢琴师》，说的是一个长期生活在游轮上的钢琴天才在游轮爆破的时刻也不愿意下船，很多人劝他、惋惜他、误解他，却从来没从他的角度去理解他。

船已经和他成为一体，下了船，他要去哪儿？他要干什么？

不是所有人对待人生都会那么洒脱，坚持执念、留守原地也是一种人生态度。就像人生中面临的恋人已离，亲人已逝，而留下的那个人却一直在老地方徘徊忘返，任凭风吹雨打不愿离去。正是因为世上有这些人，所以，人间才充满了真实和真诚。

三

龙山区康田化工厂是市政府引进的重点日商投资企业，厉灼新当区长时，为了开拓出一条全新的发展之路，在省长面前拍着胸脯要给全省经济发展打个样板。

这个样板就选在龙山区，处级干部厉灼新执政的老根据地。

所谓处长治国，不是没有道理的。

为了给经济发展开绿灯、腾地方，龙山区的全省蔬菜种植基地被砍菜拔根，建化工厂。居民碍事，那就往其他区迁移，大规模搬迁到开城区安置房，等到居民上楼后，化工园区建设就提上了快车道，一路顺畅无阻。

海康是有很多山区的，化工园区为什么不往山里搬？既安全又能对居民区减少污染。厉灼新不同意，给出的解释是，山里交通不便，还会污染山泉。

真实的内幕是，化工园区有一大批日资企业，日本人好像天生就对肥沃的土地有一种迷恋，就像当年想霸占东三省一样，铁了心地要肥沃的土地，要了肥沃的土地就建化工厂开始各种"造"。

你不给，那好办，我不投资嘛！

不投资建厂，政府没有税收，带动不了群众就业，群众没有消费能力，又间接影响各行各业效益下滑，整个城市没有活力。一潭死水中，很多人就会无事可做，无事可做，就会无事生非。别看那些县长市长感觉很风光，只不过愁的时候你看不见而已。

龙山工业园区化工类生产厂家较多，生产过程中涉及的各类易燃易爆和有毒有害气体很多，对厂区的消防设施要求自然很高。

举个例子，一个普通灯泡就几十块钱，这类厂区需要安装防爆灯泡，价格直接提高到几百元一个，不用还不行，万一开关灯的时候，电打火产生个火星就能引起爆炸。

要求提高，费用自然投入大，为了安全生产无可厚非。然而，问题出现了，一些厂家为了减少成本开支，在对待消防设施建设上充分发挥了艰苦朴素的作风，能俭省就俭省。施工企业要赚钱，厂家建设预算就投资这么多钱，工程总包方要扣除一些利润，再分包给消防施工公司，消防施工公司接过来一核算，利润没达到预期，那怎么办？

羊毛出在羊身上，反正不能出在狗身上。

施工方接着偷工减料凑利润，就拿消火栓管道来说，只要做到消防水能通就行，管它用的时候压力够不够。再说，压力不够，不是还有消防队开车来增压嘛！安装火灾报警器，3平方米安装一个，三个半平方米安装一个也看不出来，就算你能看出来，施工方也有办法让验收方视而不见，只要系统还算齐全，细节上那就另当别论，主打一个工程瘦身。防火需要 A 级的那就用 B 级的，防火墙两道那就缩减一道，排烟送风太贵怎么办，那就随便开两个自然通风对流的窗户……

以上诸多方法信手拈来，既能省工，又能省钱，现实中却行不通，因为有设计院和设计师把关，厂房建设得按照图纸施工，否则是通过不了验收的。

四

精诚公司的老总厉见田眼前就遇到了这个难题。康田化工厂的消防施工总造价1200万，建筑总承包分了一道利润再分包到他手上，变成了900万，他找来预算员一核计，只有5%的利润，这显然让他大不满意。他做工程赚取利润的原则是，二一添作五。

既然原则是不能丢的，那就丢点别的，这个问题难不倒作为社会实践家的厉见田。

厉见田坐在办公室的鹿皮沙发上，叼着雪茄、跷着二郎腿，看着秘书递过来的工程核算单，咬碎后槽牙，做呐喊状。女秘书见状摇了摇婀娜多姿的腰身，走过去递了一杯茶，言语娇滴："厉总您别着急嘛，这羊毛出在羊身上，还能出在狗身上嘛！接着去找化工设计院的设计师优化设计不就成了嘛！"

所谓优化设计，重点是优化成本。

厉总听完，一个鲤鱼打挺起身，扑向女秘书，上下其手，嘴上嗷嗷不停，像头饥饿多天终于逮住一只绵羊的饿狼："你真行，小心肝……"

在市中心唯一一座五星级凯悦大酒店的豪华包间里，吃完喝毕，面红耳赤的厉见田真诚地拿出三个鼓鼓囊囊的红包，当着三位主任设计师的面，一边塞到了准备好的三个茅台酒手提袋里，一边口吐唾沫星："不成敬意！不成敬意！"

龙山区康田化工厂刚刚通过消防验收，就马不停蹄地投入生产，连试生产的环节都省去了。

鬼子老板武田俊，站在车间门口，对着上百号新招来的祖国同胞，哇啦哇啦地做着动员，像极了攻打台儿庄时的指挥官矶谷廉介，身边的女翻译明眸皓齿，吐字清晰地做着翻译："产能要上去，加班要有，钞票才会大大地有！"

鉴于钞能力的鼓舞作用，车间工人们开足马力一心一意搞生产，下定决心要把两天的产能并做一天干完，这种高效也就维持不到两周工期，老板武田俊的余声还在房梁上缭绕，康田化工厂就出了事故。

一名年轻力壮的工人在合成车间搞维修时突然晕倒不省人事，另一名工人跑过去想拉他，刚接触到手就突然全身抽搐、晕倒在地。

车间主任有点鸡贼，愣是不敢靠前，第一时间拨打了 119 求助电话。

由于康田化工厂是四中队的辖区，荣志海接警后立即安排纪峰所在的突击班由自己带队火速前往处置。

这属于求助警情，不是火警，出发时，纪峰说："荣队，您昨天出了一夜警也没合眼，您就歇着吧，我们去就行了。"荣志海说："不行，按照规定，必须干部领导带队前往，再说，你们现在的经验还需要积累，去了我也不放心。"

在前往现场的途中为了节省救人时间，老荣打通了报警电话。

"我们是龙山消防大队，车间是什么车间，有没有毒气泄漏？"

在得知该车间是氰化氢合成车间时，老荣又问了一句："是不是有毒气泄漏。"

"不可能是气体泄漏，我们安装的气体泄漏报警器是大品牌，通过消防验收的！"康田厂车间主任在电话那头拍着胸脯回答。

"电断了吗？"

车间主任犹豫了一下："我赶紧断电！"

这时，他们才想起来，都过了几分钟了，居然还没有断电。

老荣在电话里发飙了："经常给你们培训，怎么连这点常识都没有！"

到达现场一看，一切都很正常，有毒气体报警器也没有报警，反而车间设备旁边躺着的两名工人没有任何声息，显得十分诡异，像是触电了。

时间就是生命，多耽误一秒，工人的生命更难挽回。

车还未停稳荣志海就跳下车直奔出事车间。

来的路上，老荣就安排好了战术，自己系上安全绳，让其他战士为自己断后，一旦有问题就赶紧拉绳。

荣志海刚冲到工人摔倒的地方，刚准备抬手救人，突然感觉两眼一黑，心知不妙，拼尽力气喊出："有毒气，注意！"便颓然倒地不省人事。

我和猴子、马志国等人见状赶紧用绳子把荣志海拉回，却发现荣队长已经陷入深度昏迷，整个时间不到几秒钟。

队员们错愕了几秒才反应过来，邮差赶紧打着电话，坦克甩着钩子去钩两名倒地工人，猴子实在按捺不住心中的火气，拉住安全负责人的衣领："你们不是说没有毒气泄漏吗?"

五

荣志海刚送到医院就被下了病危通知书。

由于吸入大剂量的光气和硫化氰，肝脏、肾脏都出现了不可逆转的衰竭，用医生的话说，就算现在有及时的肝源和肾源也回天无力。

医生用了七剂强心针，才使老荣坚持到 5 个小时。

5 个小时内，荣嫂带着孩子马不停蹄地从四川飞了过来。

等到荣嫂赶到医院的时候，老荣的肾脏和肝脏以及肺已全部衰竭坏死了，医生的尽力抢救终究还是没能挽留住老荣的生命，王锐是急救科的护士，也参与了抢救荣队长的任务，她眼睛红红的从抢救室出来，看到围在抢救室外的我们，示意坦克、猴子他们进去看看荣队长后，一头趴在坦克怀里抽泣。

抢救室里，荣嫂已经泣不成声，老荣的儿子拉着老荣的手使劲地摇着，嘴里不停地喊着爸爸。老荣紧闭的双眼缓慢睁开，像是受到什么惊吓一样，当他看到我们时，稍微显得平静了一些，但他此时已经无法说话。

如果我们见过将死之人，就会发现人的生命既顽强又神奇，当生命接近衰竭时，往往说不了话，反而能用最后一丝力气传递到肢体上，就像荣队长缓慢地抬起手艰难地指了指脖子，猴子知道这是荣队长脖子上的挂件，刚想安慰，却见荣队长搭在床边上的左手有个细微的动作，这个动作正是他拼尽全力艰难地打起一个大拇哥的手势，随后，荣队长溘然长逝。

荣队长没有轰轰烈烈地牺牲在火场中，却牺牲在一次看似不起眼的有毒气体泄漏中，所谓"瓦罐难离井沿破，将士难免阵前亡"。

荣队长就这么走了，带着他眷恋的消防事业和守护人民群众平安的心愿。

我们那段时间都很沉闷，不愿相信这是真的，龙山上的刘叔也过来安慰我们，他说，消防员牺牲在救灾现场，死得其所。并让我们不要消沉，扛起荣志海队长的责任，把平安传递下去，让荣队长走得放心。刘叔当时的劝说是有效的，他儿子牺牲后，他就上了龙山，这么多年，可不是只为了单单寄托对儿子的思念。

这起事故最终造成三人死亡。

死亡三人属于重大事故，这迅速引起了市政府的重视和介入，市长厉灼新亲自担任事故调查组组长，组织开展调查工作，调查组成员分别由安监、消防、刑侦部门组成，薛灵和云蕾分别被抽调进入调查组，所有调查情况都要直接向厉灼新汇报。

事故的直接原因是工人在维修设备时，不慎造成一氧化碳泄漏，一氧化碳是光气合成的主要材料之一，一氧化碳泄漏，但是报警器没有报警这一细节引起了调查组的重视。

通过调查发现现场设备的安装严格按照图纸，没有任何问题。

是不是采购的气体泄漏报警器有质量问题？

只有做过消防员的才知道，消防救援过程中，会遇到很多十分凶险的现场，比如带有爆炸物和易燃品的火灾现场、有毒有害气体存放的现场，这几类现场随时可以夺走消防员的生命。

氰化氢和光气的合成需要一氧化碳，一氧化碳致死量是 0.0005 毫克，从专业角度来说，一氧化碳既是易燃易爆气体，又是有毒有害气体。对于这种气体的使用，到底是该安装以测量易燃易爆气体为主，还是以测量有毒有害气体为主的探测器？同样是探测气体泄漏的，这两者探测器又有什么区别呢？

首先说，区别很大，差之毫厘就会谬以千里。

不管什么探测器，都要用到关键的元器件，那就是传感器。

易燃易爆气体探测器所使用的传感器技术是催化燃烧，当易燃易爆气体进入探测器时，通过催化燃烧产生信号反馈进行报警。而有毒有害气体报警器，采用的是电化学传感器，通过捕捉气体电化学反应，产生微电流进行报警。其次，两者的灵敏度是不一样的，催化燃烧的灵敏度只能测试200毫安浓度以上的气体泄漏，而催化燃烧灵敏度就高很多，可以测试0.04毫安以上的气体泄漏。

灵敏度的差距，造成了成本也不一样，一个催化燃烧气体报警器只要几百块钱，而电化学探测器动辄几千上万。

既然成本有这么大出入，里面的文章就可以做了，这是行业不公开的秘密。

负责案件调查的云蕾拿起电话，接通了报警器厂家。在得知云蕾的来电意思后，厂家的总工专门过来解释："海康市公安局的同志您好！康田化工厂采购设备的事我知道，首先，我们保证我们的报警器不会出现任何质量问题。"

云蕾打开执法记录仪询问："先说说你了解的情况。"

厂家："这个项目一共采购了120多万的设备，当时我还挺纳闷，因为发来的图纸我们核算过，这个项目的设备本来应该不低于500万的。"

云蕾听闻大吃一惊问："你是说这个项目的设备采购量不低于500万，却只采购了120多万，是设备采购量不对还是有其他原因？"

厂家："设备采购量一点不差，就是采购的型号不对。"

云蕾："为什么不对？你们提供错了？"

厂家："哎呀！警察同志，我们不会提供错的型号，他们那个厂生产的原料涉及很多有毒有害气体，那个叫精诚公司的老板却采购了测试易燃易爆的探测器。"

云蕾："按照你的说法，这两者有什么区别？康田厂为什么不制止安装？"

厂家："这些都是按照设计图纸要求采购的，从施工角度并没有什么不对。"

云蕾："那问题出在哪儿？"

厂家："问题出在有毒有害气体探测报警器是保护人的生命安全，而易燃易爆气体探测器主要保护设备安全。"

云蕾："你具体解释清楚这里面的情况。"

厂家："警察同志，我给您讲啊！易燃易爆是气体泄漏到一定浓度，在爆炸浓度点之前通过声光报警，如果到了那时候，有毒有害气体的浓度早已超出人体承受范围极限了。"

云蕾恍然大悟："也就是有毒有害气体灵敏度高一些，对吗？"

厂家："何止要高一些，要高很多的！"

云蕾："那为什么精诚公司不采购有毒有害气体探测器呢？"

厂家："还不是为了省钱，我曾经给他建议，用易燃易爆气体探测器要出事的，他们不同意，说太贵了，而且设计院也是设计的易燃易爆气体探测器，这让感觉我很奇怪。"

云蕾："设计院有什么问题吗？"

厂家："只能说他们的设计师水平太菜了，不应该犯这种低级错误！"

云蕾："你指的是犯什么错误？"

厂家："康田工厂的很多气体应该首选有毒有害，尤其是大量的一氧化碳，探测器对泄漏的一氧化碳没有报警的原因是没有达到设置的浓度要求，但是人体早就扛不住了。设计师在选型时却没有这么设计，而是选择了易燃易爆检测。说白了，这可以说是技术问题，也可以说是人为造成的，当时向我们采购设备的精诚公司，还为这事，和我们吵了一架，我说应该选用另一款灵敏度更高的设备，他们却说按照图纸来。后来我们才知道出事故了，其实这起事故完全可以避免，不关我们厂家的事。"

六

云蕾挂完电话，满脸愤怒使嘴角不可控地产生抖动，她明白这起事故将会牵扯到很多方面，尤其是甲方、施工方、设计院、消防分包方。现在要做的是，还需要和薛灵碰一碰，问问薛灵那边的调查进展如何，等汇总材料之后，再向副市长厉灼新直接汇报，这是厉灼新专门要求的。

薛灵那边很快来了反馈，两名工人在维修一氧化碳调压阀的时候，造成了一氧化碳气体泄漏，当消防队到达现场时，探测器失效没能报警，目前探测器正在送往专业机构进行鉴定，先排除是否存在质量问题。

"老妹，你的调查方向搞错了。"云蕾在电话这边急不可耐。

薛灵满脸疑惑："您指的是什么方向搞错了？"

云蕾："你有没有看图纸设计？"

薛灵拿出图纸，仔细看了看说："图纸设计显示没什么问题，现场安装的也是按照消防验收规定进行的。"

云蕾："问题就出在图纸设计上，看看设计说明，标注的是安装易燃易爆气体探测器。"

薛灵："图纸我已经仔细查看了，光气确实是易燃易爆气体，这么设计似乎也没什么问题。"

云蕾："一氧化碳是剧毒气体，设计师不可能不会明白这个道理。"

薛灵恍然大悟："我还真没考虑到这一点，光气在一定条件下可以分解出大量的一氧化碳气体，在保护机械设备和人身安全时，应该优先选择保护人的生命安全，这是设计原则。"

"那好，这个事件就有眉目了，我们明天要去设计院开展调查，你有空的话也一起过来帮忙提供技术支持。"

薛灵和云蕾通完电话，就从传达室收到了专家鉴定报告，正如云蕾判断的一样，气体探测器本身没有质量问题，之所以探测器没有报警，原因是光气只需要 0.001PPM 就能致人死亡，而现场的泄漏值浓度达到了 0.025PPM，却低于易燃易爆气体报警器的报警值 0.01PPM。从 0.0001PPM 到 0.01PPM 这段浓度区域等于漏管失控！

一连串的问题闯入薛灵的脑海：

这个项目是如何通过消防验收的？

设计院为什么会犯这么低端的错误？

图纸审核环节是不是也出现了问题？再往下薛灵不敢去想，只感觉天地旋转，站起身走到饮水机接水时，眼前一黑，差点栽倒。

在进一步的调查过程中，云蕾也理清了整个案件的来龙去脉。精诚公司贿赂设计院设计师，更改了产品型号规格，把有毒有害气体报警设备全部转换成易燃易爆气体报警设备，然后按照规范安装了只能用于测试易燃易爆气体报警的报警器，骗过了消防验收检查，在设备采购直接省出 350 多万元，使毛利润达到了 300%。

消防图纸审核是在消防队防火处，之所以在关键时刻没能把住最后一关，问题就出在送审材料上。其实审核材料也审查不出什么来，且易燃易爆和有毒有害的气体都是相同的，并没有发现气体报警器型号更换这一异常情况，造成了工厂通过消防验收后，试运行阶段光气泄漏。气体泄漏探测器属于仪器仪表专业，这对专业化要求很高，他们并不精通，在审查过程中更注重对标图纸的设计检查、设备的有无上图。防火处审核员毕竟都是职业军人，大学一毕业就入警，理论是有，光靠理论又怎能避开人心险恶。

这起事故调查来调查去，调查到调查组组长厉灼新侄子身上。

当事故报告递到主管安全的厉灼新手里时，厉灼新陷入了深深的沉思。

他这时才回想起来，几年前当区长的时候，在老家当村长的堂弟厉灼刚带着一个小伙子从农村不远几百公里来到他家，说这是你的侄子厉见田，在海康承包点工程上的活干，有机会就帮帮你这个不成才的侄子，当时，厉灼新一心为了龙山区经济发展，婚都离了，哪有时间管他这闲事，好吃好喝后，给了堂弟500元钱，说是孝敬家里叔叔的，就把堂弟和堂侄打发回去了，没想到五年不到，这个堂侄一直在自己眼皮子底下承包起了消防工程，捅了这么大的娄子自己居然不知道。

在厉灼新的召唤下，堂弟厉灼刚三百里加急赶到了厉灼新家，左手提着两只老母鸡，右手提着一筐草鸡蛋，人还没坐下，厉灼新劈头盖脸就是一顿训斥："见田到处打着我的旗号，招揽工程，现在捅出一个大娄子，你说怎么收场吧！"

厉灼刚和厉灼新是从小光屁股长大的发小，又是本家，自然也不怕厉灼新的官威，他把鸡和蛋往地下一放说："哥，这事我听说了，走一路我都在想，这事千万不能让见田来揽，他揽着被判被罚不要紧，关键是他是你侄子，海康人尽皆知，他出事了，你还能在清水地方站着吗？你的仕途还有希望吗？"一段话把像个喷壶一样的厉灼新说成了北京前门的大碗茶。

厉灼新自然明白牵一发而动全身的道理，如果认定是施工方的责任，等待厉见田的结果就是锒铛入狱，这对自己即将到来的换届选举相当不利。

厉灼新在客厅里来回踱着步，向来不抽烟的他，已经把烟头插满了烟灰缸。

在按灭手上刚吸了一口的烟后，厉灼新抄起了电话："给我接通金检察长的电话！"

检察院的公诉材料上直接针对设计院起诉，针对设计院责任设计师犯重大事故责任罪，决定给予3年到5年量刑标准。这时，主体责任就甩猴到了设计院。

市建工设计院主任设计师刘工，在几名便衣的陪同下，敲开房间的门，看到妻子带着5岁的儿子正坐在饭桌上等着他回家吃饭。一声"爸爸回来了！"跑过来一个虎头虎脑的孩子，抱住刘工的大腿，饭桌上，有红烧鲤鱼、水煮肉片、西红柿炒鸡蛋、清炒蒜薹，一瓶冰镇的康河啤酒已经打开。刘工眼角挂泪，抱紧正在撒欢的儿子："爸爸要出差一段时间，好好听妈妈的话！"

没有规矩不成方圆，制度自然是个好东西，规范人们的行为活动，有时候却会被钻空子，当时的消防验收机制，采取的是抽检制度。

打个比方，有100家需要验收的单位，防火处从中抽取20家或者50家进行验收检查，没抽到的单位，就不去验收，视同合格，正是利用这一规则的漏洞，康田公司成功避开了消防验收，确切地说，是厉见田成功避开了消防验收，厉见田在这个项目里，净赚了350万，工期只用了短短的1个月，受到的处罚是对厉见田的公司处予罚款50万元的处理。

从火场扬尘到制度尘埃、从抢险现场到职业困境，这条用勋章铺就的长路依然崎岖——科学的训练体系尚未筑成铜墙铁壁，现代化的应急机制仍在阵痛中孕育。每个被烟熏黑的面庞都在诉说：淬火成钢的蜕变，需要整个时代为之鼓风添薪。

第十六章
流血又流泪

在荣队长的事迹评定会上，出现了分歧，分歧围绕荣志海是因公牺牲和因公殉职展开。

曹加宽代表消防支队首先发言："荣志海同志的牺牲，我深表伤痛，他在处警过程中，如果能背上空气呼吸机，隔绝空气，就不会中毒身亡，况且，便携式有毒气体报警器我们也配发到各个中队一级的单位，我们一再要求，救火抢险要时刻把装备带好、带齐，很遗憾，荣志海作为十几年警龄老队员，却没有做到，这样的失误是完全可以避免的，因此，我建议，不好评为具有楷模作用的烈士，只能认定因公殉职。"

因公殉职和因公牺牲的区别很大，因公殉职不一定能评为烈士，因公牺牲却一定能评为烈士，这也预示着对遗孀家属的待遇上会有很大的差别。

大队长许文杰斜着眼看了看曹加宽还在那儿侃侃而谈，实在听不下去了："我们有些领导干部，对于爱提意见的同志，到死都不放过，这是怎样的心情！"

这句话惹得曹加宽拍案而起，义正词严："许文杰，你这话什么意思？我们不正在开会讨论嘛！"

支队长雷若平赶紧起身安慰许文杰，说："有牢骚允许，规定还要遵守，荣志海同志的烈士认定，我们再好好研究，今天先散会吧！"

其实，雷支已经接到了来自厉灼新的压力，康田化工是龙山区引进的第一家上 50 亿规模投资的外资化工企业，更是厉灼新当上副市长后引进的第一个项目，每年为龙山区纳税 2 个亿。当然，化工厂的污染也是相当严重，这让龙山区作为全国蔬菜基地的菜农们意见很大。

一边是经济搞活，一边是生态环境，最后厉灼新力排众议就把康田化工厂落地生根，没想到，刚刚投产，就出了这么大的事故。

在事故责任认定上，安监部门坚持了"事故责任主体"归责原则，认定康田公司具有重大事故责任。

康田公司坚持自己没有过错，用老板武田俊的话说："图纸不是自己画的，消防施工也不是自己做的，消防队来不来验收那是他们的事。"总之一句话，这事和他们没有一毛钱关系，他们也是受害者，重大事故责任人这个锅他不背，为此，武田俊还从北京花重金请来了强大的律师团队。

在市长厉灼新约谈康田公司时，老板武田俊当场以撤资作为威胁，并表态联合外资协会，要开展投资抵制活动，厉灼新为了全市招商引资顺利进行，只能打电话给市中级人民法院的金院长，金院长迫于无奈，认定消防队负有主要责任。出警中队长荣志海由于现场没有按照规范开展救援，造成意外身亡，要负一定责任，烈士认定工作先暂定。这让消防支队长雷若平情绪激动地对着市长厉灼新发牢骚："我们拿命来保安全生产生活，到头来却要我们自己承担责任。"

纪峰、鲍坤、庄磊、马志国、董小勇、岳明、陈可等人看到荣嫂手中的鉴定材料是"因公殉职认定书"当时就不干了，找到了指导员邵飞："荣队长为什么不是烈士？他是抢救人民群众生命牺牲的。"

邵飞看到鉴定结果又惊又怒："这是怎么回事？我去问问大队长。"

许文杰在办公室对着邵飞连连叹气："材料是支队政治处报的，认定部门是民政和市政府，我已经尽力了。"说着走出了办公室想冷静一下，结果一推门就看到了我们齐刷刷站在门外。

荣队长的牺牲已经给龙山大队造成很大的打击，但是荣志海的烈士认定结果却造成了战士们的情绪低落和厌战情绪，整个四中队20多号人每天训练都显得有气无力。

邵飞看在眼里，召开了全队的会议，在会上他做了发自内心的谈话："消防员的牺牲在所难免，但是，不能让英雄流血又流泪，荣队长的烈士评定，我必须申诉下去，直到申诉评为烈士为止。"

我们帮着荣嫂在整理荣队长留下的遗物时，发现他一直戴在身上的心形护身符是可以打开的，里面珍藏着一张年代已久的一英寸照片，照片中一名身穿蓝色消防服的年轻小伙跃然纸上，背面写着荣宽，后来，我才知道照片中的小伙子是荣志海的父亲，他父亲牺牲于一次救火行动，一首《火魂》小诗也在其中被发现。

那一滴水，是我生命源泉，

我想舔舐，润我心田。

那一个人，是我支撑的信念，

我想拥抱，带她走进明天。

伸出手，抓不住那一瞬间，

迈出步，倒下在力竭之前。

你的呐喊，震碎了我的执念，

你的呼救，我不能熟视漠然。

我化作火魂，保护你到海角天边，

我化作火魂，带你饮那生命甘泉。

我化作火魂，回首看那生命绚烂，

我化作火魂，护你平安护你平安。

荣队长 37 岁，牺牲时还是个正连职，在这个岁数，如果不出意外，基本能走到正营职干部或者更高。荣队长一生清廉，踏实肯干，性子也直，爱给领导提意见，用政治部主任曹加宽的话说："他就是乌嘴骡子卖驴价，毁就毁在这张嘴上。"

针对这起惨烈事故，支队长雷若平沉痛地说："消防队伍专业化程度不高，抢险救灾却是个技术含量很高的活儿，许多战士两年的时间刚刚掌握这些技术，就面临着退伍，而他们正是抢险救灾的主力，以后，我们终将要走一条职业化的道路。"

当然，那段压抑的时光，也有好的消息。

好消息是猴子他们几个的。

鉴于猴子、邮差、坦克在消防队的优良表现，海康市消防支队把他们列入优秀士兵考学提干对象，下一步正在研究推荐三人参加武警学院的招生考试，这所学院坐落在中国的北方，是消防指挥员的摇篮。我虽然没有被选拔上去，内心却很为猴子他们开心，我知道他们身上的优点，足以有更好的发展。

三人均是高中学历，拿起书本上手也快，尤其是猴子，几次模拟考试的成绩都十分理想，只是那天我在宿舍无意间听到猴子和他远方母亲的电话，才感觉事情有些奇怪。

电话中猴子告诉母亲说，"妈！我又有希望回到母校了。"

电话那边虽然声音很小，却被我听得清清楚楚。"是吗？我得赶紧把这个好消息告诉你爸。"说完挂断电话，过了一会儿又打了过来："你爸说了，从哪里跌倒就要从哪里爬起来，爬起来之后，会奔跑得更快。"猴子的父亲难道长期卧病在床？还是有其他的情况？只是，我没有问猴子，我想，这一定是猴子不想说出的秘密。

第十七章
一腔悲愤怒挥铁拳

一

快到中午饭的时候，国航的空姐推来了餐车，问我要不要来一杯红酒，瞬间把我从回忆中拉回现实，我抬头看了看空姐，差点惊呼出来，因为站在我面前的空姐，简直太像云蕾了，只是云蕾显得更高冷一些。

高冷的云蕾不知道什么时候起，对猴子显得格外热情。

那天刚下勤的猴子，正打算去健身房推杠铃，就接到了云蕾打来的电话："纪峰，你以前不是爱好散打吗？过几天有个中日拳王挑战赛，我这有张票，你有空来拿。"

这是明显的信号，精得像猴子一样的猴子，岂能不明白个中玄机。我们早就在几天前接到了赛事的勤务命令，这种勤务属于备勤任务，没啥事就可以到现场参观比赛，完全不用买票。猴子却在电话里装傻充愣，嘴像连珠炮一样，说："好好好！这就去拿！这就去拿！"

海康市举行的中日拳王挑战赛，是应日本武术界多番要求才举行的，内容是中国散打对抗日本空手道。既然是挑战赛，说白了就是来砸中国武林的场子。日本方面派出山本一度、犬养次郎、康田峰三位高手，挑战中国散打王铁腿金刚莫云、拿云手方青、玉面达摩刘刚，冠军奖励金额100万人民币，而主要赞助商为康田化工。

康田峰爷爷当年来过海康市，以一个侵略者的身份。出于对中国的愧疚，对中国一直念念不忘，临终前嘱咐子孙多和中国合作，儿子康田静一来到海康市二话不说就投资办企业，孙子康田峰则以武开道，明面是加深中日武林的友谊，实则是带队前来挑战海康市武术界。

这是海康市第一次举办国际性比赛，借此机会展示日资企业在海康市投资的新局面，市长厉灼新对此十分重视，多次在市长联席会议上强调要办一个安全和谐的赛事。海康市公安局考虑到海康人民对日本人有着特殊的感情，安保方案做得滴水不漏，以此确保赛事期间无安全事故发生，消防支队也属于安保力量的一环，交由龙山大队负责，龙山大队把任务下达给四中队。

对于这次中日拳王挑战赛，市民们情绪高涨，门票早在一周前销售一空，100元一张的入场票炒到了800元依旧供不应求。

云蕾是散打爱好者，好不容易弄了两张门票，第一时间表示要和猴子一起看演出，女人邀请男人看演出，这是一个明显的信号，从心理学角度来说，女人再喜欢一个男人都不会主动，云蕾已经主动越界，猴子却像个大马哈把票拿了回来转手送给坦克，他听坦克说王锐也想去看比赛，没抢到票。这可把坦克高兴得要命，当场表示要请猴子吃大餐。

就在大家铆足劲准备第二天看比赛时，结果头天晚上，就出事了。

四中队在扑救光明社区的一个小火情后，已经是深夜11点，回到宿舍邮差就嚷嚷要吃夜宵："猴子，这次赶上你请夜宵了吧！"

猴子："滚一边去，我记得轮到邮差了吧！"

"岳明，一个月前出火警回来是我请的，你说说，这次该谁了？"邮差把岳明拉了过来作证。

岳明是个老实人，老实人就爱说真话："上次好像是你们三人玩剪刀石头布，你输了才请的。"

"对！对！对！剪刀石头布！我押注猴哥赢！"马志国也跟过来起哄。

猴子和邮差经过简单的较量，猴子输。

7个人，7份蛋炒粉，外加35个烤串，猴子要消耗200块"大洋"，外加跑腿，想来想去感觉不划算，就说："自己拿不下，谁和我一起去？"马志国跑过来满脸谄笑："猴哥！我也去。"

"得了吧，你就在家坐等跟着吃喝吧，坦克，跟我走！"

俩人出了大门，猴子说："坦克，咱们到康河路的小吃一条街正好3公里，比赛看谁先到。"

坦克摇着脑袋像个拨浪鼓："哪次考核也没你快，我配重85公斤，你配重70公斤，要不你背上两块砖，我们一起跑。"

猴子不怀好意地笑着说："我说坦克，你学机灵了啊，别忘了有一次你比我快！"

坦克满脸疑惑："哪一次？"

猴子脸上充满坏笑："救王锐的那一次。"说完就跑。

猴子知道这是坦克最大的忌讳，说不得、碰不得，谁提这事跟谁急。

坦克在后面急追："猴子！我说过谁要再提这事，我和他没完！"

康河路美食一条街，在深夜中依然灯火通明，餐饮老板早早地扎上帐篷、支起炉灶、摆上马扎、掂勺炒菜，顾客人头攒动，烧烤、小龙虾是夜市主要的消耗品，尤其是夏天，光是餐厨垃圾，每夜都要拉出去几十卡车。

这个坐落在龙山北麓的夜市之前没有这么多烟火气，只有零星商贩前来摆摊，为晚上登龙山公园消夏的人们提供水果饮料，还经常被城管查抄，弄得很长一段时间城管商贩矛盾紧张，厉灼新当市长后，为了扩大再就业，顺势而为把这条街规划成夜市一条街，久而久之，规模越来越大，变成了海康夜生活的打卡地。

用厉灼新的话说：一个城市包容与否，就体现在对街头经济的态度。

二

夜市一条街之所以吸引回头客，主要是吃的都是现加工的新鲜食材，不像现在到大型饭店餐馆吃饭，点了一桌子菜 10 分钟就能上齐，吃的都是提前加工好的菜，由于不是新鲜食材，怕消费者不认账，就起了一个概念叫预制菜。不论如何，它至少解决了食物浪费问题，就像战备粮一样。预制菜也是一个新赛道，就像猴子和坦克一样。

猴子和坦克像两个比拼轻功的武林高手，5 分钟的时间就赶到了夜市，全程坦克不落猴子两个身形，这是坦克在发泄情绪，向猴子示威，意思很明显："我特么不英雄救美，也能跑出好成绩。"他们来到街头的第三家大排档，这是他们经常夜间值班后加餐的地方。

剪刀石头布输了出来给队员们买夜宵，是四中队一向的传统，要知道救火那都是爬上爬下，极其消耗体力的。

都累了一夜了，猴子打算等吃完夜宵，白天好好睡一觉，晚上和云蕾一起去看中日拳王挑战赛，这个赛事很火爆，火爆的原因是海康市当年可没少被日本鬼子折腾，连七大姑八大姨算起来，几乎家家都和日本人有世仇。听说日本人要来挑战，门票早在一周前就被销售一空，本来 100 元一张的门票，甚至被炒到了 800 元，这种热情并不是说海康市民尚武，而是想亲临现场看看日本人被胖揍时的样子。

就在猴子和坦克等着大排档师傅炒饭时，隔壁大排档拐角一张桌子上传来吱哇哇乱叫的声音，引起了猴子和坦克的注意。放眼望去，两名身上刻龙画虎的男子都很精壮，一个黄毛一个秃发，一边喝着酒一边对同桌一名年轻女子上下其手、又摸又搂，吓得该女子花容失色，想走又不敢走，炒菜的老板看在眼里直摇头，却也不敢上前劝阻。

猴子和坦克对视了一眼，朝着他们吼道："你们干什么呢！"

坐在马扎上的黄毛听到吼声，停下手中的动作，对着猴子和坦克咬牙切齿蹦出两个火爆的词："八嘎！"随即右手抄起地面上的一个空啤酒瓶就扔了过去，坦克看着啤酒瓶飞过来，抬起胳膊格挡，啤酒瓶瞬间被震碎，一声脆响之后，坦克的胳膊鲜血直流。

"小日本！"

坦克话刚落音，另一个秃头男子起身奔着猴子就去了。用猴子后来的话说，这场架想躲都躲不掉，何况这几个杂碎在我们的地盘欺负我们的同胞。

双方顿时混战成一团，猴子挑了个和他体型差不多的秃头，一顿乱拳过后，发现不是那么回事，此人格挡、闪躲，进退有度，基本没造成什么伤害。

"今天遇到硬茬儿了。"猴子心想，既然要打，那就放开打吧！有外物而不用者，皆虎之类也。正琢磨怎么打倒对方，一不留神，眼前一个脚形的黑影扑面而来，猴子心说不妙，头一偏，脑门被对方踢了一脚，踉踉跄跄后退了好几步，把身后的饭桌撞得稀里哗啦。不等秃头男子上前补拳，坦克拍马赶到，一下子把秃头扑倒在地，那男子顺势给了坦克一肘。人说宁挨十拳，不吃一肘，坦克被肘击之后，七荤八素，血性被逼了出来，直接用上铁头功，咣、咣、咣三下，顶在男子面部，瞬间男子满脸开花，暂时丧失了战斗力，这时另一男子过来要打坦克，被猴子从侧面一把抱住，趁机一个军体擒敌拳背摔动作，把另一男子摔倒在烧烤桌子上。四周围观的人们从哇啦哇啦的叫声中，判断出是两个日本人，纷纷鼓掌叫好，还有大喊抗日啦！给我狠狠地打，还有上去按住日本人的脚手拉偏架的，等待日本人的只有挨揍的份儿。

等警察赶到时，猴子、坦克还能站着，那两个日本人已经倒地不起，伤势有点重，被救护车送往医院。警察在派出所核实猴子两人身份后，叫猴子他们先去医院包扎伤口，回去等消息配合公安工作。

这边在宿舍坐等夜宵的邮差他们，左等右等不见猴子、坦克回来，顿时有种不好的预感，邮差赶紧带着马志国、董小勇赶到烧烤一条街，只见夜宵老板正在收拾乱七八糟的桌凳，见到邮差他们，高兴地跑过来说："你们消防员真是好样的，为民除害哦！"

邮差问："那他们去了哪儿？"

老板："他们见义勇为把日本人打了，刚被派出所带走。"

等邵飞把猴子、坦克从派出所接回来时，已经凌晨三点了。

邵飞让猴子、坦克先休息，有什么事明天再说。

第二天早上猴子看着鼻青脸肿的坦克，说你就在家休息吧，晚上我也不去上勤了，和云蕾一起看散打比赛。

中午邵飞来了解情况，听说猴子、坦克见义勇为才闹出此事，连说干得好，坦克担心地问，派出所已经受理这事儿了，好解决吗？

邵飞打趣坦克，有什么不好解决的，你们背后有强大的组织，只要理不亏就不要怕，早知道我给海康体委建议，派你们俩上场了。

晚上云蕾开车来接猴子，看着猴子脸上的青紫，像个抹了妆的武生，忍不住哈哈大笑："这散打比赛还没看，就自己先练上了，咋回事？"

猴子挠了挠头，一副难为情挂在脸上："别提了，昨晚见义勇为和欺负我们同胞的日本人打起来了。"

云蕾听了有点担忧："原来是你和日本人打起来了。"

猴子说："这两个小杂碎居然在我面前欺负同胞，我这是见义勇为。"

云蕾听完猴子的叙述后，还是有点担忧："合着你这事还没有完结，我来问问龙山派出所是怎么回事。"

猴子等云蕾挂完电话，看到她一副心事重重的样子就问："云队长是不是想接手我这个案子？"

云蕾："猴子，你知道打的是什么人吗？"

猴子很纳闷："什么人不是早就给你说了吗？日本人啊！"

云蕾："看来你还不知道他们的身份，估计今天的比赛是看不成了。"

猴子满脸疑惑："为什么？难道我打的是赛事主办方的日本人？"

云蕾接话："是不是，我们到了体育馆就知道了，你可算打到点子上了，不过我很奇怪，你之前练过散打？"

猴子："我没练过散打，不过小时候，我们老家有尚武精神，经常有老师傅在公园免费教我们大洪拳和小洪拳，我也跟着练过。"

云蕾若有所思地点了点头。

很快，猴子和云蕾开车到了体育馆。

猴子到了体育馆，一看现场情况，就印证了云蕾的判断，现场已经来了十几辆警车在维持秩序，几千观众围在体育馆大门口，喊着口号："主办方骗人，退票！"主办方一个戴着眼镜的斯文领导拿着话筒喊话，让大家理解一下，马上给观众退票。这也难以消除群愤，几千人还是聚集不散。看这架势马上要冲进比赛场馆。这时候，猴子的电话响了，要猴子赶紧去派出所报到。云蕾不放心猴子，说："我陪你一起去派出所。"

到了派出所猴子才知道打伤的两个日本人，居然是前来参赛的空手道高手山本一度和犬养次郎。

办案民警告诉猴子，说："这次有点麻烦，因为对方不接受调解，所以，我们也在努力做着对方的工作，不过，纪警官，我虽然在办理这个案子，却发自内心地佩服你，换成我，我也要打他的武士道杂碎！"

第十八章
无计伤离别

一

这起案件引起了两个连锁反应，一个是日本主办方要求惩治殴打日本选手的凶手，我们警方在取证后，认为这是日本人在威胁我们同胞，纪峰和庄磊的行为属于见义勇为，问题是产生了法律后果，虽说双方都有负伤，可纪峰和庄磊是轻微伤，日本那边两个空手道选手一个颅骨开瓢，一个肋骨骨折，属于轻伤一级。

另一个是，赛事在多天前就大肆宣传，现在突然宣布不举行了，总要给观众一个交代。

主办赛事的文旅局局长陪同市长厉灼新很快到达了现场，他拿起扩声器："海康市的父老乡亲们，由于日本选手突然身体不适，比赛临时取消，所有购票费用原价退还。"

"厉灼新市长，你能告诉我们，日本选手不参赛的真实原因吗？"海康电视台的记者也在现场发问。

消除误会只有坦白事实。

厉灼新面对群情激愤的群众，拿着扩音器说："海康的父老乡亲，我是市长厉灼新，日本参赛的两名选手，因为和我们市消防战士排队买饭发生冲突，造成受伤，无法参赛，请各位父老乡亲理解……"

"打得好！打得好！"厉灼新话没落音，现场突然爆发出一片欢呼。这让厉灼新没敢把话继续往下说，要是再说出是日本空手道选手调戏我们同胞，估计就有可能演变成示威游行了。

"门票按照原价正常退，事情的原因，我们正在进一步调查……"让厉灼新没有想到的是，不知道人群中是谁带头喊了一句："我们不退票了，把退票的钱捐给受伤的消防战士！"紧接着厉灼新就看到神奇的一幕，几千名观众在无人指挥下，短时间内自发有序地离场，留下一脸错愕的厉灼新和现场维持秩序的工作人员。

就这样，一场聚集事件因为政府公开实情而化解。

然而事件本身却在持续发酵，日本主办方康田公司提出强烈抗议，说他们两位拳手在参加比赛期间，不但没有保护好其安全，还动用武警殴打、镇压拳手，要求严惩凶手，否则在该市 5 亿美元的投资项目将无限期中断。

市政府为此连夜召开会议，其他几位副市长的观点是，日本人在我国不守法律，应该按照我国法律给予制裁，两名消防兵属于见义勇为，应该进行嘉奖。这个方案遭到了厉灼新的强烈反对，他在会议上力排众议："新投资的日美达工厂能解决我们 2000 个就业岗位和 2 个亿全市税务收入，你们给我找一家这样的企业、这样的投资额，我就不给他们交代，你们现在能找到吗？我们做管理的都明白这个道理，小的社会价值要让位给大的社会价值，就像中原一旦有洪涝，安徽总是受灾区，因为要上保河南、下保江苏……所以，必须开除这两名肇事消防队员。"

一番慷慨陈词说得大家面面相觑，2000 个就业岗位太重要了，关系到 2000 个家庭的饭碗，厉灼新自然绕不开这个问题。

散会后，厉灼新刚回到市长办公室，支队长雷若平就找过来了，说："这两名消防战士不但不能开，还要奖励，因为他们是见义勇为，制止日本人猥亵我们同胞姐妹，反而是这两个禽兽还要绳之以法。"厉灼新当场大怒，拍着桌子，说："你这个支队长还想不想干了，你懂什么？现在舆情如何平息，日资企业怎么去给人解释。这些问题都要考虑。"

雷若平也来了脾气，对着直属领导厉灼新也拍起了桌子："小日本算个屁！支队长我就算不干了，也要爱护我的兵，我的同胞！"

厉灼新显然没预料到平时一贯言听计从的雷若平有这么大的反应，愣了几秒钟，叹了口气，说："老雷，我们如果不作出处理，鼓励这样的事发生，日本在他们国家也会以这种方式对我们的同胞使坏，这样吧，这两个兵我给他们安置到别的系统工作吧，也算给日本方面一个交代。"

就这样，猴子、坦克被列入考学对象重点培养的关键时刻，因为一场架给打没了，这还不算，最终的处理结果是退伍，这个结果使猴子和坦克不可接受，但不接受也得接受，曹加宽专门过来做他俩的工作，开场白就是："2比2000，怎么办？我们属于军人，军人是讲奉献的，不破坏国际关系，这就是奉献，给更多的家庭带来吃饭的机会，这也是奉献，况且市里对你们有个工作安置，到民政局当司机，正式编制，这不很好嘛！"

为了不影响投资大计，他俩毫无怨言地脱下了橄榄绿警服，快速办理了退伍手续。

临走的前一天下午，猴子和坦克在宿舍里收拾行李，突然听到火警铃声，两人赶紧跟着队伍跑出去，跑了几步，又折返回来，眼睛红红的，这一切都被邮差和我看在眼里。晚上，邵飞专门批准我和邮差、马志国去龙山腰陪一陪他们俩，其他人都得值班，并告诉我，可以适量喝点酒，就算违规一次吧，送战友没有酒怎么行呢。

猴子离开海康之前，和坦克晚上一起来到了龙山山坡，护林员老刘夫妇看到猴子、坦克在晚上八点多站在门口，便热乎地把两人让进了屋里。

"小纪、小庄，这么晚了，刚出完任务吗？我来给你们做饭。"

"不用了，刘叔，这次，不是聚餐，我们是来向叔叔阿姨告别的。"

"难道你们犯错误了？如果犯错误了，就好好向组织说，组织会原谅你们的。"

"恐怕这次组织无法原谅我们了。"

当坦克欲言又止地把事情经过说给老刘之后，老刘拿起了旱烟袋狠狠地抽了两口。说出了最让人温暖和硬气的话："他们的祖宗当年来海康为非作歹，现在他们的孙子又来祸害我们的同胞，消防员把他们打了，打得好！是为民除害！政府应该奖励，怎么还扣个阻挡经济合作的帽子。"

"不要怕，只要有本事，到哪里都有一口饭吃。安排咱们退伍，咱们就退伍，回去建设家乡，为自己活一回，也是一件好事。今天敞开了喝，叔叔请客！"

这是英雄最后的狂欢，每个人都应该尽兴。猴子和坦克正喝着，邮差和薛灵、云蕾、王锐也找了过来。

邮差拿着一千元钱给刘叔，被刘叔白了一眼："我明白你们来吃饭是想接济我和你婶儿，可是，发给你们的补贴你们要攒起来留着找媳妇的。"说着转头看了一眼坐在桌边的云蕾、薛灵和王锐。

三人都低头不语、情绪低落，此时一轮明月升起，月光洒在小院子里，三男三女各自对望着，像是有许多话要说，又像是早已说过。刘婶儿端了一盘小炒轻轻地放在桌上，然后又轻轻地坐在刘叔身边，刘叔拿起筷子往刘婶儿嘴里夹了一口菜，刘婶儿脸上露出幸福的浅笑，想开口给云蕾和王锐说点什么，却看见她们俩眼里像是揉进了沙子，用手不停地摩挲。

刘叔干咳了几声："你们做的事，只要对得起头上的国徽，不要怕那些闲言碎语。人活百岁，半生是梦，我儿子为党、为人民牺牲了，要比一事无成的老死有意义。为党、为人民牺牲，本身就很有意义。"

"你看给农民耕地的老牛，整个生命都是在劳作，它的意义在哪儿呢？把苦难形容做牛做马，如果牛马知道人类这么比喻自己，一定会觉得很奇怪，牛马吃主人的草料，被主人供养，一年忙活'秋午'二季，剩下的就是闲着，不比人快活得多。活着一天，就干一天，把事情干好，死了也无憾。"

"铁打的营盘流水的兵，走的兵不是最伤感的，最伤感的是守巢的人，退伍了只哭一场，守巢的人每年都哭。"

"南方下雨，北方干旱；南方炎热，北方阴冷，世上哪有什么平安，只是少部分人承担危险，大部分人就感受到平安。"

"30年前，我扛着枪跟着排长上老山，看到排长宽大的肩膀总是挡在我前面，让我跟着他后面冲，那时候，我感觉护身符就是我的排长，有他在我特别长胆量。30年后，我48岁上的龙山，感觉我就是这片林区的护身符，护身符不是念出来的，而是要靠社会上每一颗螺丝钉支撑起来的。这一上山就是20年，我儿子也牺牲了20年，如果不牺牲，今年也已经40多岁了，我也应该抱孙子了，可是，我总认为，像军人、警察、消防员这些职业，牺牲是常态化，在选择这些职业之前，要仔细考虑好，是不是能承受最坏的结果，是打算正常老死，还是打算英勇献身，这个问题是灵魂问题。"

刘叔是个明事理的人，说："你们俩别担心，是金子在哪里都会发光，就冲着你们为了保护我们的同胞，敢和日本空手道高手过招，你们俩以后都会成才的。"

猴子和坦克那天破天荒喝多了，抱着一棵树，不停地喊着荣队长，说以后还能回来的。我想上前劝劝猴子，却被邮差无声地拦下，沉闷地说："让他们发泄一下，或许会好受些。"

到了最后回去的时候，我记得刘叔专门拉上猴子和坦克说了一段话："人家姑娘矜持，怎么着也要端着点，所以男孩子要主动一点、勇敢一点。当年我追求你婶子就是厚着脸皮的。"

二

"纪峰！你会回来吗？"

临上车前，云蕾脸上写满离愁。

其时，夕霞如血，纪峰指了指天边云朵，声音低沉："你看天边那些云朵，聚了又散、散了又聚，人生离合也是如此。"

云蕾转过脸去，抹了一下微红的双眼，回头微笑着说："你还欠我一顿饭呢。"

纪峰的表情又恢复成猴里猴气："一顿饭好还，一辈子的饭不好还啊！"

云蕾破涕为笑，握拳捶打纪峰肩膀："去你的！想得美！臭猴子！"

此时纪峰肃然说道："说一声去也，送别站头，叹万里长驱，上车便是天涯路。云蕾，你对一对下联吧！"云蕾若有所思，想到离别在即，一时间竟泪水盈眶。

邮差走过来，拿出一串挂坠："邵队长说了，这是荣队长牺牲前留给你的，你带着留个纪念吧！"

猴子接过挂坠，看了看，表情有些凝重，像是自言自语："只要心中有平安，就能把平安传递下去。"

坦克这边也没闲着，王锐自从知道坦克要退伍，就一直做坦克的工作，希望坦克能留在海康，坦克说："我留在海康能做什么？去码头扛包，还是开个餐馆？"一顿话说得王锐哑口无言，坦克感觉说得有点过分，抱歉地笑了笑，"王锐，你多保重，我们也许后会无期了吧。"

王锐听完，把脸转到一边，悄悄地抹了把泪，转回头，迎着坦克伸出手，给坦克整理起衣领，手停顿时，微笑着说："如果后会有期呢？"

一声长笛打破了这难得的宁静，火车启动的那一霎，猴子和坦克隔着车窗向大家挥手告别。云蕾和王锐大喊着猴子和坦克的名字："等你回来！"

车窗隔音效果太好，猴子和坦克把耳朵贴在车窗上，努力地听着。车渐行渐远，终于消失在视野中。

第十九章
江湖寄余志

猴子背着的行李是个半空的帆布包，帆布包上"中国武警"字样赫然醒目，似乎在提示着一个退役老兵的最后尊严。

火车还是来时的绿皮车。

当时高铁早就修通，猴子没有选择高铁，原因是速度太快，他想慢慢地走，就像当年北上求学一样，把前尘往事过一场电影，遇见的每个人都是记忆中的珍贵片段，这次，又是他人生的站点，他不得不换乘列车，他不知道下一站将驶向何方，只是心里多了一份从容。

火车如老牛犁地般缓缓挪动。猴子望着褪色窗框外抽搐的风景线，忽然觉得有根无形的导管正把灵魂从脊椎里抽离，那些渗入海康生活的碎片，此刻正在雾气中蒸腾出记忆的蜃楼。云蕾、邮差、马志国、岳明、董小勇、陈可、邵飞，还有龙山腰上的"龙山大饭店"，以及刘叔、刘婶儿，还有中队那几辆在他视如己出的保养下，从来都没出过毛病的消防车。中队一共有六辆消防车，走之前，他专门到泵浦、水罐、泡沫、高倍泡沫、二氧化碳、干粉消防车前一一合影，就像和老朋友一样，做着一一惜别。

火车在林阳站停靠的时候，也预示着猴子和坦克要各奔东西，在转车的时候，坦克问猴子："猴哥，你还会回去吗？"

猴子叹了口气："我命运多舛，怕是这一别再也回不来了。"

坦克沉默了一会儿："云蕾姐似乎希望你留下来。"

猴子笑了笑："你为什么不留下来呢？那里还有你舍命救过的姑娘。"

坦克神色黯然："我除了一身力气，一无所有，让这么好的姑娘跟着我受苦，感觉很丢人，再说，留下来做什么呢？开餐馆、掂大勺，估计也只能干这个。不过，我还没有想好，王锐说了，她会等我！可我不想让她等，这对她不公平，我没有条件带给她幸福，她能找到让她更幸福的人。"

猴子："或许，她等你就是她认为最幸福的事。真正的爱情，是不论富贵贫贱、职位高低的，那些都可以靠着两个人去创造。只要两个人在一起，吃糠咽菜，也比山珍海味要来得幸福。"

坦克："猴哥，你怎么像变了一个人，能说出这么多劝我的道理，你为什么不劝劝自己留下来。"

猴子："说不好，今天的分别也许是为了明天的相聚，就像我一直追求参军入伍报效国家，可是，命运给我开了两次玩笑，这些痛苦，我需要回去慢慢消化一段时间。"

坦克的眼睛瞬间亮了起来："猴哥，你要是什么时候想回来，一定要告诉我，我要和你一起回来，哪怕我们一起开个早点铺子，也很开心。"

猴子带着微笑："如果有可能，我还是希望做一名消防员，救人民群众于水火之中，有希望就不怕在黑夜中前行，咱们就此告别！"

火车继续一路前行，穿山岭、跨长江、过淮河，当猴子看到淮河大桥北岸桥边的七个大字："中国北方欢迎您！"像是慈爱的母亲欢迎着凯旋的英雄儿女，而那胡辣汤和山羊肉的香气早已飘进了纪峰的心里，那种记忆只有游子才能领略到。

正所谓世事颠簸最难料，天涯游子知事早。真心、忠心、烦扰心，此心归时人未老。

到达淮州的时间正好是早上7点，晨光大好，猴子下了火车，在火车站广场对面找了一家早点店，一连喝了三碗胡辣汤，吃了一笼小笼包，在胡椒的催动下，猴子头上直冒汗，大呼爽快。

店老板是个 50 多岁的老大姐，很会共情的一个人，笑着用家乡话说："恁是不少年没回老家了吧！俺只收恁一碗的钱，俺家人也是退伍军人，俺家都拥军。"

猴子听完心里感动，手上仍然递过去足量的餐费，店老板大姐笑着说："姐姐说话算话，恁赶紧赶车回家吧，汽车站，就出门往右拐，500 米。"又找回了两碗胡辣汤的钱，往猴子手里一塞。

猴子又感动又无奈，家乡人的纯朴很治愈，离开前，他告诉大姐说："大姐，感谢您的好意，我看您这厨房里用的是天然气，可以装个易燃易爆气体报警探测器，这样的话会很安全。"

猴子的家乡原是历史上赫赫有名的古战场，坐落在县城灵璧的西南角，霸王别姬的故事就发生在这里。

自古以来，成王败寇，历史上失败了还能称为英雄的只有项羽一家，别无分店。对于项羽这个人，历史上褒贬不一，许多文豪大家还为此较上了劲。唐朝诗人杜牧来此地写诗："胜败兵家事不期，包羞忍耻是男儿。江东子弟多才俊，卷土重来未可知。"这是一种积极的心态。200 多年后，宋朝王安石跑过来诗曰："百战疲劳壮士哀，中原一败势难回。江东子弟今虽在，肯与君王卷土来？"显然，这个观点是个疑问句，百战疲劳的将士们还会不会为了王图霸业，帮着项羽拼杀呢？

不论古人们如何评论，在一点上却保持了高度的一致，就是对项羽失败的惋惜。

猴子越想越觉得可笑，感觉自己这么年轻，怎会产生如此之多的感慨。父亲的日记里不也写着人生要突破，而不是看破，年轻人要知难而上，实现自身的人生价值。

从淮州到猴子老家灵璧有 80 公里，坐在猴子前面的两个青年回乡的心情居然也很上头。

右前方座位的俩 20 多岁返乡社会青年在大巴车里公然吹起牛皮。猴子被两人的高谈阔论打断了思绪，目光看向这两个年轻小伙子。

左臂带有海盗旗文身的瘦子，说他认识灵璧西关大哥某某某，当年带着几十个兄弟，拿着菜刀从灵璧西关砍到东关，又从东关砍到西关，这架打得厉害，公安局都不敢管。

另一个光头说他认识北关的谁谁谁，是北关大哥。某年某月某日，带 200 号兄弟打群架，死一伤九，公安局都不敢出警……

一车人都静悄悄地听他们俩在车上吹牛皮。

猴子实在听不下去了，心里想，这都进入新时代了，全国老百姓都脱贫了，扫黑除恶斗争也都开展几年了，还有人在这儿而危言耸听吹牛皮。

转头给右前方的两个小伙子说："我认识两个苏北老乡，绝对都是大哥级的人物。当年在灵璧城南打群架，带着几十万兄弟，这架打了几天几夜，打得厉害，谁都劝不住，公安局也不敢管，砍死砍伤的人都得以万为单位来计算。"

这俩小伙子，听完哈哈大笑，说猴子真会吹牛皮！说混得这么好的两位大哥，他们怎么没听说过。

猴子平静地说："这两位大哥一个叫项羽，一个叫刘邦。"

话音刚落，满车人爆笑，只有这俩社会青年脸憋得通红，安安静静。

猴子说完转头望向车窗外，只见公路边的玉米地里，一片深绿色让人感觉心情非常舒畅，又想起已经牺牲的荣志海队长说的那句话："消防员没有避险权利！"

近乡情更怯，不敢问来人。小区里有几个八九岁左右的孩子，停止了打闹，用陌生、胆怯的眼神看着风尘仆仆的纪峰，其中一个岁数大一点的孩子怯懦地走上前："是峰哥回来了吗?"

猴子会心一笑，没想到居然还有小孩能认识他，他摸了摸小男孩的脑袋："明明都长这么高啦!"

"峰哥，我是琪琪!"

纪峰尴尬地笑了笑，转过身看见自己两鬓斑白的母亲面带惊喜，从二楼阳台伸出头看向自己，两年不见，母亲两鬓的白发又增添了不少。

"我爸又出差了!"猴子回到家还没坐下就问他母亲。

纪母放下手中的针线活，无奈地叹了口气："这个老东西呀，从年轻的时候就一心扑在工作上，从来不顾家。"

猴子："妈! 昨天还梦见我爸了呢。"

纪母两眼放光，腾地站了起来："都和你说了些什么?"

猴子开心地说："他对我说，跌倒了爬起来能跑得更快。"

纪母表情期盼，像个刚刚恋爱的小女生："有没有提到我什么呢?"

猴子咧嘴傻笑："我爸说，让我给你买一套护膝，说你那老寒腿要好好保养。"

纪母好像发现了什么问题："峰峰，不过节不过年的，你怎么回家探亲了? 也不提前说一声，哪位领导这么好心让你在春季回家探亲?"

"我们的好主任曹加宽!"

纪母显得很感兴趣："曹主任是老乡吗，这么好! 春季都能批假。"

纪峰不想继续这个话题：　"妈! 我饿了，您还是先给我下一碗手擀面吧。"

纪母赶紧走进厨房，随着厨房内锅碗瓢勺的碰撞之声，一碗热腾腾的手擀面端到猴子面前。

猴子赶紧拿起筷子夹着面条，呼噜呼噜不一会儿就吞下去一碗，抹了把嘴说："妈，我以后就陪着您，绝不缺席。"

纪母听完，默默地回到了卧室坐在床上沉默起来，几年前，猴子突然从学校回来，说的同样是这句话，做母亲的心里预知了儿子身上遇到什么事儿了，又怎么再去问，又何必问，只要儿子能平安回来就好。

猴子放下碗，回到自己的卧室坐下，看着书桌上摆着的一张泛黄的照片发呆。照片中，一身戎装的小伙子站在消防水车前，眼神微微收缩注视远处，像是害怕某些未知的事物，又像是期待着美好的未来。

人生的命运就是这样，本来设想的宏伟人生蓝图往往会不经意间，被一个小小的意外和插曲打乱，改变了人生的轨迹，走不出去的人自暴自弃，在枷锁里循环转圈；走出去的人，就会探索出人生的真谛，把握命运。就像那些精神病人，哪一个不是为心魔所折磨，在自己作的茧里面苦苦挣扎。

在家没过几天，纪峰突然接到了龙山消防大队退役班长孟浩的电话，孟浩是猴子老乡，两年前退役后，据说在省城里开了一家消防工程公司，当年就接了几个工程，生意做得风生水起。当年退伍时，猴子还专门去车站送他，后来就不怎么联系了，但是战友的感情不因久未联系而变淡。

电话中孟浩爽朗地问着猴子："猴子！听说你挺能打，把鬼子拳王都打残了，哈哈哈哈……"

孟浩是前任老班长，当时在消防队就爱和猴子开玩笑。

猴子在电话里不好意思地说："老班长，这都被你知道了，你的消息可真灵通。突然给我打电话，有什么指示？"

"猴子，咱们赴汤蹈火，也为国家卖过命啦，没有遗憾，该收收心为自己的好日子奔波了，我这有个副总的空缺，来我这吧，年薪20万，外加提成，10%的干股，干不干，痛快点，给句话！"

纪峰很惊讶："老班长，你这几年真的发财了啊！"

孟浩："承包了几个消防项目，还凑合，既然消防队是铁打的营盘流水的兵，那咱们就把消防设施建好，也是曲线为消防事业做贡献，让战友们少受点伤害。"

孟浩话刚落音，猴子在电话这边哽咽起来："班长，你不知道，荣队长走了！"

孟浩："荣队长调走了？"

纪峰："他……牺牲了！"

孟浩这边沉默了一会："你还记得，荣队长身上有个护身符挂坠吗？"

猴子回答："是的，他一直贴身戴在胸前，'心'形的，就像我也有一个一样。"

孟浩接着说："那里面藏着他父亲的照片，据说，他父亲也是因为救人时楼房坍塌牺牲的，这个秘密只有为数不多的战友知道，后来，他就让我们保密，不给你们提这个事，他身为烈士的后代，却从来不拿这个事向组织提出条件，一直待在龙山脚下的四中队，直到牺牲时，也没有离开过四中队。"

猴子说："荣队长走的时候，眼睛看着我，用尽力气指了指护身符，他走后，我们就收下来交给荣嫂，荣嫂告诉我，荣队长生前就说，哪天要是牺牲了，就把护身符当作纪念留给战友们，最后，荣嫂也没带走，现在就在我们四中队的陈列室里，那是我们自发纪念荣队长建设的。"

孟浩说："猴子，你虽然退伍了，但是哥哥守的阵地还在，你明天来我公司看看，我们见面聊。"

战友指的是什么？

我想应该是战争中的友谊，出生入死的兄弟，只有雪中送炭的真诚，没有锦上添花的绚丽。

猴子辞别母亲，第二天早上乘坐大巴，经过 4 个小时的路程，到达了省城陆洲，当他见到孟浩时，感慨士别三日当刮目相看，这句话一点都不假，何止刮目相看，简直要挖眼珠子看了。

孟浩在陆洲市淮海路最繁华的地段租了 300 平方米的写字楼，手下员工 30 多号人，这还不算施工的工人，以前孟班长管一个班 7 人，还得加上自己，现在管理一个中队。

在会议室，孟浩当场开了个全体会议向大家宣布："纪峰曾经是我的兵，现在是你们的副总，主抓报警器的销售工作，大家欢迎纪总加入我们的团队！"

2017 年对于纪峰来说是个流年，虽是流年，纪峰并没有乱了浮生，因为他有战友，战友伸出来的手，既温暖又实在，总是能在最需要帮助的时候出现。

纪峰开着孟浩提供的帕萨特轿车，从此开启了全省的销售工作。

孟浩虽说比孟浩然少了一个然字，却更多了些浩气，他告诉纪峰："我退伍创业那会，用的是 50 万启动资金，我也给你 50 万组建消防设备销售公司，队伍你自己招聘，管理方案你自己制订。对了，还有，5000 元以下的费用，你自己签字，不需要我审批。"

50 万的真金白银，说多不多，说少也不少，要知道这 50 万可不是大风刮来的，孟浩和纪峰只是战友关系，孟浩认定的就是纪峰这个战友，说白了，50 万赌一份信任和感情，这在 2017 年已经算是弥足珍贵，也难怪荣志海活着的时候每次全中队出动扑灭火灾后做总结，总是会说上一句："我们中队四班战斗力最强。"看来荣队长是识货的。

孟浩对纪峰放权尺度相当之大，纪峰要是每天签几个 5000 元以内的开支，再找发票抵账，基本上这 50 万都能变成他的。其实，这种事情，屡见不怪，看看以往那些落马的国企老总，每年签出去的招待费几千万，一桌饭花了十几二十万的现象屡见不鲜，如果你真的相信花了这么多，只能说明你还没步入社会。

纪峰有些感动了。

他清晰地记得在海康，有个警情是亲兄弟为了分父母留下的一居室遗产，哥哥撬锁进屋换锁把门反锁，弟弟在外面踹门，哥哥受不了打开了天然气，要不是荣志海及时切断了燃气阀，再通过向房内注入一定量的二氧化碳干粉，逼出哥哥，估计那天真就把楼点了。

纪峰掂着孟浩的 50 万，也不含糊，当场拍着胸脯给孟浩反馈四个大字："一三五十！"神情宛若救火时的决然不归。

一三五十不是部队番号，而是一个销售计划，在计划中，副总纪峰承诺第一年销售额完成 1000 万，第二年销售额 3000 万，第三年销售额 5000 万，第四年销售额突破 10000 万。

种种迹象表明，纪峰并不是简单的猴子，如果非要说他是只猴子，有可能也是排在孙悟空那个段位上。

也许有人会奇怪，猴子一没有阅历，二没有社会经验，哪来的那么多弯弯绕。

说来话长，但是有一点需要注意，那就是他后天的经历。

每一次挫折都是老天主动让你思考人生。

每一次思考人生都是老天让你少留遗恨。

没有遗恨所以心态轻松，心态轻松则静止，静止则达观，达观能致远，致远则不茫然，不茫然则心态轻松，简直就是一个完美的圈。这个圈，应该是一个生活态度，为生计奔波的快递小哥也能钻，即使没有吃着火锅唱着歌的从容，也有哼着曲把快递送到千家万户的不迫。

以前听过一首歌曲叫《从前慢》，车马邮件都很慢，一生只够爱一个人，在快节奏的都市里放慢人生，更需要强大的智慧。

猴子在孟浩面前立完军令状后，开启了他的大手笔运作。

他先在人才市场招聘了 100 名销售员，每名销售员试用期三个月，试用期薪水 3000 元每月，然后撒出去扫楼扫街找客户，晚上他就在公司加班，等着销售员拿着收集来的客户信息，一一过堂、审核点评，说白了就是哪个客户是潜在客户，哪个客户马上要采购消防设备，哪个客户是无效客户，分析完客户，就连夜培训产品知识，第二天再接着跑市场。

这 100 号人撒出去天天在市场上活动，给同行造成很大的冲击，一时间业内纷纷感慨："北青的来啦！"

由于他这个销售公司代理的是消防设备行业龙头北青的产品，火灾报警控制系统、电气火灾报警系统，以及有毒有害和易燃易爆气体报警设备，品类很齐全，需要掌握的专业知识自然很多，第一个月过后，干不下去主动辞职和混日子业绩不行的淘汰了一半，还剩 50 人。等到了第二个月底，纪峰又淘汰了一拨人，能坚持下来的基本都是能出业绩有潜力的员工，一共 28 人。

销售队伍固定下来之后，纪峰向孟浩汇报，说："这 28 人就是我要找的销售骨干，都是千挑万选挑出来的，拉出去就能打。"说得孟浩哈哈大笑。然后问："正常招聘都是需要多少人，招多少人，你这一下子招了 100 人，然后反向淘汰，你是怎么想的？"

纪峰说："这是挑选人才的关键，就像我们消防队招兵一样，需要差额选拔，比如那些被淘汰的销售员，我们也不算花冤枉钱，全当打了一波广告造势。"

孟浩哈哈大笑："小子！我真没看错你，这要是放在古代，你还了得！还不得是独当一面的一路豪杰。"

纪峰接过孟浩递来的可乐喝了一口，转过脸透过 30 层楼的落地窗，看到外面高楼林立、车水马龙，一派欣欣向荣的忙碌景象，此时，耳边似乎听到一声叹息："云蕾，你在海康还好吗？"

由于这 28 人有一部分是退伍军人，纪峰干脆把 28 人分成四个班，每个班的销售经理不叫经理，叫班长，分管皖南、皖北、皖东、皖西四大战区，纪峰则坐镇中央战区，向东、南、西、北四个战区提供战略支援。

由于有退伍军人作为骨干，平时的销售会议争论十分激烈，二班长发言："皖西石化这个阵地由于我班有资源优势，三班就担任佯攻，等攻克阵地，把战利品分你 1/3。"

三班长立即站起来反对："你这算哪门子道理，皖西石化是我战区管辖，必须由三班牵头实施突破，这叫守土有责。"

这就是猴子开销售会议的日常情况，不知道内情的，还以为是哪个部队在讨论作战方案。

第二十章
征衣未解心犹红

到了 2018 年上半年，孟浩销售公司的营业额已经突破 700 万，净利润大约 120 万，可谓业绩喜人。事无两头好，就在猴子带着销售团队拍着胸脯嗷嗷叫要突破 1000 万大关时，孟浩的消防工程公司却出现了危机，他的资金链断了。

事情是这样的，孟浩在 2017 年从宏伟达地产公司接到了一个大项目，总价 2600 万，条件是前期要自己垫资干，等工程干好了，再结款。孟浩一合计这个项目有 30% 的利润，再说宏伟达地产也是业内能排得上号的公司，财力雄厚、房子好卖，也没和猴子商量，就自己拍板定了。谁知到了 2018 年 5 月，宏伟达地产开发的怡新园项目出现了烂尾，孟浩此时已经投进去 2000 万，创业伊始积累了几百万现金流，为了拿下怡新园项目，孟浩加了二倍杠杆，利息高达 6%，此时工程款返不回来，外面又欠着高额利息，公司一下子陷入了困境，急得孟浩在办公室里转陀螺，公司 9 月的工资，孟浩腾挪了猴子销售公司的利润勉强发了出去，到了 10 月就欠薪了，公司 80 多号人没工资领，就等于没饭吃，没饭吃就堵到孟浩门口要钱。好在猴子正在跟进一个化工厂的消防设备项目，这个项目有 300 多万，全公司的人眼巴巴等着拿下这个项目发工资，否则就得散伙。

能否起死回生全靠这一次投标，孟浩把任务交给了猴子。

猴子知道时间紧任务重，做好标书就连夜赶了过去，第二天早上 7 点就赶到了化工厂的大门口等着，不多时其他四家也都陆续赶来，猴子一看，倒吸一口凉气，因为这次招标采购的设备主要是易燃易爆和有毒有害气体报警设备，所以来的厂家分别是无锡、成都、深圳三家公司，都是青鸟的强力竞争对手，无锡这家公司走到哪都给竞争对手带来灾难，他的口号是论价格没有最低只有更低；成都是个国外老牌子，认可度很高，售后服务也很过硬；还有一个估计是来陪标的，在市场上寂寂无名。

这四家投标代表是上午一起过来的，像是组团，又一起坐下来说说笑笑，言谈中充满了阴谋的味道，其中一人看见不远处坐着的猴子，包里装着厚厚的标书就问："你是哪个厂家的？"

猴子恭敬地回答："我是北青的，请指教。"

满身赘肉的家伙一张嘴就不友好："北青不是做消防报警设备的吗？怎么连仪器仪表也做了。"

没等纪峰回答，另一家留着八字胡的代表也跟着插嘴说："你来了也就是陪标，别凑热闹了，还不如趁早回去洗洗睡了！"

纪峰倒也不计较，不亢不卑地说："我就是来参与参与，向同行学习。"

客观地说，气体泄漏报警设备在工业分类里属于仪器仪表，此人说的一点没错，孟浩公司代理的北青气体报警设备，是北青公司收购的一家生产公司，虽说挂着北青的金字招牌，不过在气体报警领域，"维泰"这个牌子还未被市场充分认可。

结果不出所料，上午 10 点商务标开标，猴子投标价最高，比第二高出 90 多万。猴子坐在台下直冒冷汗，用余光扫了扫其他四家投标代表，看到他们纷纷转头不怀好意地看着自己坏笑。

理论上说，猴子这次投标还没死透，因为接下来还有技术标的评比。

现实情况是，技术标基本上不影响中标结果，无非就走个形式，谁家的技术方案也不可能出现重点问题，能足以推翻之前的商务标，就算推翻了，也轮不到猴子，因为现在猴子是"标王"，行业有个潜规则，标王是不可能中标的。

在公司门口的桥栏边，猴子心情沉重地不停抽烟，一会儿工夫，地上的烟头已经落下七八根。此时，快到中午，地表温度已经升到 35 摄氏度左右，猴子暴晒在阳光下仍然感觉冷气从脚底直往四肢蔓延。

"公司还有一堆人正等着米下锅呢，就这么回去了？怎么见江东父老。"猴子心里想，这四家商务标报价都是 200 万左右，我报了 320 万，而且还是在砍掉了绝大部分利润的情况下，大家都是同类产品，这悬殊也太大了，问题到底出在哪儿呢？

孟浩这时打来电话："猴子，顺利吗？"

"基本没戏了，咱们成了标王。"

"我就说不能用你的方案，把价格拉得这么高，你偏不听。"

"这是责任，我们当过消防兵，接受过党的教育，不能拿着有隐患的方案来投标。"

话不投机半句多。

挂完电话，猴子心有不甘地抬头望天，天籁深处，恍惚间人影晃动，揉了揉眼再望去依稀是云蕾和荣队长，荣队长好像在说："猴子，消防员只有身体可以被消灭，但是信念打不垮。"

云蕾似乎也在说："猴子，荣队长的牺牲和设计院设计师有莫大的关系，他们都是凶手，只要有一个环节能监督、履职，荣队长就不会死。"

猴子全身一哆嗦惊醒过来，沉重的压力加上阳光的暴晒，让他打了个盹。

"原来问题出在这里，这些奸商，为了中标什么事都干得出来。我必须去反映情况，中不中标都无所谓了。"

猴子属于有想法就实施的人，他快速返回厂区找到了主管项目的赵总，把自己的分析情况简短说了一下，赵总不停地看着手表，脑袋摇得像拨浪鼓："你说的这些太专业，我也不是搞技术的，不太懂，不过你说得太晚了，现在技术标评定会已经结束了。"

"赵总，您是负责项目的，安全无小事啊，举个不恰当的例子，有许多领导业绩干得不错，为人处世也很周全，结果安全出问题了，到头来辛苦一辈子，一辈子白干，赵总您身为副总要对全厂员工安全负责，也要对自己负责任啊！"

一番话把赵总说得沉默了，思考片刻，赵总对纪峰说："你在这等着，我先去评标组问问情况，看看能不能给你争取一个解说的机会。"

猴子看着赵总远去的背影，心里一阵感激，有些人还是有良知的。

其实猴子心里明白，赵总是参加商务标评比，技术标他也说不上话，商务标评委由设计院、本单位总工和第三方专家组成，猴子不认识别人，更不可能冒然闯进评标会议室，只能找赵总反映情况。

赵总不多时返了回来："给你争取了 5 分钟的时间，趁他们还没散场赶快去吧，我能做的就这些了，祝你好运！"

猴子谢过赵总，走进评标办公室的时候，评标专家组正围坐在会议桌前，收集整理技术标文件，有的都拿起包打算起身要走，评标结果已经出来了，无锡天奇公司的商务标打分第一、技术标打分第一，除了未公布，招标工作实际上已经算是结束了。

在屋里众人诧异的眼光中，猴子环视一圈评委，一共七人，这七人能决定猴子公司的危机解决与否，当然，这些对他来说已经不重要了，他心里只想把重大隐患说出来，尽管这会违背行业潜规则，谁会自揭伤疤呢？

作为评委之一的设计院主任设计师白净无毛的脸上显示着尖酸刻薄："你还来干什么，我们评标已经结束了。"

"各位专家领导，我是投标方北青公司的，耽误评标老师几分钟时间，我有重要事项需要向你们汇报！"

其中一位面色白净的中年男子脸上挂着不悦："我们的标已经评完了，你还有什么说的，都中午了，我们要去吃饭了。"说着就要起身离开。

猴子马上接着说："请容许我几分钟时间，因为这个细节对你们公司的生产安全很重要，我不说将会产生重大安全隐患。"

评标组评委有七人分别来自三方：甲方即厂家、设计院、第三方专家组。有个年长的60多岁的男子挥了挥手，示意大家等一会儿，听猴子说完。

猴子赶紧抓住这一机会说："这次招标，贵公司标的中有高浓度一氧化碳、氟化氢、光气、四氯化氟、氰化钠等气体物质，投标单位针对这几种气体投标易燃易爆气体报警器也没问题，我想说的一点是，易燃易爆气体报警器传感器技术是催化燃烧反应原理，这就造成催化燃烧传感器灵敏度在PM范围，以一氧化碳举例，测量上限是10009PM，测量下限是1000PM，超出这个范围，传感器不应答，而一氧化碳对人体的损伤范围是超过50PPM就会产生损伤，同理，光气、氟化氢都存在这个问题。"

讲到这，猴子顿了顿，看到几位评委疑惑的表情接着说："我的价格之所以高，是因为我们针对这个问题选用了测量敏感度更高的传感器，电化学和光栅传感器，造成了我们的投标价格偏高，其他四家投的都是催化燃烧传感器，所以价格能压下来，如果我们的工作环境一氧化碳泄漏值在1000PM以下，又在50PPM以上，我们选用催化燃烧传感器不报警，而在环境中的工作人员就有生命危险，这该怎么办？"

这时，设计院的评委坐不住了，大声嚷嚷："你什么都不懂，别在这胡说八道，赶紧出去！"

猴子义正词言、不可侵犯："我没有胡说八道，各位评委都是这方面的专家，不信现场可以查阅资料核实我说的对不对，像光气、四氯化氢这种气体都没有专门的电化学传感器测试，只能选用光栅传感器才能保证测量准确，而光栅传感器是非常贵的！做方案时，如果我一味压低价格为了中标，只选用测试催化燃烧的传感器，那么我们的价格也和他们差不多。"

这时，化工厂总工发话了："你想表达的是什么？"

"假如我们车间的气体泄漏正好在 100PM 以上至 10000PM 以下，易燃易爆气体报警器却不会报警，但是，工作在车间的人员怎么办？所以，我在投标时选用了光栅、等离子传感器的有毒有害气体报警器，这类传感器十分昂贵，才造成我的投标价格偏高，成了标王。"

谈了这么多，纪峰也只是从价格上分析做出的判断，正是这个大胆的判断，造成了专家组评委们的讨论轰然炸锅。

就在评委们纷纷讨论时，纪峰接着说："我想给大家讲一个真实的故事，这件事我是现场的亲历者和见证人，我退伍前是海康市消防支队消防员，当年我和我的中队长出警前往一家化工厂救助两个突然倒地的员工……"

猴子眼睛随着故事的展开变得红润："那个现场有很多易燃易爆的气体，也有有毒有害的气体，由于厂方坚持说气体泄漏报警器没有报警，就催促我们赶紧救人，为了赶时间救人，我们没得选择，中队长就自己冲了进去，结果牺牲在那儿了，我们中队长叫荣志海，多好的中队长，救人救火无数，却牺牲在这么一个被信息误导的事故现场，后来，我们才知道为什么泄漏值这么高的情况下，气体泄漏报警器不报警，原来是他们为了省钱，只用了测试易燃易爆的传感器。"

"我想问问大家，我们安装气体泄漏报警器到底是保护现场工人重要还是保护机器设备重要？这就是我要说的，谢谢大家耐心听完，我走了。"

评委们正听得一片唏嘘，突然听到猴子要走，为首第三方专家组年长专家赶紧用手势拦下，示意猴子坐下。

猴子找个靠边的位置坐下后就看到评标组变得异常沉默，也只沉默了一会儿，就出事了，由于猴子据理力争、激扬陈词，现场专家组意见产生了巨大的分歧，化工厂总工当场就拍了桌子，对设计院总工刘工说："我们这么信任你，把设计工作交给你，你居然给我们隐瞒这么严重的技术隐患，你对我们太不负责任了！"

设计院评委脸色一红，沉默不语。

第三方那个年长的评委一看这阵势，示意猴子先到外面等结果。

纪峰离开评标办公室带着一身轻松的心情，一如当年救火救人后欣慰的喜悦。既然做着安全行业，那就要对安全负责，这是第一位的，否则怎么对得起荣队长的在天之灵。出了大门后，纪峰意识到一个严重的问题，他这么一闹，这个项目铁定黄了，公司几十号人没工资发要喝西北风了。

管不了这么多了，先回公司再说，猴子做了半个小时的公交车到达火车站时，接到了赵总的电话："纪经理，你现在在哪儿？"

"您好赵总，我已经到了火车站，打算买票回去了。"

"哎呦！你这么着急干吗，现在技术标重新评比，你先回来等结果。"

"赵总，您的意思还有戏？"

"你这小子，真有一套，这次不但有戏，戏份还很足。"赵总在电话那头调侃起来。

这个标一直评到下午 3 点才结束。

公布结果时，其他四家都傻了眼，标王居然中标了，这四家公司不服气，跑过去质问为什么？

当设计院刘工把情况说出来时，几个人顿时泄了气，末了，刘工咬牙切齿地说："你们把我害惨了，以后不要合作了。"

作为安全设备的厂家，第一选择是解决客户安全问题，其次才是经济效益。

这边猴子在赵总办公室感动得直掉眼泪，握着赵总的手说："这个世界还是正直的人多！"

赵总笑了笑："不要谢我，是你们公司做方案时落实了责任，所以这个标实至名归。"

纪峰面带感动："赵总，我晚上请您吃顿饭，咱们聊聊。"

赵总："心意领了，项目上还有很多事，以后有机会，好好把项目做好、做精，这也是我对一名消防老兵的期待和信任。"

来的时候，忧虑重重，看花不是花，看水不像水，当载誉而归的时候，不但发现步履轻盈，而且花草含情。纪峰打电话把结果汇报给孟浩时，孟浩差点儿惊掉了下巴，按照上午纪峰的汇报，估计已经铩羽而归快到公司了。

"猴子！干得漂亮！我得给你涨工资！"

"涨不涨工资先放一边，从这件事上，我悟出了很多东西。"

孟浩在电话那头儿开始抱怨："让你投个标，你还学起哲学了，说吧。"

"现在的企业大多都追求利润低价，却忽视了本来的东西，品质和安全，只有品质和安全才是企业的根基。"

纪峰当晚在灵州市找了个宾馆住下，这段时间他感觉身心疲惫，做标书、弄方案，把可能出现的情况都分析了一遍，几夜没合眼，需要补个觉，灵州对于纪峰来说，是个内心很回避的城市，要不是这次孟浩让他来救场，他也许一辈子都不想来这儿。

他有个高中同学叫方云，是猴子情窦初开时的初恋，听说方云大学毕业，留在灵州市任教，纪峰和方云的感情从一块橡皮开始，到一句不合适结束，这段感情说是初恋勉为其难，也只达到牵胳膊拉手的环节。高考后，方云考上了灵州师范大学，猴子去了消防学院，两人山盟海誓毕业后要做一对鸳鸯，猴子因为见义勇为被学院辞退了，方云听从父母之言，给纪峰发了一条微信，在信中说，父母不同意，她得听父母的，然后关机换号，从此消失。

方云此时刚刚大学毕业，留在淮州市任教。

猴子一直保留着这个叫"阳光不锈"的微信号，像个守护在奈何桥边的落魄书生，一守就是几年，直到遇见了云蕾，他才把这个微信删除。

谁没有年轻过，年轻的时候，总会因为一件事、一个眼神喜欢上一个人，生活就像浪淘沙，漏走的沙子里，也存不住金子，能释怀的时候也要释怀。

正在回忆往事的猴子被一个陌生电话打断了思绪，猴子拿起手机看是外地号直接挂了，没过几秒这个电话又打了进来。

猴子接通电话，让他很惊讶的是，电话那头居然是他的竞争对手厂家的投标代表，也就是早上力劝猴子回去的家伙。

"纪总您好！我是上午参与投标的天维厂家，首先恭喜您中标，咱们一起吃个饭，我把其他三个厂家都约过来了，主要是向您学习学习经验。"

猴子一听，心里犯了嘀咕，这边刚从他们手上抢走了一个项目，那边就摆起了鸿门宴，同行之间交流也无可厚非，不过这次很特殊，相当于从同行嘴里抢了一口食物，若是冒然赴宴估计会节外生枝、项目变黄，于是赶紧找了个借口委婉拒绝。

刚挂了电话，第二个陌生电话就打了进来，电话那头自我介绍是设计院的那个评委陈工，纪峰问他什么事，陈工在电话中鬼头鬼脑地表达纪峰家的产品最后是他拍板定的，并表示以后要和纪峰好好合作，话里话外就是要好处。

纪峰听了泛起一阵恶心，感觉这人还是个知识分子吗？当初就你反对得最激烈，现在又厚着脸皮要好处，嘴上却说："陈工，君子赚钱取之有道，咱们一定要把住底线，这样钱赚得才能安心、放心，您说是不是？"说得陈工干咳几声，直接挂了电话。

设计院的设计师不能小看，设计什么型号的产品，你就得买什么型号的，虽说不敢明目张胆地指定厂家品牌，却能打擦边球，设计的时候就按照你家产品参数标准设计，等图纸出来，市场上又买不到，只能去你家买，这就是设计院的秘密。所以，一些投机取巧的厂家都喜欢先从设计院下手搞公关，所以说得罪了设计师，并不是一件舒服的事，不过，这对纪峰来说不重要，因为他的关注点不是利益，而是安全保障。

标王中标，如同娱乐圈的花边新闻，一下子在消防行业内扩散开来，对于无锡天奇来说，是煮熟的鸭子飞走了，天奇甚至下达了江湖追杀令，纪峰那个人能挖过来就挖过来，挖不过来，只要下次见面，就用低价"弄死"他。手下人一听就犯难，人家是标王中标，这还整天喊着低价低价的打价格战，怎么弄？提升安全责任心才是王道。

第二十一章
峰回路转人生事

纪峰解决了公司的现金流危机，孟浩也兑现了自己的诺言，给猴子加薪两千，月工资达到一万二，这在陆洲也算高薪了，在庆功宴上，孟浩喝成一副紫猪头的脸，拉着纪峰不停地画饼："猴子，明年我们要把业务做到一个亿，后年三个亿，三年内在创业板上市，到时候，我们也在达沃斯找卡内基吃顿饭。"

猴子每次听完只是笑笑，梁园虽好，不是久居之乡，荣誉感岂是钱能买得来的，只是猴子的这些心思，只有我知道。

经常在夜深人静时，某个孤独的微信从遥远的某个角落发来：这几天出了几个火警？大家都好吗？一定要注意安全！

辛弃疾当年作词，醉里挑灯看剑，梦回吹角连营，是何等的家国情怀，放在纪峰身上也是一样，他做梦也想回到警营，我能想到有许多个不眠之夜，猴子思考着自己 26 岁的人生，犹如过山车一样颠簸坎坷、难以预料，只是我深知，那个充满红色和橄榄绿的警营对于猴子来说再也回不去了。

云蕾一开始每月都会联系猴子几次，后来的联系渐渐减少，纪峰心里清楚，他们在两个城市，属于两条不会再相交的平行线。"其实，就算还在海康，自己除了一张嘴，要啥没啥，能配得上云蕾吗？"这是猴子亲自问过我的话题。

秋去秋来，人间添寿。

坦克回到老家山西有一个年头儿了。

　　山西煤矿多，坦克找工作并不难，回到家之后，他很快就在老家附近的一家煤焦化公司当起了专职消防员。这家煤焦化公司以煤炭为原料，生产煤气、焦油、氢气、一氧化碳、苯等产品，这些产品的特点是个个都不省心，易燃易爆不说，还有毒有害，除了国家消防队的保障之外，公司也专门组建了一个专职消防队，20 多号人，有一多半都是消防兵退伍，平时工作就是检查消防隐患和演练火灾扑救工作，公司还专门配备了两台消防车，一台高压泡沫消防车、一台水泵罐消防车，足见能源公司的实力雄厚。

　　和猴子相比，坦克几乎没有退伍，从家到公司 10 多公里，没有夜班的情况下，每天都可以骑摩托车上下班，每月领 5000 元的工资，兼顾体弱多病的父母，日子过得虽不如猴子那样丰富多姿，倒也平淡惬意，只是，公司的队友们聚在一起闲谈时，偶尔会问起坦克："庄磊，别人都是两年退伍，你怎么干了一年半就回来了？"

　　"在消防队犯错误了？"

　　"被开除了？"

　　还有同事开玩笑不嫌事大："是不是被哪个女孩缠上了，躲回老家了。"

　　针对哪壶不开提哪壶的提问，坦克总是深藏功与名地报之苦笑，笑完了，就会想起海康的很多人和事，火场救人、抓劫匪、市民退票风波，当然，想得最多的还是王锐。因为有了王锐，海康这座城在他心里有了最重要的位置。

　　当年和猴子一起"抗日"值不值？这个问题一直困扰着庄磊。

　　"猥亵妇女是警察管的事，不是消防兵的职责。"回到老家后，这句话坦克都听出耳茧了，总之一句话，坦克就是不应该多管闲事，坦克内心也一直在这件事里挣扎，直到他看到一篇小说才真正解开了心中的疙瘩。

　　那篇小说有个片段讲的是，日本发动九一八事变之前，天皇还是有点犹豫不决，深感面对五亿中国人，自己区区几千万人口，心里没底。东条英机就给天皇讲了清朝历史，说清军入关前，总人口只有 30 万，大明那时候有一亿人口，多尔衮心里同样也没底，汉奸范文程跑过来进言，大概意思是，主子一点都不要怕，汉人骨子里自带劣根性，杀他父母、奸他妻女、夺了他耕地、刨了他祖坟、弄得他断子绝孙都能忍耐，此等贱民有什么好怕的。

就是这篇文章，坦克心里的疙瘩算是彻底解开了。解开了思想疙瘩的坦克，神清气爽，工作干得更起劲了，由于表现突出，公司夜查时及时消除一个重大火灾隐患，被公司老总升职为专职消防队副队长，年薪提到了8 万。

要知道坦克的老家是农村，平时生活都是地里挖、地里种，基本自给自足，没什么其他花钱的地方，每月有 7000 元左右的收入，除了能兼顾常年卧病在床父亲的医疗费用，每月还有不少结余，可谓事业找到了新方向，一年内就连媒婆都快踏破了他家的门槛，每次任凭媒婆怎么说，坦克一句话就能堵住媒婆乱点鸳鸯谱的嘴："我有女朋友，人在海康等我呢。"

其实，坦克说这句话心里也没底，王锐从开始每天给他打电话，到每周打一次电话，再后来半个月、一个月打一次，恋爱过的人都明白，这是个危险的信号，预示着俩人可能要吹，保不齐哪天坦克接到王锐的电话就会听到："咱俩人在两地，还是断了吧！"

爱情到底能不能经得住考验？

我的答案是绝大部分不能。

自古以来能经得起考验的爱情寥寥无几，基本都被传唱千古，比如孟姜女哭长城、梁山伯祝英台，就算在机场把王锐追回来又能怎样，造化弄人，坦克已经退伍回到了原籍，王锐跟过来能干什么，难道要种地、除草、捡煤球？

"无可奈何花落去。"

只有不为人知的时候，坦克把门关上，穿着带回来的消防服，在镜子面前转来转去，有时候还会向镜子里的自己敬礼："报告中队长，二号手庄磊准备完毕，请求出发！"说完，双眼饱含泪水。

只有当过消防员的人才能体会其中的心酸，要不每次退伍离别的时候，你看那相拥而泣、泪洒江天的场面，都是点点滴滴积累的真情。倘若你看到此处，不妨停下手中干不完的活儿、做不尽的事，给远方的战友、同学，甚至那个魂牵梦萦躲在你内心深处某个角落的他（她）打个电话，不需多说、无需欣喜，只为无法忘却的记忆。

坦克退伍前，王锐不是没有抛过橄榄枝，她的橄榄枝是要求坦克留在海康市发展，王锐那天把坦克约到救她的海河边举行了一次"河畔会谈"。谈论的主题是去留问题，正方辩手王锐认为自己是独生女，需要留在父母身边，坦克留在海康两个人才有希望在一起。反方辩手坦克主张老家有年迈多病的父母，他五大三粗，留在海康市能做什么？开餐馆？打零工？当保安？很多现实问题都摆在眼前。

你若细心，会发现现实生活中有很多感情不错的情侣，都是因为分居异地，没有走到一起，这是个很奇怪的现象。当年党的队伍闹革命时，二万五千里长征有多艰难，也没影响下一代革命接班者的造人计划，那是怎样的一种革命精神和阔达的人生观，既然相爱，先在一起再说，哪来那么多顾虑和理由。回看现在，这些爱情只能是温室的花骨朵，注定开不了绚丽的人生之花。

人生最大的难题就是选择，选择太难了。

曾经有位将军去视察反恐特战队设计训练后的点评很有意思，说这些特战队员拿着枪瞄了半天才开枪，他说："瞄什么瞄，打敌人左眼和打敌人右眼有什么区别，抬起枪就放，这样你才有第二次开枪的机会。战场瞬息万变敌人不可能给你标准开枪的机会。"

这位将军是会带兵的。同样，恋爱的两个年轻人，哪来的这么多条件都具备，下定决心在一起，那就在一起好了，两个人四只手，只要勤劳，不发家致富，过好小日子也没问题，这不就在一起了。

现在的坦克很享受海康的回忆，尽管回忆起来心酸苦楚，可里面也有甜蜜，只为了这点甜蜜，许多人许多事就值得回忆。

按照坦克的这种生活轨迹，此生再也无缘回归消防员队伍，哪怕他做出再大的努力也没有用。然而，邮差的一个电话打来，不但打断了坦克的回忆，还打破了僵局，事情出现了重大转机。

邮差在电话中说："消防改制了，你想回海康吗?"

消防改制，势在必行。

消防队之前既是裁判员又是执法者，验收归我们管，验收后消防检查也归我们管，检查出问题还归我们管，权力大得惊人，社会上有句话就能很好地形容："不怕公安、不怕城管，就怕消防来安检。"

这次消防改革首要任务之一就是要把验收权和检查权分离。当年荣队长牺牲的事，因为验收权和检查权没有分离，造成厂家把责任全部推到消防队，以至于荣队长评烈士的事几经周折。

猴子通过电视看到改制新闻的同时，邮差、马志国、岳明、陈可等一干战友正坐在中队会议室里学习改革精神，这是一场大手笔的改革。

第二十二章
难留

2018 年对于中国消防来说是载入史册的一年，按照党中央做强、做专消防职业的精神指示，消防部队全部退出现役，划归地方，建设更加专业化和职业化的消防队伍。命令一下，全国 20 万消防军人如一盘棋联动起来全部转入地方，在此基础上，国家面向社会招收 10 万名消防员充实队伍。海康市此次招录 200 名政府专职消防员，按照事业单位编制，年薪 10 万，有五险一金。

邮差把这个好消息告诉猴子的时候，猴子正在公司和客户洽谈一项商务合作，价格马上就要谈成，预计这一单能赚 60 万，猴子接到电话一听，对客户连声说："抱歉，请稍等一会，有个重要的事我要了解清楚。"

客户微微一笑："纪总！还有比你赚钱更重要的事吗？"

纪峰拿着电话边走边说："有！比如信仰！"

客户坐在沙发上皱了皱眉头："现在谁还谈信仰？我们的信仰不就是闷声发财嘛！"说完抬头一看，纪总早就跑得无影无踪。

邮差在电话那头打趣："纪总！你把客户扔在会议室冷场合适吗？"

"少废话！快说，这次海康市要招多少消防员？都是什么条件？"

"我早帮你把关了，你的条件没问题，你说你现在跟着孟班长都混成总了，还去当消防员干吗？"

"这不用你管，赶紧把相关政策微信发给我看看。"

"你确定要报名？"邮差明知故问。

"我了解了解总行吧！"

挂完电话，猴子把这个消息报给了坦克："相信你也知道了，现在海康市要招200名消防员，你想回去吗？"坦克在电话里声音低沉："这两年，我心中的一团火早就熄灭了，现在生活稳定，还能照顾父母，不再想去那第二故乡了，那是个伤心地。"

猴子说："那好，你不去，我去！你这没志气的家伙，少特么给我装蒜，到时候别后悔。"

坦克在电话里弱弱地问："猴哥，你什么时候去？"

猴子："我明天一早就辞职，赴汤蹈火的路上不需要你这样的怕死鬼！"

坦克失落地挂上电话，像丢了魂儿一样不在状态，好不容易忍到下班，回到家中打开电视看到总书记正在为消防队伍授旗的画面，想起了往日的战友和救火时的场面，把手上攥了半天的半瓶老白汾酒一饮而尽。

"我们一起冲过山川、冲过大海、冲过万重关，当我要离开的时候，你是否会祝福我前路平坦。"

第二天早上，猴子敲开董事长孟浩的办公室门时孟浩正在审阅合同，孟浩抬头看见猴子赶紧起身热情地上前两步，把猴子拉到茶几桌边坐下："我正想找你聊个大项目，这是我上个月托人从安吉带来的第一春白茶，来，先尝尝。"孟浩一边说着一边摆起了茶道。

猴子"嗯"了一声。

孟浩倒好茶，用夹子给猴子递过去一杯："你先品尝，我还有更重要的事情和你分享。"

猴子端起茶一饮而尽，沉默不语。

孟浩续上一杯茶，整理了一下范思哲衬衣："你猜怎么着，我刚把万泰安全设备公司的收购谈下来了，打算让你挑大梁，去管理，这可是一家近

200 号人的生产型企业。"然后拍了拍猴子的肩膀，"我们以前是流寇，马上就要成为割据一方的军阀了，哈哈哈哈哈……"

孟浩的笑声突然僵住，因为猴子听了如此重大的公司决定后表现冷淡、无动于衷，傻子也能看出来猴子有心事。孟浩心里一阵酸楚，在收购万泰公司时，他想起了从万泰那边听到的消防改制消息，这是猴子心里一直过不去的一道坎。

"怎么了？猴子！"

猴子庄重地看向在自己人生最低谷时拉他一把的老班长，然后缓缓站起身向孟浩行了一个军礼。

"老班长！我要回海康当消防员。"

孟浩表情由惊讶陷入沉默，他毫无思绪往身上乱摸找香烟，却不知香烟和打火机都明摆在办公桌上。

"烟在这儿，老班长！"猴子拿起烟给孟浩递过去。

孟浩慌张地点上一支烟："你怎么改口叫我老班长了。"然后起身回到办公桌自顾自地拿起一支笔和一沓文件走过来，很耐心地说，"纪总！你看，这是我们马上要收购的公司，专业做气体报警设备，有员工 179 号人，并购价格我刚谈妥，500 万，打算让你去负责……"

"别说了，老班长！"猴子痛苦地打断孟浩。

"公司发展好好的，你当什么消防员！我对你不够好吗？我给你升职加薪，把公司干股无偿分给你，你还需要什么！你说！我马上办！"孟浩气急败坏地站起来，拿起收购合同洒落一地，然后一屁股坐在老板椅上把脸转到一边猛抽着手里的烟屁股，突然感觉烫嘴，又使劲拧入烟灰缸，重新点了一支。

猴子弯下腰默默地把散落的文件一一捡起，缓慢地整理好，放回办公桌上。

　　"老班长，您冷静一下，股份转出我已经安排财务去办理了，这是车钥匙，工作交接都在我的电脑桌面上，我要走了，做一名消防员对我很重要。"说着，转身默默地离开。

　　纪峰的送别晚宴安排在陆洲市五星级燕良大酒店的第三十层旋转餐厅，公司大小头目都过去了，饭局一开始，销售公司的四个"班长"不停给纪峰敬酒，喝到最后，就剩下纪峰和孟浩，孟总搂着纪峰酒醉话不醉："猴子！我羡慕你，如果年龄允许，我也会跟你一起回海康考消防员，赴汤蹈火、风雷激荡，把平安留给别人是一件很有意义的事。"纪峰醉眼蒙眬，看着窗外的万家华灯，心头一个身影闪过："云蕾！你在海康还好吗？"

第二十三章
技压群豪故友至

海康市招录消防员考试在总队训练基地举行。猴子依旧背着"中国武警"字样的帆布包，站在总队的大门口，像个久别初归的游子，似乎一切都在变，似乎一切又没有变。

"猴子!"

纪峰闻声转过身，吃惊地看到庄磊风尘仆仆、一脸灿烂地站在身后："什么猴子，快给班长敬个礼!"

坦克经过社会的洗礼口才也变得好多了："你这次可未必能当上我的班长，你整天花天酒地，把一身本事都荒废了，我可是一直在练着呢。"

"我说小坦克，你姥姥的不是说不来了吗?"

"我不来谁陪你挨揍啊!"

纪峰咬碎钢牙，跑过去抓住庄磊的胳膊反拧，结果试了几下纹丝不动，两人相视一笑、心照不宣，同时走进了总队大门。

又一次因为同一个梦想走到了一起，去淬火流金岁月的青春，时年，猴子 26 岁，坦克 23 岁，这个年龄一切都不算晚。

出于对消防员的崇敬，此次招考报名人数直逼千人大关，招收比例达到了 5 比 1，直逼公务员招考，有志投身消防事业的健儿在考场上挥洒汗水，只为争取一个守护群众安全的机会。

在常规的 5 公里和立定摸高、折返跑等项目测试之后，仅仅淘汰了 500

多号人，战训处处长去请示总队领导下一步筛选工作，总队长万勤是个方嘴方脸的山东大汉，性情豪迈，把桌子一拍："看来消防改制不改志啊！上大活！"

于是，战训处立马启动第二方案，直接把消防实战性很强的训练项目搬了过来，只为优中选优。

第一关就是挂钩梯项目，规定要求40秒内借助挂梯上四楼算成绩合格，考生们昂着头看着十几米高的训练塔，担心地问着教官："40秒爬上四楼，光是挂梯收梯的时间都不够啊！"不料考官听完后收住笑容："40秒不够？你知不知道，真正的消防员在先跑50米的情况下上四楼只需要十几秒！"吓得几个提问的考生连连吐舌。

考官接着面向大家说："要成为一名合格的消防员，勇气和速度必不可少，没有这些怎么抢险救人！"

淘汰赛开始。

第一梯队上去的60人，几乎全军覆没，就算有安全绳加持，也治愈不了很多考生的恐高症，不是梯子掉了，就是人掉下来了，有个叫王翔的考官素有梯王之称，忍不住指着现场等待考核的队伍，手指头差点戳到排在前列的猴子的鼻子，向主考官抱怨："招到素质高的消防队员真是太难了，要么瘦得像个猴子，要么胖得像个坦克，剩下的笨头笨脑的似乎没有一个正常的。"

这句话正好被前来视察招录工作的总队长万勤听见，万总队长带有批评意味说："王翔，要学会谦虚，这是消防改革后第一次面向社会招录,，其中不乏退伍的优秀同志前来参加考试报效国家，高手在民间，不要以为就你是梯王。"

这些话被排在队前的猴子、坦克尽收耳里。

王翔面对总队长的提示不管不顾，继续对着一群考生大声训话："你们爬挂钩梯还没有上楼梯快，怎么当消防员，怎么救火救人！现在我再为你们演示一次，就这一次，把眼睛睁大了好好学！"边说边瞥了一眼队伍，正好看见猴子低头拿手机给云蕾回信息，"唉！那个瘦子，往哪儿看呢？就是你！"猴子当时以为叫的别人还转头左右看了看，抬头时，看见教官正好指向自己，就小声地问："是我吗？"

"别装蒜，就是你，出列！"

他为了增强反差效果，转身对着大家说："我让他扛着梯子先跑 50 米到楼底，我再跑，等我到四楼我可以领先他一秒，这一秒意味着什么？这一秒意味着就能多救活一条人命，明白嘛！"

万勤和总队副总队长戴军站在旁边一副看热闹不嫌事大的表情，万勤："上次看到王翔展示绝技还是半年前的事儿。"

戴军："这个梯王今天又要开始卖弄他的成名绝技了。"

万勤问："你看这个瘦小伙子有没有希望赢他？"

要知道戴军改制前是总队参谋长，专管战备训练的主管领导，没有过人的带兵之道不可能爬上这个位置。

戴军打量着正在做准备工作的猴子："从他拿梯子、给绳子打结等动作来看，有点实力，像是退伍老兵，我很担心王翔的话有点托大。"

万勤笑着说："参谋长今天又犯了相兵的老毛病啦，依我看，就算王翔不让这个小伙子先跑，也未必能讨上便宜。"

参谋长哈哈一笑："万总说得有点夸张啦！要是站在同一起跑线上，我认为王翔会赢。"

万勤："那咱们打个赌。"

戴军："怎么赌？"

万勤："我输了，下半年的世界消防兵大赛选拔工作我亲自抓；你输了，就由你来亲自抓这项工作。"

戴军哈哈大笑："一言为定！"

王翔一开始看到猴子时不时拿手机发信息，心里就不爽，索性把猴子当"炮灰"选了出来，让猴子知道消防队也是纪律部队，吊儿郎当算什么样子。

猴子做好准备工作后说："考官老师不用让我先跑，我配合就是。"话刚落音，惹来队伍一阵大笑。

王翔看了看瘦瘦的猴子，气不打一处来："你不用配合，要尽全力！"

猴子马上立正敬礼："收到！"

当王翔看到猴子这个标准的军姿敬礼，心里荡起一丝不易察觉的危机感，高手过招，发的都是虚招，讲究点到即止，有时候一个眼神、一个动作就能看出端倪。王翔自然不敢怠慢，收起了高傲态度认真对待。随着一声哨子响起，两人扛起梯子像利箭一样蹿出，一个拼尽全力为了维护梯王权威，一个是横空出世挑战权威，就像两头在顶头的公牛，铆足了劲叫上了板，剩下的就是两边学员助威的呐喊声。猴子到四楼的成绩是15.56秒，王翔到四楼的成绩也是15.56秒，当计时员报出成绩时，引来了全场参考队员的哄堂大笑，接着人群中喊道："让50米！让50米！"

这边总队长万勤也乐坏了："参谋长！愿赌服输吧！哈哈哈哈！"

戴军也跟着乐："输了也值，又发现一个参赛的人选啦！"

操场上，王翔和纪峰相视而立，像两名决斗后的剑客，彼此钦佩又不太服气。

王翔涨红着脸问猴子："你是老兵？"

猴子给王翔敬个礼："是的，首长。"

王翔嘿嘿一笑找台阶说："既然是老兵，我没什么可说的，就凭这一手功夫，来消防总队特勤支队都没有问题！"

坦克在考核水枪操环节时，只露了一手，却也把这些身经百战的考官们给镇住了。只见坦克单人持枪，随着压力增大到 10 兆帕，水枪和水管俨然像被驯服的灵蛇一样温驯，再看坦克时，身躯稳如泰山，宛如横刀立马的将军，换作别人，就算两人合力也压不住水枪。

主考官揉了揉眼睛，没想到在 10 个压强的情况下，这小子居然可以单人完成水枪操，这在救火现场意义重大，现场持水枪灭火是两人一组，一旦两人一组的持枪手有人负伤，剩下一人仍能持续不断地输出水柱灭火。

考试结束后，主考官把猴子坦克等胜出选手带到了总队长万勤和参谋长戴军面前。

戴军看着猴子说："小伙子！我记得之前能和王翔一较高低的消防员，海康支队曾经出过一个，能进 16 秒的，你是我见到的第三个，你叫什么名字？之前当过消防兵吗？"

纪峰听完心里咯噔一下，他不确定之前的事件会不会阻碍他成为一名消防员，这些事情瞒也瞒不住，之前一心想重回消防队，压根没想过这件事，坦克也担心地看向猴子，暗自捏了一把汗。

"你是为党工作，不是为你的领导工作，对党忠诚是消防队伍的第一要求！"这是当年荣队长对纪峰说的话，这句话深深影响着纪峰，他赶紧向总队长敬礼，语气坦诚："报告！我就是原海康支队龙山大队四中队消防员纪峰，他是四中队原消防员庄磊。"说着把手指向了庄磊。

这句话一出，语惊四邻，万勤是外省总队政委调动过来任职总队长不久，只是道听途说这个事迹，戴军可不一样，他那时候是总队参谋长，专门到海康支队调查处理过日本空手道打架事件，当年自然知道猴子和坦克的威名，戴军上前两步打量着俩人："怪不得看你俩有点面熟，像在哪儿见过，一时想不起来，当年可没少给你俩小子擦屁股。"

庄磊是个性情直爽的人，问出了最担心的问题："领导，我们这个情况还能当消防员吗？"

戴军当场不好表态，万勤倒是把话接了过来："当年的事，已经按照部队规定给你俩做出了处理，现在是国家要选拔一批职业消防员，你俩是赶上好政策了，我党用人，不拘一格，用人长处，用人忠诚度，况且当年你们的行为是见义勇为，打的是欺负我们同胞的日本人！现在只要通过选拔考试，择优录取，你们是有希望的，不要担心，干好了以后当大队长也没问题！"

万勤话刚落音，队伍里一阵雷鸣般的掌声响起，像是致敬这两名老兵，又像是致敬这政策。

掌声刚落，戴军补充了一个问题："如果被录取了，你们想不想到省特勤支队？"

猴子和坦克面对总队领导的提问，没有任何情感铺垫，坦诚回答："报告！我们还是想回到当年战斗过的地方，海康支队！"

第二十四章
重逢泪湿襟

真诚是能感染人的，尤其是在党领导的队伍里。

总队新招录的这批消防员属于统一招考，统一分配，纪峰和庄磊不出意外顺利过关，总队遵从他俩的意愿没有强留，直接派发报到证让其去海康市消防救援局报到。

经过新一轮改制，海康市消防支队改成了海康市消防救援局，区县消防大队改为区县消防救援局，而消防中队也改成了消防救援站，同时保留总队、支队、大队的牌子，只是在出警等战时，还是按照部队体系，称呼支队长、大队长、站长以方便令行禁止。

消防队伍焕然一新，着装也从橄榄绿换成了火焰蓝，没换的还是那颗为人民服务的红心，只要有心立志报国，国家都会想方设法给予机会。猴子、坦克借着这个机会重新走上了消防员的岗位，等同于消防改革给了他俩第二次政治生命。

物换星移，此时的龙山消防大队已经成为经开区消防救援大队，龙山区也因经济发展进入快车道，升级成了龙山经济开发区。

坐着总队派往海康的大巴，纪峰和坦克阔别两年终于如愿以偿回到了龙山消防大队，车刚一进龙山大队，猴子就感慨起来，以前叫海康市龙山区公安消防大队，现在的牌子叫龙山区消防救援大队，龙山区在这两年之内变化很大，高层住宅和厂矿企业比以前的密度大多了，有些工地还正在开工建设中，依托水陆交通便利，加上厉灼新市长大力招商引资和政策支持，龙山区升级为省级直属的经济开发区，是国家重要的化工原料生产基地之一，几乎囊括 361 种全化工产业，随处可见化工厂烟囱高耸，海江码头也比原来扩大了五倍。

邵飞听说猴子和坦克回来了，早早就带着邮差、马志国、岳明等四中队老班底的人在龙山消防局院内迎接，四中队改成了经开区龙山特勤消防救援特勤站，邵飞任站长。

晚上邵飞组织了饭局款待重新归来的兄弟，猴子、坦克、邮差、马志国、董小勇、岳明几个战友都过来叙旧，许文杰也赶了过来，在许文杰的眼里，猴子、坦克当年可是风云人物，至今海康消防界还一直流传着俩人的传说。况且，现在又考了回来，这让许文杰一阵唏嘘不已，说传奇的人会创造出传奇的故事。

猴子和坦克在饭桌上一会儿叫邵飞指导员，一会儿叫站长，搞得自己到最后都笑了起来。

邵飞以茶代酒，表达了欢迎猴子、坦克归队的心意之后，新任的特勤站指导员唐亮，就开启了问话模式："纪峰，听说你在老家发展得很不错，就算你志愿当一名消防员，大可以在老家考试，是什么力量促使你回到老部队？"

要说唐亮果然是从别的市调过来的，真正的龙山大队老班底是不会问这个问题的，因为这个问题的背后隐藏着许多心酸、责任、承诺和勇气。

猴子放下茶杯说："指导员，龙山大队有两名烈士，一个是刘铮，他的父母现在还在龙山上护林，拿着微薄的工资一护就是 20 年，后来，我的老队长荣志海多次可以转业回老家，他都放弃了，就算一直干着中队长，也无怨无悔，直到最后牺牲，要不是荣队长，那次事故牺牲的就是我，他们早已把生命融入消防事业当中了，在龙山消防大队这个大家庭里，我能感受到生命的意义，尤其是每一次救火救人之后，那种对死亡的藐视和对生命的敬畏。"

用猴子、坦克的话说，他们是消防改制的最大受益者之一，如果没有这次改制，他们此生和消防员工作无缘，即使在其他领域很赚钱，也买不来那种荣誉感和归属感，尤其是面对被救者家属的认可，使他们体会到金杯银杯，不如老百姓的口碑。橄榄绿变成了火焰蓝，这都无所谓，只要一颗红心并没有变，就能续写着英雄故事。

三个月的消防员集中培训很快结束，鲍坤那天出警回来收拾装备时很随意地问起纪峰："云蕾知道你回来了吗？"

纪峰没好气地说："你还说我，我还想问你和薛灵怎么样了？以前记得你天天往图书馆跑，是专门为了等她吧？"

"别说我的事，你应该去看看云蕾，听薛灵说，现在有个什么集团公司的富少爷正在追她。"纪峰听完双眼躲闪，说话声音发颤："云蕾是单身，没有男朋友，有人追她很正常。"鲍坤看了看猴子："唉！反正我说完了，有花堪折直须折，莫待无花空折枝。"说完拿着洗漱用品自顾自地走了，留下猴子坐在一边发呆。

纪峰回来到底为了什么？

这是我们心底一直的谜，有的说是为了云蕾，有的说是为了事业，也有持反对意见的，说猴子在老家做得这么好，已经有事业了。直到那天晚上我在荣队长的纪念室遇见猴子才明白他是为了什么。

那天晚上下勤的时候，已经12点了，我去二楼打水，发现荣队长遗物陈列室里有灯光，循着灯光悄悄走过去，我看见猴子独自一人站在里面，凝视着荣队长生前留下的每一件物品，当他最后拿起荣队长的护身符挂件时开始自言自语："荣队，我这次回来，是完成自己的一个心愿，我本来是个吊儿郎当的人，因为隐瞒和人打架的事实，是您去政治处把我挽救了回来，您临走的时候，用尽力气指向这个护身符，我知道您的心愿，这也是您生前珍藏的秘密，护身符里有您父亲的照片，有老一辈消防员的火魂。您生前说过，我们就是要做老百姓贴心的护身符，我也有个同样的秘密，很感谢您当年帮我守住了，我不想说出这个秘密，是因为，我父亲说过，不幸和苦难不是向组织提要求的资本。您在天有灵，一定要保佑我们平平安安地把平安送给人民群众……"

坦克走进来的时候，猴子刚刚把眼泪擦干，我看见坦克拿着一瓶川府啤酒，放在荣志海遗像旁边："荣队长，您生前不敢喝酒，怕临时要出警，现在我给您带过来了，我和猴子说好了，要一辈子在这儿陪着您！"

那天猴子和坦克并没有发现躲在暗处的我，我偷听了他们的说话内容，却也一直不愿点破，因为我知道，猴子的秘密并不希望被我们知道。

日子过得飞快，转眼消防改制就过了半年时间，或许是荣队长在天有灵的庇佑，这半年我们都很顺利，更重要的是把平安宁静传递给辖区的人民群众，只是，许文杰去市消防局里开会，带回来一个消息，打破了平静。

全省要选拔参加世界消防员比武大赛的选手。

第二十五章
命犯桃花命里解

一

第十届世界消防员国际大赛将于半年后举行，举行地点设在现代消防发源地的德国奥格斯堡。

这次消防员大赛的主旨要求更加贴近实战，贴近现场处置，贴近人性。主题就是两个英文单词"Purpose、Humanity"，翻译过来就是四个字"使命、人性"。

由于这是我国消防改制后面临的第一个世界级大赛，经过半年多的职业化建设，正好趁此机会检验现在的队伍水平，国家消防救援局十分重视，为此，总局向全国消防队伍发文，以各省、自治区、直辖市主官为第一责任人，在全国范围内海选参赛选手。

届时，我国将派出两支队伍参赛，每一支队伍4人，分为个人项目和4人团体项目参赛。鉴于上一届消防员大赛，我国虽然拿了个人项目第一名，团体项目却铩羽而归，国家消防救援局对上一届世界消防员大赛总结经验教训时，给出的意见是：我们的消防员在团队合作上，需要磨炼的地方很多，火场需要英雄，但不是个人英雄主义，团队协作才是减少牺牲、营救成功的制胜法宝。

基于总局的谈话精神，在制定团队消防员项目上，一改之前由各省选拔尖子组成国家团的惯例，寓赛于实战的策略，改为以平日里出生入死救火现场的各个班组团队为基础选拔出参赛队伍。

当这个政策传达到龙山消防大队时，许文杰双眼放光，掩饰不住自己的激动，抓起电话打给了龙山消防站的邵飞："你把猴子、坦克、邮差给我带过来！"

邵飞跑到操场上，找到了正在训练的三人："许局命令你们五分钟赶到龙山消防大队。"

在大队长办公室，许文杰早就等待多时，看见猴子他们过来，开门见山地介绍："猴子会爬楼，邮差跑得快，坦克是个水炮手，来来来，坐坐坐，我们的龙山三剑客。"

邵飞说："许局，你就别卖关子了，有什么指示？"

许文杰收起笑容一脸严肃地说："这一届世界消防员大赛，由各省总队选拔，参加全国比武，决胜出两支队伍去德国奥格斯堡参加世界消防大赛。由于是改制后第一次参加世界消防员比赛，国家消防救援局对这次比赛很重视，将从34个省级消防救援单位中选拔出8名消防员参加比赛。省消防救援局对此十分重视，决定立即启动参赛队伍选拔工作，我打算挑选你们作为我们大队的报名选手，你们仨有没有信心？"

三人立即起立敬礼："报告许局！坚决完成任务！"

许文杰补充说："你们也别高兴得太早，我只能把你们推到全市大队选手的赛道上，还有其他各区县大队，上面还有支队，往上还有总队，乃至全国各个总队，这可都是要靠硬实力说话的，我的期望是你们能走到全国大赛的赛场，就是巨大的成功，你们要做好过五关斩六将的准备！"

猴子永远是个喜欢搞事情的家伙："许大！我们要是走上世界的赛场呢？"

许文杰被问得一愣："那你们就创造了海康支队的历史。"

猴子："我说的不是这个意思，我是说，如果我们走上了世界的赛场，能不能给荣队长立一块纪念碑。"

云蕾根本不知道纪峰回来了，只感觉这只猴子变野性了，有一阵子没和自己联系了，前几天给猴子发微信，问猴子最近还好吗，本想进一步聊聊自己遇到的麻烦，结果猴子回复：一切都好，勿念。一句话把话题聊死，云蕾到嘴边的话直接咽了回去。

她这段时间命犯桃花，正在因一个人的穷追猛打而焦头烂额。

该人是海江集装箱码头集团公司董事长的公子龙力，从英国留学回来，30多岁老大不小，整天西装革履、油头粉面，一张嘴不蹦出来几个英文单词都不会说话了，全身香水喷得连苍蝇都能被熏死。海江码头上段时间老是丢失货物，报警后，云蕾前往侦办案件，遇到了海江集团副总龙力，云蕾在现场指挥调度的飒爽英姿一下子击中了他的软肋，这和他之前在夜店、酒吧、欢乐场遇到的环肥燕瘦大不相同，当场就要加云蕾的微信，云蕾被龙总身上的外国香水熏得直皱眉头说："抱歉龙总！有什么情况，可以直接打队里电话或者到队里反映沟通，私加办案民警的联系方式违反纪律。"

龙力看着云蕾拒绝他的请求后离开的背影，像极了振翅高飞的天鹅，摸不着、吃不上，心里如同跑进了25只老鼠，百爪挠心，随手抽出一支雪茄点上，吐了一口烟雾，自言自语地说："很难搞定，我就喜欢吃尖辣椒，走着瞧。"

要说财大气粗的龙公子是有套路的，他为了追求云蕾，精心组织了一场饭局，由市政府副秘书长出面，先邀请市政法委副书记，再由政法委副书记邀请主管云蕾的刑侦副支队长，副支队长再邀请云蕾，形成了一条"证据链条闭环"，面对顶头上司邀请参加饭局，云蕾想拒绝都不行，只能硬着头皮赴宴。

这顿饭可谓龙力的个人表演秀，就连百忙之中的海江码头集装箱集团董事长龙玉柱中途也过来给宝贝儿子站场。

饭桌上，龙力端起酒杯，无视市政府几位领导，专门走过去敬了云蕾一杯酒，政法委副书记看此情此景赶紧帮衬，说："小云同志干革命工作这么多年，耽误了个人终身大事，组织也为她着急，我们党的宗旨是既不能影响革命工作，也不能耽误下一代革命接班人的培养。"话里话外都是劝云蕾赶紧结婚生子，就差给龙公子和云蕾主持婚礼了，说得云蕾直皱眉头。

张副支队长此时也站出来补刀："董事长，贵公子龙总年轻有为，有没有对象啊，没有的话，我们警队有不少优秀的女警花也是单身。"说完意味深长地看了看云蕾。

龙力笑呵呵地站起来向张支队长敬酒："感谢支队长厚爱，鄙人这几年一心扑在学业上，读完牛津大学的 doctorate，又接着读了 CFA，把个人的事情耽误了，弄不好要打光棍了。"说完还不忘瞟了云蕾一眼。

张副支队长看了看云蕾又接着说："我们的云队长也是单身。"说完爽朗地哈哈大笑，完全不顾云蕾的感受。

眼看着云蕾脸上越来越难看，董事长龙玉柱端起酒杯站起来说："来，强将手下无弱兵，刑警队是我们平头百姓的保护神，这起盗窃案件的快速破除，让我这个老头子对海康刑警肃然起敬，让我们敬海康优秀儿女云队长一杯。"

云蕾硬着头皮端起茶杯应付一下，这时龙力又接着卖弄西方哲学："柏拉图说，对于爱情，莽撞，可能使你后悔一阵子；怯懦，却可能使你后悔一辈子。"

云蕾接话："梭罗也说过，两条腿如何努力，也无法让两颗不同的心变得更近。"

说得大家面面相觑，都彷徨地张着嘴巴。

就在云蕾实在待不下去，想找个借口离开的时候，手机心有灵犀地响起来了，这个电话是薛灵打过来的，云蕾接通电话，顿时双面桃花生，赶紧向在座各位说声抱歉便匆匆离开。

薛灵和云蕾由最开始工作上的交集到相知相惜，早成了好闺密，邮差告诉薛灵，不要对云蕾说猴子回来了，这是猴子专门交代的，前几天云蕾把龙公子追求自己的烦恼告诉了薛灵，薛灵左思右想后还是决定告诉云蕾猴子回来了。

云蕾赶到龙山消防站已经快到熄灯的时候了，猴子穿着短裤短褂走出门口，远远望见，形只影单的云蕾站在夜色中楚楚可怜，就差旁边有棵梧桐树了。

一对长期离别的郎情妾意突然相见，该怎么聊天，才能反映出内心的喜悦和渴望？

金庸老先生在他的巨著《射雕英雄传》里给出了我们正确的答案。当时瑛姑找老顽童找了几十年，俩人突然见面，眼看着老顽童躲不掉了，于是第一句话就问瑛姑："咱们的儿子，头上是一个旋还是两个旋？"

就这一句话，把几十年的风尘岁月拉近成了弹指一挥间的刹那。

按照以往的惯例，云蕾肯定得问猴子，回来这么长时间，为什么不告诉自己。

但是，月光下的云蕾不言不语就等着猴子说话，那意思就是："我的心意你还不明白吗？我大晚上不顾颜面地约你出来，你不把心里话说给我听听吗？"

猴子抓耳挠腮僵持了一会儿，嬉皮笑脸地说："这么晚了，你叫我出来是不是又有什么破不了的案子，找我这个大侦探帮忙呀？"

云蕾看了看纪峰，说："你走的时候出的上联我想到了下联：'盼今日归哉，迎来路边，喜故人见面，握手还疑梦里人。'"

猴子依旧装作一副吊儿郎当样："你是不是没有话题了，那我回去了。"

云蕾柳眉倒竖说："臭猴子，你给姑奶奶回去一个试试！"说着气呼呼地站在一边，像个撒娇的小女生，哪有半点刑警队长的样子。

猴子挠了挠头："我又怎么得罪姑奶奶了？"

云蕾："你知道为什么！你这个揣着明白装糊涂的臭猴子。"

猴子咧嘴一笑："糊涂也好，明白也好，你半夜三更来找我，多影响你的队长形象。"

这时，院内宿舍楼里口哨声突然响起，猴子抬起头，看见三楼宿舍灯火通明，一帮战友探头探脑地在吹口哨起哄。

云蕾一看这阵势，气得一扭头走向她的宝来座驾："猴子，你给我记住，今天的事儿没完！"

猴子跟在后面接着煽呼："云大队长！你还欠我一顿饭呢！"只见云蕾油门一踩，不多时消失在十字路口转角处。

猴子心事重重地回到宿舍，看见四班原班人马都在装睡，唯独坦克和邮差端坐床前。

猴子："你俩怎么还不睡？"

邮差站起来冷漠地说："没想到世间还有这样的正人君子，激动得睡不着啊。"

猴子气愤地说："什么意思？"

邮差给坦克使出一个眼色，坦克走到猴子身边："猴哥！咱们找个地方聊聊吧。"

猴子把他俩带到荣志海的纪念室："说吧，我们当着荣队长的面说。"

邮差撇了撇嘴："云蕾既然这么喜欢你，你如果不喜欢她就直接告诉她，别耽误人家。"

猴子指了指荣队长留下来的护身符："还记得荣队长生前，一直告诉我们，要做一名优秀的消防员，我们每天面对火灾抢险，有可能哪天就牺牲了，我不想耽误人家。"

坦克接着说："猴哥，云蕾姐的工作不也是每天充满危险吗？谁也不比谁差，你要好好把握这份感情，就像你当初劝我那样。"

猴子面对云蕾虽然嬉皮笑脸感觉收放自如，其实内心却是自卑的，云蕾过生日，龙力送蓝色妖姬玫瑰花加 SK II 暗夜着迷顶级版，别急，这只是随手礼，还有一克拉的钻戒。

猴子顶多请云蕾去江边的"江君府"吃臭鳜鱼，龙力则邀请云蕾去"海天一色"吃澳龙喝限量版凯瑟琳。猴子做过比较，比较之后感觉遭受了降维打击，这还没完，还有比降维打击更厉害的，那天猴子鼓足勇气去找云蕾，刚好龙力也开了一辆玛莎拉蒂过来约云蕾吃饭，云蕾当着猴子的面，欣然答应了龙力的邀请，猴子顿时感觉掉进了冰窖，全身发抖地回到宿舍舔舐伤口。

二

龙公子对于云蕾的主动受宠若惊，开车时都开出了推背感，他感慨这些日子的坚持终于换来了回报，哪有什么忠贞不贰的爱情，关键得有实力。

晚上在开源大酒店旋转餐厅，龙力专门给云蕾安排了一场烛光晚宴，小提琴手站在旁边摇曳着琴弦，一曲《致爱丽丝》把气氛烘托得恰到好处。龙力正想表达爱慕之意，不想云蕾双手一摊说："有句话我不得不告诉你，谢谢你这么长时间对我的情意，我有心仪的人了，就是刚刚你看见的那个消防员。"

龙力当时正摇着红酒杯耍酷，听到云蕾的话，没抓住杯子柄，红酒洒了一桌面，他边擦拭红酒边心浮气躁地问云蕾自己到底哪一点比那个穷消防员差，云蕾起身抛下公子哥，说："首先，一个人穷不穷，不是在于财富多寡，我送进去的很多犯罪分子都不差钱；其次，你哪点都很优秀，只不过不是我喜欢的类型，再见。"

飞机屏幕上的航线显示，旅程已经过半，我身边的麻花辫盖着毯子早已熟睡，随着一阵气流的颠簸，把她惊醒，她不自觉地抓住我的胳膊，一脸雾水地问这是怎么了？

我轻轻地安慰她："别担心，只是遇见了一股气流。"

麻花辫一脸羞涩地松开了我，又自顾自地进入梦乡，宛如海康万家灯火般平静安然，却不知这安然的背后有多少守夜人在为他们守护着平安。

在我们经开大队杀出重围取得去总队的选拔资格后，市消防救援局局长雷若平带着曹加宽专门来龙山找许文杰了解情况。

许文杰在汇报中介绍："纪峰是挂梯王，能爬；鲍坤绰号邮差，跑得快；庄磊可是单手持水枪，火海闯生路的钢铁战士；马志国嘛，服从性和纪律性很强。"

雷若平脑门一拍："哦哦哦！我想起来了，纪峰和庄磊就是打鬼子拳王的那俩小子吧。这俩小子，我还真欣赏他们的血性。"

许文杰哈哈一笑："看来局长也是识英雄重英雄啊！"

雷若平说："你还别说，你许大马棒手底下倒是带出来不少好兵。"

许文杰说："这不都是局长您领导有方嘛！此所谓千里之行始于足下；万里之船，成于罗盘。"

雷若平说："得得得，别再互相拍马屁了，我可有言在先，这次是我们改制之后走出国门的第一战，挑选出来的小伙子，要拉得出来，顶得上去，况且咱们支队也是全省重要支队，要打出成绩和气势来。"

许文杰说："局长，你这给我的压力很大啊！"

雷若平说："这是支队党委对你许大的信任，我也不在各个大队挑选了，就这四人，日本拳王都能打，还怕比赛嘛！"说完转头看了看曹加宽。曹加宽干咳了两声："这几个兵能成事儿，也能惹事儿，许大要开展思想教育，不能让他们太飘了。能闯过支队这一关，未必就能赢在总队这一关。"

寓练于战，一向是许文杰的带兵之道，为了训练队伍，他在经开区大队做了一个透明化储备干部提拔考核标准，每年的干部考核由日常考核积分计算，消防水枪操、挂梯、绳结、越野攀爬等项目，外加平时救火救人积分，考核一共涉及6大项48个小项。这样的考核有点像企业的CPI考核，如许文杰向支队长雷若平保证的那样，响应消防改制工作政策，充分调动消防员的工作积极性。

材料被上报给雷若平之后，雷若平仔细研究分析，决定在经开区大队搞试点，看看能否真正调动消防员的工作积极性，释放出强大的战斗力。所谓工作有目标，生活有希望。消防员干得比以前更加起劲，但是有一件事的发生却深深刺痛了改制后的归属感并打击了积极性。事情是这样的。

相邻的海阳市发生重大火灾，经开大队接到指令负责前往支援，考虑到走高速能节省半个小时的时间，于是邵飞带着特勤站全部家当六辆消防车转上了高速，一路风驰电掣，等下高速时，车队却停了下来，邵飞所乘坐的车在后面，用对讲机喊起来：“前方怎么回事，救火的事能耽误吗？”

猴子正在着急地和收费站人员交涉，由于刚刚改制，消防车临时挂了地方的蓝牌作为过渡，海阳市收费站一名胖子工作人员要求消防队交高速费才能予以放行，猴子着急地说：“我们正在你市执行救火任务，请你立即抬杆放行。”

胖收费员不紧不慢地说：“抱歉，由于你们车辆悬挂地方牌照，按照规定要收取过路费，缴纳过路费后，我们立即放行。”

“我们是人民消防员，所用车辆都是公车，请按照《中华人民共和国消防法》配合消防工作。”

胖收费员耷拉着眼皮，懒洋洋地说：“我们收费站有我们的规定，不缴费就不能过。”

邵飞耐着性子前往交涉：“我说这位同志，咱们是国家的消防队，这是应急车辆，前去你市参加救火救灾支援行动，赶快让我们通行，救火不能等时间。"

收费站男工作人员："我也知道你们是真的消防员，不是假的，但你这挂蓝牌车辆，属于地方牌照，不在免费范围之内，按照文件要求，必须收费，我也没办法。"

看到对方一再坚持现消防队车辆挂着蓝牌属于地方车辆，必须按照规定缴过路费，邵飞为了不耽误救火，无奈之下自掏腰包交了500多元高速费才得以下高速。

大火扑灭了，回去的时候，大家的心火却上来了。

猴子说："邵飞站长，咱们还是走省道吧，要不还得收费呢。"

猴子不说则已，一说气不打一处来："海阳市的收费站人员太过分了，回去得把这事往上汇报。"

邵飞说："汇报啥，高速收费站和我们一样，都是政府工作人员，钱交给国库也没关系。"

马志国一边开车一边嘟囔着："难道脱下橄榄绿，我们就不是消防战士了吗?"

邵飞示意马志国格局要高一点，说："之前咱们市不是有一起这种事件吗，出警的警车被停车场管理员索要停车费呢，咱们遇到这点事算什么。"

好在事没过几天，龙山消防大队接到了海阳市市长给消防队写的一份致歉信，对前来支援的龙山消防队表达感谢，并对高速收费人员做法表示歉意，给予相关人员辞退处理，并退还了500多元的高速费。

这件事虽然小，却不知道被哪家媒体炒作，引起了上层的关注，省委和国家消防应急管理局连续发文，要求确保消防改革要切实落实消防队伍的权利得到正常保障和行使。

消防在改制之前，消防审批在防火处，消费检查在防火处，消防验收还在防火处，不合格就能封门停业，罚款起步就是三万以上。改制后，消防项目审批和验收交给了建委，只剩下干干净净的检查权了，成为一支竭诚为民的好队伍。

邮差回到消防站就接到薛灵的电话："鲍坤，下周局里要组织全市消防隐患大检查，我把你和纪峰抽调过来帮忙。"

邮差听了很惊讶："我们正在搞战训，迎接世界消防员大比武，怎么有时间过去。"

薛灵调侃说："你们专业知识不够，抽调你们过来做为期一周的检查工作，也是支队领导的意思，缺啥补啥，你们脑袋里缺根筋，就得多补专业知识。"

猴子在一旁听见了，赶紧说："你给薛灵说，这次检查我不去了。"

邮差愣了一下："你为什么不去？"

猴子说："我去当什么灯泡啊。"

"少废话，想哪儿去了，这可是市局抽调的任务，你不去自己向领导反映。"

猴子吃瘪："你说薛灵这女魔头，抽调你就抽调你，怎么还把我捎上了。"

邮差不甘示弱："我也奇怪怎么把你这个累赘抽过来。"

猴子满脸愤怒："那好吧，既然我是累赘，我就过去累赘到底，坏你好事！"

第二十六章
欲证公心有公堂

一

马尔特是海康市大型综合连锁超市，超市位于中山路 8 号，按照《中华人民共和国消防法》规定是人员密集场所，更是消防安全重点单位，自然也被列为这次的检查对象之一。

薛灵带着邮差和猴子赶到的时候，已经突击检查了 17 家消防重点单位，时间已经到了晚上八点多，猴子早已饿得前胸贴着后背："我说姑奶奶，咱们晚饭怎么着落？"

薛灵反问："中午饭不是下午 3 点才吃吗，查完下一家再吃饭！"

猴子一脸不情愿："你问问鲍坤饿不饿。"

邮差在一边连忙说："我不饿，我不饿。"

猴子咬着牙，做狰狞状："你当然不饿，你一直在吃狗粮。"

薛灵知道话有所指，白了一眼猴子："臭猴子，注意你的言行，是不是脚板痒痒，想回去再加训个 5 公里。"

海康市 7 月的天气潮湿闷热，每个人的后背都湿透了，出了一身汗，还特别黏，别提有多腻歪了。

"查完这一家，我们就能回去了。"薛灵发话了，其他人也不好说什么。

薛灵和邮差金刀大马地端坐在后排有说有笑，像极了一对分别多日的情侣，对他俩来说，倒显得时间过得不是那么熬人。

猴子把气都撒到方向盘上，转弯时突然来个急转弯，薛灵和邮差撞在了一起，薛灵惊呼连连，邮差反而悠然自得、极其享受，模仿领导口吻不急不慢："小纪同志，开车就像开展工作，要稳一点嘛！"

猴子咬碎钢牙，把车开到了马尔特超市门口，一个急刹停了下来。

超市经理听说消防队检查，赶紧挡住三人，说，"现在还不能检查，里面顾客都没散场，这影响了生意也不太好吧，三位再等一会儿。"猴子听完鼻子差点被气歪，这消防执法检查这么严肃的事，现在变成了商量着来。于是语气加重："市消防局开展消防检查，请配合工作！不要妨碍执行公务！"

超市经理眨了眨眼睛："抱歉领导，得等消防维保公司来人才能配合检查，我们都不会操作。"

猴子有点不耐烦："消防队检查消防安全是执法，执法还要等你们的人齐了才能执法？检查本身就是我们检查，怎么还扯上维保公司了。"

薛灵见状说："算了，等一下他们的维保公司吧。"

经理赶紧走到一边给消防维保公司打电话，不多时，消防维保公司赶了过来，猴子看了看消防维保公司的工牌，居然是厉见田的公司。心里五味杂陈。要知道，荣队长就是因为这个公司偷工减料间接造成的牺牲，而这家公司最后只是在被罚了50万元的款后，接着奏乐接着舞，一点也不耽误赚钱。

在薛灵几人的见证下，维保公司的人熟练地操作着中控室消防报警主机，猴子在旁边观察同时报结果：

"消防泵联动正常。"

"应急照明正常。"

"疏散指示灯正常。"

"防火门常开正常。"

"喷淋信号应答正常，排烟送风启动正常。"

"切电测试正常。"

"消防电源正常使用。"

……

邮差跟在后面很认真地做着记录。经理在一边喜笑颜开,说:"咱们超市消防设施顶呱呱的,没问题吧!"

薛灵看了经理一眼:"超市消防工作做得不错,继续保持。"超市经理接着话说:"他们可是海康市最专业的消防公司。"

猴子没好气地说:"最专业的公司,最重要的火灾自动报警控制系统还没检测,赶紧把烟枪拿过来。"

看着经理招呼两名工人搬着人字梯去做吹烟检测,邮差没话找话地问薛灵:"薛科长,手动报警按钮要是错按了,触发喷淋洒水不是会引起人群的恐慌吗?"

没等薛灵回答,猴子抢答:"你是不是没话聊了,不知道编程的时候,是可以编成两个手动报警按钮按下才能喷洒喷淋系统的吗?"

薛灵一边整理检查材料一边说:"看不出,纪峰还挺专业啊!"

检查完毕,已经到了晚上9点半左右,猴子临走时又向经理交代了一句:"别忘了设备复位。"经理点头哈腰:"放心放心,忘不了,他们公司消防技术最专业。"

马尔特超市肉品销售员小雨和其他八名同事,带着一天的好心情,在7点半准时来到了生鲜冷柜盘货,再过一个半个小时就要营业,每天肉类加上冷冻海鲜的销售额在十几万元,他们必须要比其他柜台提前来一个小时,才能完成准备工作。当走到300多平方米的冷柜专区时,小雨感觉今天好像有些特别,具体哪些特别他感觉不出来,带着疑虑,他来到了牛羊肉冷柜旁边,触手打开冷柜门的那一刻,他心里暗叫不妙,一股酸臭的肉味扑面而来。"大家赶紧把其他冷柜打开查看!"

"猪肉全坏了！"

"海鲜全化冻坏了。"

"怎么办，不能卖了。"

小雨面色紧张，显得手足无措，旁边的营业员着急提示："赶紧报告给主管。"

二

下午 2 点的时候，经开区消防大队许文杰刚刚结束区里的消防安全会议回到办公室，咕咚咕咚灌了一大口凉白开，正打算拿着毛巾擦把汗，大队参谋急匆匆推门而入。

"大队长，有个急事需要向您汇报。"

"什么事大惊小怪的。"

"猴子、邮差昨天去马特超市检查出了点意外。"

"坐下来说。"大队长示意参谋不要着急。

"猴子昨天在马尔特超市检查消防工作，造成了被检查部门一定经济损失，主要原因是消防检查结束后火灾切电断电没有及时复位电源，造成超市冷柜里的肉一夜之间都酸臭了，经济损失高达 30 多万，现在超市的律师函都发到支队了，要求消防队立即赔偿，否则就向法院起诉。"

"还有这种事？这是谁通知的你？"

"支队曹主任，他还说……"

"他还说了什么？直接说。"

"他还说，这个纪峰老是爱惹事，当初就不该招录他，要给他辞退。"

许文杰思考片刻："曹主任那边的工作我来做，你先给纪峰、鲍坤打电话，把他俩叫过来，我要了解情况。"

就在许文杰把猴子、邮差叫到办公室谈话的同时，薛灵也被曹加宽叫到了办公室。

曹加宽遇事就会背着手在办公室里来回兜圈，兜完两圈就说："你们是怎么搞的，检查还能检查出事故来，马尔特超市发来了律师函，说由于我们的检查失误操作造成几十万的肉都臭了，要我们消防队来赔偿，我们是专业的消防队伍，这是多大的丑闻。"

薛灵纳闷："主任，咱们检查消防工作依法依规，没有什么不当的地方，设备操作也都是超市自己找的消防维保单位，有执法记录仪为证。依我看，他们应该找消防维保单位索赔，而不是我们。"

曹加宽叹了口气："不管怎么样，监管对象把监管人给告了，要把这件事妥善处理，如果闹到对簿公堂，就由我出庭吧。"

薛灵离开曹加宽的办公室就直奔龙山消防大队，找到了猴子和邮差一起研究其当天的执法记录仪。

"我看就是那个消防维保公司是个二把刀，他把普通电源切断后转成消防应急电源，施工做得也不规范，明明应该手动和自动复位都要有，他们施工只做了手动复位，没有自动复位，结果以为按了按钮就复位了。再说，检查完之后，他们也应该核查是否都复位完毕才是，连这点意识都没有，还做什么消防维保。"

薛灵想了想："这个精诚公司是不是荣队出事的那家消防公司？"

猴子义愤填膺："没错，就是那家公司，这就叫不是冤家不聚头。"

"检查过程是维保单位在操作控制主机，离开时，又是专门叮嘱复位。实际上我们已经履行告知义务，就算不履行，这个责任也不是我们的，他们超市花钱雇来公司专门负责维保，那应该追究维保公司的责任。"

消防维保公司的人员，不知道从哪儿抓瞎招进来的，根本不懂技术复位，以为就是简单的主机按住复位键，没想到超市的电源断电复位需要人工合上电闸，经理不懂，没有复位，结果36摄氏度的高温天气，等到第二天上午开业之时，超市冰柜的冻肉类食品，价值 30 多万在一夜之间都发臭了。为此，超市和消防维保公司把消防队给告上了法庭。

邵飞越听越气愤："你说这都什么情况，消防员平时出生入死、火海汤池保他们平安赚钱，别说不是我们的责任，就算是我们的责任，他要赔偿，态度也不能这么生硬。"

许文杰看完执法录像更是当场暴怒："打官司就打官司，我们有理有据，还怕无赖不成。"

公安、消防是为人民服务，不是为人渣服务，更不是为穿着人民的外衣，为非作歹的黄脸白心的人渣服务。

消防维保公司和超市以消防队存在过错为由，要求消防大队赔偿经济损失 40 万。庭审上，法官直接驳回原告请求：第一，消防检查行为的赔偿不属于民事行为，直接驳回；第二，这属于消防维保单位责任，消防维保公司在场的情况下，等检查完毕，消防维保公司要及时检查设施是否复位。

商超方打输了官司，老板十分恼火，干脆回去把电源切换开关控制去掉，说："老子不要这个什么电源切换开关又能怎么样！"等消防队第二次检查整改时，看到这样的整改结果哭笑不得，又下了限期整改单。

第二十七章
云波诡异需恒心

一

一波未平一波又起，超市消防检查造成的坏肉事件还没有平息下来，邮差又惹出一档子事。

这是一个典型的农夫与蛇的故事，缘起龙山消防站处置一个救助跳楼自杀的求助警情。

我们出警小组赶到现场时，找到了这个寻短见的中年男人，50 多岁，坐在福星小区 3 号楼 1001 家里的窗台上，双腿悬空，左手拿着燃烧瓶，右手拿着打火机，情绪激动，大声警告我们，只要靠近就点火跳楼。

中年男子染上了赌博，把房子都输掉了，现在又闹着跳楼。

对于这种跳楼现场处置，我们早已经轻车熟路，正在做着营救前的各项准备。

跳楼男子越说情绪越激动，大有一跳了之的架势，现场出警的民警同志劝说："老哥，有什么事下来说，我们帮你解决。"

"解决你妹解决！都给我滚出去，不要妨碍老子去死。"

民警还想再劝说两句，结果被男子反驳得一鼻子灰："舍得一身剐，敢把皇帝拉下马，我平时怕你们，现在可不怕你们，再往前一步我就把楼点着！"

民警赶紧撤出房间外，拉着邮差的手："这人没法做工作，之前就因为赌博被公安机关处理过好几回，你看我都被骂出来了，眼下只能采取强攻了。"

邮差说:"你们打算怎么强攻?"

民警也发愁:"我打算绑着安全绳,你们和他说话吸引注意力,我一下子冲进去把他拉回来。"

邮差听了直摇头:"6米的距离,冲过去需要一秒到两秒,而这人要想跳楼只需要0.05秒左右,这个方案风险很大。"

民警老张说:"消防的同志们还有没有更好的办法,我看你们经常练习绳降,如果从天而降给他来一脚,能不能把他踹进屋里?那我们就好办了。"

这次是邮差带队,现场情况也不好在电台请示领导,因为邵飞不在现场,让一个不在现场的人来下决定,显然是不负责任的,等于给领导挖坑。于是临时决定:"只能通过绳降的方法把这人踹进屋内了。"

方案一定,立即行动。邮差、马志国、董小勇火速赶到楼顶阳台上,为了不惊动自杀男子,他们选了隔着6层楼高的距离实施空降。等拴好绳子打好结,邮差说:"志国,这次你来吧!"马志国伸头看了看几十米的悬空,说:"邮差,这可是你的拿手好菜,我帮你拉绳子吧!"

邮差似笑非笑:"既然你小子拈轻怕重、偷奸耍滑,那就帮我观阵,看你鲍大爷怎么拿下该人。"说着走向楼边,两脚一蹬,三个蹬跃,顺溜地下降到了11层窗户上面待命。民警老张乘机递了一瓶水给男子,就在男子转头时,邮差找准机会,从天而降一脚踹在男子身上,男子身躯倒飞进屋,几名干练的警察一拥而上按住男子,男子手上的燃烧瓶碎了一地,好在没有点着。

看到被制服在地的男子,老张说:"你想自杀有苦衷,但是,你拿着燃烧瓶,已经危害了公共安全秩序,我们将依法对你进行治安拘留。"

男子痛得嗷嗷直叫,脸色青紫,喘着粗气说:"我自杀还有罪吗?我自杀还有罪吗?"声音越来越弱。

老张是个有经验的警察,看着男子喘着粗气,面部憋得发紫,感觉不太对劲,没有直接带回派出所,而是把男子送进了医院检查。

等诊断结果出来,老张吃了一惊,男子断了三根肋骨,有一根肋骨断裂处正抵住肺部,差点把肺部刺穿。这时候,陪在一旁的自杀男子的妻子把脸一翻,当场就不干了说:"你们是救人还是害人,把我老公踹断三根肋骨,你们要赔偿,要赔偿。"

鲍坤在接受调查时回忆说,阳台有1.5米高,当时,他一脚把男子踹下来之后,男子落地后反抗,紧接着几名民警就开始控制男子,具体怎么受的伤,自己也不清楚。

现在家属不干了,不敢找派出所,就专门来找消防队闹。

救人还救出一个官司来。

曹加宽为此专门来到龙山大队开会,不过这次,曹主任的讲话很有水平,说:"我们的消防员救人救火是天职和义务,如果因为救人而造成被救人产生损失,也是情理之中,一边是生命一边是受伤,哪个价值重要?我看是生命重要!上次救下来的那个赌鬼,不但不感激国家和政府在保护人民生命财产时的付出,还跑过来告我们,这种违反道德和法律的事绝不能让他得逞。既然人家有拿起法律的权利,我们也有拿起法律捍卫执法尊严的权利,上次你们大队还有个纪峰消防检查的事,市局党委也高度重视,我们就合在一起,好好应诉,和他们打一场官司。"

散会回去的路上,猴子不禁发出感慨:"曹主任似乎变了。"

坦克问:"哪儿变了?"

猴子说:"不像以前的曹黑子了。"

邮差:"荣队长评定烈士的事,听说他也受到了大领导的批评,不换思路就换人呗!"

猴子问邮差："你还有多少钱？"邮差说："我的钞票不要太多，要看你做什么。"

猴子说："还能做什么，晚上 10 点熄灯为号，找'杜康'聊会。"

邮差摇了摇头："这个我可不赞成，违反纪律的事，我不出资。"

猴子生气地说："不出资就出局，谁让你是大款的儿子，二大款。"

马志国挠了挠头："现在怎么出去拿？都有督察在门口把门。"

"早就联系好了，让小卖部把东西扔进院子，你和岳明过去捡就行了。"

马志国很真诚地看着猴子："为什么是我们俩去捡，这风险太大了吧。"

猴子哈哈一笑："你懂什么，这叫有钱的帮钱场，没钱的帮人场。"

岳明平时木讷，现在也不机灵，张嘴就问："猴哥，什么是帮钱场和帮人场？"

猴子把眼一睁："说的就是你这个大头鬼，不想出钱又想跟着吃喝，那就出力跑腿。"

二

被救下来的赌鬼养好了伤，天天跑到消防站门口堵着鲍坤索赔，弄得鲍坤不厌其烦，出门甚至都要乔装打扮一番。猴子说："这个人渣就是来寻衅滋事，如果我们拿着生命去救人救火，都变成这样来找事儿，我相信着急的不是我们，而是政府。"

邮差说："猴子你说该怎么办？"

猴子嘴一撇："我找云蕾看看能不能有办法！"

也不知道云蕾后来是怎么把这事儿办好的，反正从那以后，这个赌鬼再也没来闹过事儿，用云蕾的话说，地痞无赖就怕警察。

猴子曾经和云蕾探讨过一个问题："你们警察经常打击违法犯罪，矛盾面很广，得罪人、招人恨自然不用说，可我们消防员天天做好事，为什么有的人就像天生和我们有仇一样？"

年龄不大却见惯了人性阴暗面的云蕾微笑作答：“因为那些人生活事业不如意，邪火不敢往其他人身上撒，怕被打、摊上官司，所以看到公职人员就想碰瓷，他们最知道瓷器不和瓦罐碰的道理。”

邮差无事一身轻，就托猴子邀请云蕾吃顿饭表达感谢。云蕾说吃饭就不用了，要想感谢正好有件事，帮着想想办法就行了。

猴子在电话里说：“我一个粗人能想出什么好办法，出出力还行，是帮你家换灯泡还是修电脑？”

云蕾：“少贫嘴，你在消防队等着，我这就去接你。”

云蕾本应该邀请火调科薛灵协助工作，却偏偏选择了纪峰，一是对纪峰之前协助破获雪碳公司纵火案能力的认可，二是还有些私心，而这样的私心往往都会写在女人的脸上。

公安和消防原本就是一家，对于这样的协助请求，许文杰自然不会推辞，云蕾很顺利地把纪峰领走，连借调手续都不用办理，用许文杰的话说：“猴子，你去帮帮云队长的忙，只有一个要求，不要帮倒忙！”说完憋着一脸坏笑，云蕾捕捉到这一信号，面生红霞，尴尬无比。

事情是这样的，云蕾遇到一起纵火案，这起火灾造成一人死亡，死者为女性，50岁，半身瘫痪，独自在家做饭，造成厨房失火身亡。支队火调科给出的火灾调查报告显示是一起意外起火，刑警队不认可这个调查结果，死者下肢瘫痪，熏死时为什么会出现在浴缸里？客厅门上为什么出现会大量死者血手印？经检测血印属于死者生前留下。死者平时不做饭，为什么突然要做饭？

云蕾通过邻居提供的线索得知，死者和其丈夫很恩爱，丈夫照顾瘫痪妻子7年时间，只要妻子打个电话，丈夫不管多忙都会赶回来照顾妻子，但为什么死者在死亡时，丈夫手机恰好没电了。本着尽职尽责的态度，云蕾迟迟无法下达结案报告，这时候，云蕾想起来消防队的纪峰鬼点子多，思考再三决定把他邀请过来，向他公开案件详情，看看能不能找到案件的突破口。

纪峰坐在云蕾的车里，想到平时高冷的云蕾能亲自驾车来找他帮忙，内心的自豪感油然而生，要知道，每个男人都希望心里住着一个小迷妹，最好是五体投地的那种，这样才能激发出男人的豪迈。

到了位于龙山区衡山路110号的刑警队会议室，云蕾专门给专案组的同事介绍了猴子："这是龙山消防大队的纪峰，有的同志之前应该认识。这次邀请纪峰同志前来是协助8·17纵火案破案工作，大家欢迎。"

"嘿！这不就是那个之前喝水烫嘴的消防员嘛！"

台下两名刑警私下嘀咕的声音，轻细却入耳，让云蕾和猴子都听到了。云蕾横了两人一眼："你俩嘀咕什么呢？当年要不是纪峰同志，7·21纵火案能7天破案吗？"

"马宇，你先就此案做个汇报。"云蕾干净利索的短发，敞开怀的天蓝色格子衬衫两袖卷起，加上清脆悦耳的声音，让猴子越看越迷糊，在猴子眼里，眼前这个英姿飒爽的女人世间少有，当然，也有疑虑涌上心头，她三十大几了，在刑警队这个荷尔蒙爆表的男人堆里，为什么还没有对象呢？

不容猴子细想，当侦查员马宁汇报完毕后，猴子的思绪被云蕾打断："纪峰同志，你对这个案子有什么看法？"

猴子平时听到喊自己名字就如同被点名一般先答个"到"，随着猴子习惯性的一声"到"，引得大家哈哈大笑。云蕾站在旁边尴尬至极说："纪峰，这不是消防队，不用答到。"

猴子站立起来不好意思地整理一下思绪，拿起激光笔说出了他的思路："死后入火，肺中无碳，则推断疑似被害嫌疑；死前入火，肺中有碳，则推断失火造成死亡。着火点为煮饭锅所引发，嫌疑人身上无任何伤痕，却跌落池水中，面部朝下，无法锁定是死前还是死后。"

死者面部朝下死在浴缸里，这个细节被猴子敏锐地捕捉到。

猴子接着说："有没有一种可能，死者死于意外，既不是自杀也不是他杀，死者正在煮饭，丈夫久出未归，饭锅着火，死者先爬到门前想开门自救，未够到门把，此时，火势过大，又返回卫生间浴缸放水自救，不慎跌落水池溺亡，当水池放水过大时，正好又被死者用手抠开阀门，当水放完时，死者已经窒息身亡。"

这个案子的疑难点在于刑警队通过解剖发现肺部并未吸收有毒有害气体，按照常规经验属于死后入火，凡事总有例外，尤其是刑警接的案子，基本上都会超出常规，如果是死后入火，为什么死者生前在门上留下如此之多的抓痕？可问题是，死前入火，必然会吸收大量烟尘，而法医解剖却未在死者肺部发现任何积炭和烟尘。

火调意见书给出的意见是死后入火，这等于直接排除死者丈夫的作案嫌疑。

纪峰刚展示出自己的观点，就引起了在场的刑警队员们的反对意见，纷纷说纪峰属于脑洞大开。

其中一名老刑警表达了自己的观点："被害人肺部没有炭灰，只能说明被害人未吸入烟尘，这恰好能印证在失火前，被害人已经死亡，符合他杀情形。"

纪峰等老刑警说完就反问："如果符合他杀情形，为什么死者会移动到浴室的浴缸里？"

老刑警乜了纪峰一眼："你的分析有些道理，不过，这无法排除被害人是被其丈夫拖到卫生间溺死，再点火焚烧毁灭证据的嫌疑。"

纪峰："既然嫌疑人造成被害人溺亡假象，为什么还要多此一举再放一把火引起火灾？被害人死后，房产财产由其丈夫承担，引起火灾对嫌疑人有什么好处？"

老刑警被问得哑口无言，反而云蕾坐在一边看着两人思想火花碰撞偷笑的同时，内心暗赞猴子就是猴子。

送纪峰回消防队的路上，云蕾问纪峰："猴子！你一没有刑侦手段，二没有情报支持，三不是破案高手，凭什么就能判断出丈夫不可能是杀妻凶手？"

纪峰沉默了一会说："如果一个男人照顾自己妻子 7 年时间如一日，这种情意已经不能单单用感情来衡量，这是他生活的全部和寄托，他又怎么会下得去手！"

看着云蕾没有接话，猴子接着说："有的人奋斗一辈子创立了庞大的商业帝国，有的人奋斗一辈子当上了高官，有的人一辈子写了一本传世之作，他们都用一辈子一以贯之地做好了一件事，都值得别人钦佩。同样也有一些小人物，他们一辈子也能做好一件小事，比如含辛茹苦地把孩子养大成人，多年如一日地照顾久病在床的亲人，一辈子只种一亩三分地的农民，一生几无积蓄却举案齐眉的恩爱夫妻，他（她）们都用一辈子做了一件小事，这些小事在别人眼中确实微不足道，可是，也同样足以令人动容、令人钦佩。"

云蕾听着纪峰的话陷入了沉思，又像是走了神。在纪峰的提醒下，才缓过神来，问了纪峰一个莫名其妙的问题："你相信因果吗？"

龙山上的刘叔说过一句话，要相信因果。

用他的话说，既然干了消防员就有牺牲的可能，做消防员是因，消防员牺牲就是果，消防设施不完善，出现火灾造成巨大损失就是因果。

青云路马尔特商超在猴子检查工作事件两个月后印证了因果。

马尔特商超突发火灾。

由于商超前期撤除切电控制，喷淋头在烧爆之后，把高位水箱的 16 吨水喷完后，无法及时启动泵房消防水池的 400 吨消防水池备用水，致使火势未在第一时间得到控制。

猴子带队赶到现场，发现消防备用电源无法使用，这才想起来商超已经把电源切换去掉，还未整改，遂只身冲进火海，找到配电室，手动做了电源切换，等他连接好消防电源时，发现回路已经被大火封锁，无法返回，遂退回配电室等待支援，配电室的耐火极限为 2 小时，但是氧气瓶的使用时间只剩下 10 分钟，如果生命只剩下 10 分钟，该怎么支配？纪峰把这 10 分钟给了云蕾，在生死攸关的时候，接到自己心爱的人的电话，本身就是一种浪漫。云蕾电话打进来约猴子吃饭，感谢猴子协助公安机关破获一起纵火案，猴子听完云蕾的话，镇定心神说出心里一直想说的那句话："这辈子我有一个梦想，就是把你娶回家做我的女人！"云蕾在电话那头沉默，突然想到猴子是不是有危险，猴子却挂断了电话，云蕾端起水杯想要喝水的时候，却不小心手一滑，玻璃杯掉落在地，摔得粉碎，这个意外让她赶紧抛下手头的工作，套了一件外套匆匆离开办公室赶到了现场，用手机微信留言对猴子说："你要想让我做你的女人，那就活着出来！"

当猴子看到坦克、邮差、马志国、董小勇、岳明像天神一样从火海中冲进来时，猴子终于坚持不住倒下了。由于扑救及时，商超过火面积只有三分之一，保全了商超孙老板大部分的财产。当商超孙老板得到火灾消息后，已经吓瘫在沙发上，好在电话还没有扔掉，才听到损失不大的原因是消防队的及时扑救。他虔诚地赶到医院看望猴子，可是猴子由于吸入大量有毒气体依然没有醒来，孙老板只能对着其他队员不停道歉："防火防灾本来是我们自己的事，却听不进你们的劝，差点造成我血本无归，我实在辜负你们用生命换来的平安环境。"

猴子醒来时，首先映入眼帘的是邮差的方面大脸。经过一夜的陪护，邮差耷拉着脑袋趴在床上，表情木讷，似睡非睡，看见猴子睁开眼，马上来了精神："猴子！你终于醒了，我还以为你醒不来了呢，早就和坦克商量着该给你买多大的花圈。"

肺部长时间缺氧，又吸入大量有毒气体，对猴子的身体造成了巨大的损伤，戴着氧气面罩没法说话，只能听邮差在旁边瞎白话。

邮差看猴子眼睛老是往外面看，就问猴子："猴子！云队长刚走！"此言一出，猴子的表情又气又急。

"你想找谁，我来给你找，咱们班现在是轮岗伺候你，你这是多少年修来的福气，不过，可不要赖着床不起来，赶紧好起来归队，还有不少警要等着你出呢！"

猴子对邮差的话听而不闻，他努力回想着在昏迷前，云蕾好像给他说过一句很重要的话。劫后余生，让猴子更加珍惜现在的一切，等身体恢复好他一定要当面问问云蕾，那句话还有效吗？

第二十八章
蹈火志、何惧黑

一

警察、医生、城管、教师这几类职业前几年在网上被各种黑，却有一个很奇怪的现象值得注意，黑消防员的却很少见。究其原因，还是在人们的眼里，消防员只要出现就是救火救人，带来的是安全感，估计网络"黑子"也不好意思黑，就是黑也黑不出实质性的东西来，可偏偏我们就遇到了一次"黑"我们的事件。

洪山路的一场火灾是这个事件的导火索。

当邵飞带队赶到现场时，发现火灾是一个三层临街小楼，邵飞问清现场情况后，当即安排营救工作："三号员、四号员、五号员、六号员对二楼墙体浇水，七号员守车，一二跟我冲。"

此时火势已经即将蔓延到二楼，二楼窗户的火头直往外蹿。

报警事主是个中年胖子，他看到把水往墙上浇甚是不解，破口大骂："你们这帮人拿着国家的钱，就这么救火的吗？我妈还在屋里头，你们不往屋子里浇水，就往墙上浇。"消防员憋了一肚子气，在邵飞的带领下冲进火场把老母亲救了出来，房主又破口大骂，"我还有一只狗在屋子里，你们太不专业了，总耽误时间。"邵飞一气之下，说："我拼着不干了，那就现场给你示范一下，为什么不能把水直接往窗户上喷。"水柱直接淋到高温火柱上产生大量水蒸气造成火势往里扩散，形成高热的气体环境直接把狗烫死。

我们顶着骂，迎着烈焰把火扑灭，把事主的损失降到最低，以为这事就告一段落，没想到第二天就上了热搜，一个名叫玻璃胶的博主把上次的救火视频发布在微博上，还配上标题："消防队救火不往火上浇水，反而浇墙，爱犬和贵重物品因消极救火化为一炬。"

后面跟的评论也很多："以前救火是打仗，现在救火是工作。"

"以前是武警，现在是地方，自然出工不出力。"

"以前是公安消防我怕你，现在改制到地方了，我不怕你！"

……

一石激起千重浪，为了应对舆情，中队长邵飞首当其冲，自然接受了组织的调查，调查的第一步是火灾调查，由薛灵领衔这次任务，薛灵很快写了一个报告递交了上去。

不明就里的邮差听说是薛灵带队来调查，打电话给薛灵讽刺地说："你的报告写得很成功，成功地让邵队接受了组织的调查。"

挂电话前又补刀说了一句狠话："坐机关的不要拍脑门做事情，没事多下基层体验生活。"结果两人闹得不欢而散。

猴子由于担心邵队的调查，打电话找云蕾咨询，云蕾说："咱们老地方见！"

暮春的康江泛着鲌鱼腹般的银光，碎浪在青石堤岸上撞出细碎的玉屑。猴子扶着生锈的护栏，指间烟灰被江风卷成蝴蝶，扑向烟波浩渺的江心。云蕾数着水文站的浮标，对岸造船厂的龙门吊在暮色中舒展铁臂，把最后一艘新船投进江流，激起的水花惊飞了滩涂上的白鹭。渡轮拉响汽笛时，江面飘来渔家女的歌声。

猴子捡起一颗石子扔了出去："现在的各种奇葩事儿太多了，我们在灾难现场流血流汗，还要流泪。"

云蕾说："你们遇到的奇葩事儿，比起我们公安遇到的，真不算什么。"

猴子："现在的服务要跪着做，你说我们这么做为了什么？"

云蕾："你想想值夜班的职业，医生、消防、公安，都需要 24 小时运转，如果哪一天不运转了呢？"

猴子："那就乱套了。"

云蕾："所以说我们这类行业，就是代表政府在作为。老百姓能从我们身上体会到政府在作为，那一刻，在老百姓眼里，我们就是政府、就是国家，一旦我们失守，那么就没有了国家和政府了，政府的公信力就会下降。"

猴子坚定地说："所以，社会矛盾就好比一口压力锅，压力过大，压力锅就有爆炸的可能性，而我们就是压力锅的泄压阀，只有压力从我们这里泄除，才能保证安全，而我们就是起到泄压阀的作用，是不是？"

云蕾脸上泛起了红晕："我说猴子，你怎么变得这么开悟了，是不是有高人指点呀？"

猴子眼神黯淡下来："如果说有人指点，那一定是我的荣队长，这是他生前一直跟我说的话，如果那次不是他换下我，可能中毒而死的人就是我，荣队长牺牲的时候，还用尽最后的力气，向我竖起大拇指，他的意思是说，我们要把危险留给自己，平安留给群众，我们能行。"

云蕾看着远方，眼波荡漾："有人希望你能平平安安。"

二

王锐在出门上班换鞋时，王母跟在后面念叨起来："那个消防队的庄磊，有空让他来家里吃顿饭，明天周末，我给他做一顿好吃的。"王父笑了笑："老太婆又犯了相女婿的毛病了，女儿和他八字还没有一撇，你着急什么？"

王母瞅了王父一眼："你天天和你那几个老东西下棋、打牌，不干正事，也不为女儿的大事操心，我还着急想抱外孙呢！"

"爸！妈！你们干吗呢！"王锐把脚跺得啪啪响，羞臊着跑出门，留下哈哈大笑的王父王母。

中午的时候，王锐想了想还是给坦克打去了电话，接电话的居然是鲍坤。

鲍坤声音低沉，像是熬了一宿没睡："庄磊受伤了，就在你的医院。"

庄磊参与的这次救援行动，是市内建筑工地发生脚手架坍塌事故，现场七八层楼高的脚手架如同被抽去筋骨的巨兽，钢筋铁骨扭曲成狰狞的现代艺术，庄磊的液压剪发出困兽般的嘶吼，每一次咬合都在与死神争夺分秒。

"这里！生命探测仪有反应！"邮差的声音穿透钢筋交错的牢笼，折射出破碎的彩虹。坦克的链锯在钢架上撕开第八道裂口，火星如萤火虫般在烟雾中飞舞。

就在被困工人即将被救出的瞬间，一根悬垂的镀锌管挣脱了束缚，在阳光下划出银色弧线，像命运掷出的标枪，精准地刺向坦克的头颅。

凯夫拉纤维头盔在撞击中如玻璃般碎裂，坦克的身体在冲击下微微后仰，仿佛被无形的巨手轻轻推倒。那根原本支撑生命的颈椎，此刻正承受着不可承受之重，导致坦克当场昏迷。

"医疗组！快！"邮差的呼喊在废墟上空回荡。

"小心一万次都不为过，麻痹大意一次就足够了。"我望着担架上昏迷的坦克，突然想起教官的话。安全扣的每次闭合，都是与死神签订的契约，而每一次疏忽，都可能成为无法挽回的遗憾。

海康市曾经有名民警在传唤嫌疑人时，嫌疑人和民警很熟悉，平时喜欢干些小偷小摸的事，但是在这次因为盗窃被传唤时，嫌疑人误解为最近一起抢劫案件案发了，就跟这名民警说："我回家取件衣服跟你走。"民警就站在门口等着，等嫌疑人出来后，快要上车时，突然从口袋里掏出一把匕首给了民警一刀，正中心脏，当场人就不行了。从那以后，公安局就下了一道规定，所有的传唤，必须全程跟着，不要脱离视线。

当王锐赶过去时，坦克已经做完手术了，他被送回病房里，还处于昏睡中。考虑到其他人需要归队备勤，邵飞安排猴子留下来陪着坦克。

监护仪的绿光在午夜病房游弋，把坦克缠满纱布的头颅映成青玉色。猴子蜷缩在折叠椅里对着昏睡的坦克："还记得东风化工厂那场氯气爆炸吗？"窗外飘来救护车笛声，与记忆里扭曲的金属管道啸叫重叠。那年7月的高温把防火服熔成第二层皮肤，是坦克顶着沸水瀑布般的泄漏水柱，在灼热气浪中劈开一条生路，后背烫伤膏药味至今还黏在猴子的鼻腔黏膜上。

呼吸机突然发出短促的蜂鸣。当猴子触电般弹起时，看见纱布缝隙间缓缓睁开的眼睛，瞳孔里还跃动着未熄灭的火焰。

"哭丧呢……"坦克嘶哑的声音像砂纸擦过铁管，监护仪心率曲线陡然爬升，"老子捡了条命回来，就为看你哭成花猫？"

王锐站在一边破涕为笑，对猴子说："你回去吧，庄磊交给我来照顾，看他这样没啥事了。"

第二十九章
风花雪月烦心时

一

坦克养伤这段期间，猴子受龙山街道办邀请，去龙祥社区开展一次消防知识宣讲。龙翔社区是个老龄化很高的社区，里面 70 岁以上的老人居多，还有不少是独居老人，白居易一句"老来多健忘"道尽了老年人的特点，就是健忘。举个例子，老年人可能做着饭，思想突然打个岔就跑去干别的去了，忘了关窗锁门，这都是家常便饭，因此造成的安全隐患巨大。

猴子接到任务后，躲在办公室耗时 3 小时，专门精心准备了一套 PPT 课件，到了现场后，发现是在社区广场露天演讲，灭火器、烟雾弹等演练设备都准备好了，现场接待猴子的除了居委会干部们，还有一位 30 多岁风姿绰约的短发女士，这位女士主动上前伸出一双精心修饰的玉手，礼貌大方地说："纪警官您好！我叫张妙可，是这次消防演练的赞助单位。"纪峰看着眼前的这个美女，总感觉在哪儿见过，此时，大街上飘来一阵《江南水乡》的歌曲，才想起来这人长得像演员江珊。

第一次给社区大爷大妈们做消防疏散演练，猴子有些激动，尤其是张妙可这个大美女站在旁边，笑容可掬。

仲夏的蝉鸣裹挟着热浪扑面而来，猴子攥着扩音器的手心早已泅湿。张妙可一袭绿色裙子站在消防宣传车旁，红绿相间的背景，映衬得肌肤愈加白皙。她冲猴子抿嘴一笑，猴子手里的对讲机差点滑落。

此刻小区 3 号楼前的广场上，乌泱泱挤满了大爷大妈，居委会王主任正清点着人数，共来了一百多人。

"三、二、一!"随着刺耳的警报声，两枚橙色烟雾弹在楼道炸开。灰白色浓烟瞬间吞噬了整栋居民楼，像只苏醒的巨兽张开獠牙，此起彼伏的惊呼声在浓烟中荡漾。

"低头!捂口鼻!"张妙可清亮的声音穿透烟雾。猴子望着她逆光的身影在浓烟中时隐时现，恍若披着战甲的女战士。楼道里此起彼伏的脚步声渐渐汇成密集鼓点，老人们猫着腰鱼贯而出，花白的发梢沾着人造烟雾的硝石味道。

当最后一位居民冲出单元门时，阳光刺破残余的烟雾。张妙可的睫毛沾着细碎水珠，不知是晨露还是汗水。她和猴子互相拍打后背的烟尘，笑声在焦煳味里绽开成花，一面红旗插在消防栓旁，正随着凉风轻轻摇晃。

意外总是不期而至，由于现场烟雾巨大，导致小区外面不明情况的群众拨打了119报警，幸亏猴子早就提前报备，否则又是一起火灾警情。

"你那句'身处火场不用怕，身着地面往外爬'令我印象深刻。"张妙可款款而来，给猴子递上一瓶娃哈哈。

张妙可是这次社区消防演习的赞助商，名下有三家消防公司。赞助商张妙可在要到了猴子的电话后，第二天就把一批赞助物资送到了龙山大队。赞助物资是肩挂式有毒有害气体报警仪，这类仪器价值不菲，平白无故赞助给龙山消防大队绝不是因为拉关系这么简单，张妙可在赞助词中说："消防员每天都有可能接触到有毒有害气体，万一要是用上了，这也能体现出我们公司的价值所在，护您周全也是为了我们自己的安全。"

细声软语加上诚恳的态度，瞬间打动了许文杰和猴子，更让他们感动的是，张妙可沉重地说："荣队长那时候要是有了这个装备，现在应该是大队长了!"

当天中午，许文杰让司务长加了几道菜，在大队部热情招待了张妙可一行。

回去的时候，张妙可向许文杰提出了一个小小的请求："有时间，希望纪峰警官能到我们公司给我们员工培训消防知识，我们正好需要做一场内部的消防知识培训。"

对于这个简单的要求，许文杰想都没想自然是满口答应。

等猴子送完张妙可返回宿舍，马志国鬼头鬼脑地跑过来："猴哥，你是不是走了桃花狗屎运了，整了个这么白白净净的富婆主动来找你。"

董小勇也跟着凑热闹："猴哥你要把握好啊！那女的开着一辆玛莎拉蒂。"

邮差在一边冷言冷语："你们瞎起什么哄，猴哥心里有人了。"

哥几个像猫闻到腥味一样凑过来："你说的是谁？那个刑警队的凶婆子？"

猴子这边也很苦恼，他那次从张妙可公司做完培训后，张妙可说："纪峰，你陪我去家里取个文件，我再送你回队。"

猴子一听也没多想，就跟着张总来到了她的天宫别墅，这栋别墅在海康市是富人居住的地方，演员、老板基本都住在这里。

在500平方米的别墅里，猴子端坐在挑高大厅的沙发上，等待着刚刚上楼的张妙可，转过身看见一袭黑色吊带长裙，从楼梯上款款而来，走到猴子半米远的距离，左肩吊带突然滑落，张妙可神态优雅吐气如兰："帮我系一下。"

再傻的人也知道这是怎么回事，况且是精明的猴子。他艰难地想拒绝，但似乎吊带和里面的胴体带有一种魔力，一时间让猴子无法抗拒地伸出手，气氛突然变得异常微妙。

猴子救火多次，出生入死，也算刀山火海度若飞，可是就在帮张妙可系上吊带的这几秒钟，他感觉时间过得好慢，全身犹如烈火焚烧，而一双手却抖得像是得了老年帕金森。

张妙可年龄比猴子大6岁，那种少妇成熟的味道，绝不是一般姑娘所能比拟的。肤白貌美、富足多金，猴子还在等什么呢？就在猴子系好吊带时，张妙可转身自然地抱住纪峰，两个年轻活力的身体靠在一起，彼此感受着对方的温度。

欲望是人类进步的动机。

最难过的是美人关，过这一关首先要讲究反人性，猴子那天去培训的时候兜里装着一根图钉，是从培训现场捡起来的，他怕群众踩在脚上，随手装进兜里打算扔了，结果给忘了，这几天一直待在裤兜里没事，结果张妙可凑上去亲猴子，就在猴子快把持不住的时候，张妙可大叫一声，跳到一边，手指着猴子："你你你……"猴子赶紧掏出图钉看了一眼，稳住心神："对不起，张总，我已经有心上人了！"说完再也不敢多看一眼，转身就想往外走，张妙可叹了口气拉住猴子的手："让我送送你吧！"

到了消防队的大门口，正当猴子下车从张妙可的玛莎拉蒂上下来的时候，遇见了前来找他的云蕾。

云蕾看了看张妙可，又看了看猴子，再看了看那辆粉红色的玛莎拉蒂，冷哼一声，头也不回地钻进她的大众宝来车里，一脚油门下去，不多时消失在视线里，留下错愕的猴子站在原地，而张妙可却站在一边，微笑不语。此时，大好的晴天突然阴云密布，夏天的雨说来就来。

二

晚上，邮差全身湿漉漉地回到了宿舍，站在屋子中间茫然若失得像个失恋的大学生。

马志国走过去，摸了摸邮差的额头："这上午出门还好好的，怎么回来就跟丢了魂似的。"

邮差默然地说："我受伤了……"

　　女人很奇怪，你躲着她时，她主动找你；你主动找她，她反而又要躲着你。

　　薛灵就是这样奇怪的女人，上一次，邮差因为薛灵的火调报告的事儿和薛灵吵了一架，好不容易晚上换班倒休，就冒着大雨到康泉小区找薛灵。打电话发微信薛灵也不回，邮差抓耳挠腮又发了一条信息，说你看过《情深深雨濛濛》吗？我想和你体验雨中散步的感觉。薛灵一听就乐了，心想这小子脑子里还有浪漫这根筋，一扫之前的不愉快，冒着雨就出来了，看见大门口站着的邮差没拿伞，就问："你的伞呢？"

　　邮差站都快站不稳了，强撑着抓起薛灵的雨伞，要和薛灵一起打伞散步，薛灵感觉不好意思，说："我穿着冲锋衣呢不用打伞。"邮差本来是喝酒壮胆，结果喝过头了，不管不顾地硬凑过去要和她一起打伞，薛灵眼看着邮差像热火叉似的贴了过来，心慌意乱地本能往后躲闪，结果一下子踩到水坑里去，皮鞋里全灌满了雨水。邮差哪注意到这些，看见薛灵气得头也不回地跑回了家，自己则傻站在当场，一脸蒙圈，打着酒嗝任凭风雨刷洗失落。

第三十章
清浑之间，壮心不可熄

一

在龙山大队，有个不成文的约定，但凡出警在火场里救出人，就会上龙山，找刘叔，摆上几个菜，撮一顿，似乎救出的人不是群众，而是我们自己。每次我们来，刘叔就会开怀大笑、出门远迎："小伙子们今天又救人了！"

我们自然把刘叔当成亲人长辈，无话不谈，当然，我们感兴趣的话题自然是爱情。

"你看网上有段视频，两只鸟儿吵架了，雌鸟赌气淋雨，雄鸟硬是把雌鸟挤进屋檐下避雨，这说明什么问题？连动物生气了都需要哄。"

猴子正在剥洋葱，停住了手上的动作，眨巴眼睛问："刘叔你的意思是主动去哄吗？"

刘叔向猴子挤了挤眼，故意提高声调："我什么都没说。"

这是龙山刘叔和猴子的对话，当时邮差也在场，所谓听者有心，所以没几天邮差就去找薛灵道歉，见到薛灵，死乞白赖地要和薛灵共打一把伞，薛灵退让、邮差前进，结果是薛灵被挤得一脚踩到水坑里，皮鞋里灌满了水，气呼呼地头也不回地跑走了，到现在也没搭理邮差。

刘叔当年也不简单，是参加过对越自卫反击战的老兵。儿子当消防员牺牲后，就带着刘婶儿来到这里，守护这龙山万顷山林，完全不在乎每月2000多元的微薄工资。

　　猴子、邮差、坦克都受过刘叔的教育，没事的时候，刘叔也经常招呼我们上龙山拉拉呱、聊聊天。只要我们过去，刘叔就会做几样拿手的好菜，徽州的臭鳜鱼、四川的水煮肉、贵州的螺蛳粉、云南的过桥米线、湖北的米粉肉，只要我们提出要求，刘叔都能摆弄出来，味道还真是有模有样。刘叔说这都是在部队时战友们教的。我当时在想，如果刘叔辞去护林员的工作，找个星级饭店当大厨，那一样能拿得出手。

　　刘叔是认识云蕾的。猴子请云蕾吃的第一顿饭，宴席就设在刘叔的龙山大饭店。刘叔趁着炒菜的空当，私下对猴子说："这个小妮子可不简单，和你挺般配！"

　　猴子笑着问刘叔："当警察的女子能简单吗？"

　　刘叔小声说："我说的不是她的职业，而是她的谈吐举止，有思想、有高度，你小子可要好好把握噢！"

　　猴子有点害羞："刘叔，我们八字还没有一撇呢！"

　　"我什么都没说。"说完刘叔乐哈哈地走到院门口的斜坡上，刮起了土豆。

　　自从云蕾被猴子气走以后，猴子听从刘叔的劝去找过云蕾一次，效果并不理想。

　　那天云蕾冷脸挂霜地质问猴子："纪峰同志，你来刑警队是报案还是反映问题，没有其他事，我先去忙案子了。"

　　说完短发一甩，留下嘴巴半张半合的猴子僵在当场。

　　猴子再打电话，云蕾接通，明知故问："你谁呀？"语言冰冷得像是被冰箱冻过。

　　"我是纪峰，我……"

　　"纪峰，我警告过你，以后不要再骚扰我。"嘟的一声挂了电话。

　　猴子接着打电话，云蕾接通："纪峰！你要脸吗？！你还要脸吗？！"

"嘟"的一声又挂断了电话。猴子绷不住了，风高月黑的一个人跑到龙山找刘叔诉苦，喝多了，抱着树就哭，哭完了，又接着喝。

这种场景经常发生在20多岁。在40岁以上，经风历雨的人身上会不会发生呢？我想应该是会的，如果仔细想想，爱情应该是贯穿一个人一生的东西。两地分居却依旧恩爱的荣队荣嫂、常年不下山却能忍受大千繁华的刘叔刘婶，他们之所以能耐得住寂寞，因为他们本身并不寂寞，他们心中有爱，任颜容憔悴，眼波还是春。真正的爱原是永不开刃的剑，在时光长河里愈淬愈亮。当青丝化作雪瀑，当年轮爬上梨木，那些在寂静里生长出的根系，早已穿透岩层抵达地心的熔岩。

原来爱到极处，便是将彼此守望成山川。荣队眼角的沟壑里奔涌着荣嫂的江河，刘婶鬓间的霜雪中凝结着刘叔的月光。

这样的爱情何惧岁月？它们本身就是岁月，只是在尘世里安静地活成传说。

二

三九天的清晨像一张罗网，却网不住消防队操场上的热气腾腾。

队员们甩开膀子，爬上爬下、飞跃腾挪，加码晨练。开春就要选出世界消防员大赛的参赛人选，龙山消防救援大队要想拿到比赛名额，首先要和来自全省的选手们对决，胜出后，再和全国选手对决，胜出者获得走向世界赛场的入场券。

当初许大喊出参加世界消防员大赛的目标，也只是为了鼓励我们，他内心也清楚我们这几个人、几条枪。所以，能不能创造奇迹，全靠我们自己了，其实我心里一点底都没有。猴子、邮差、坦克却不这么认为，他们经常说起荣队长牺牲前竖起的大拇指，在没有力气说话的时候仍努力告诉我们，我们能行！

我们组成的团队，水枪手这个点位是个薄弱环节，岳明无论怎么训练，总是慢了半拍，这么练下去别说去参加世界消防员大赛，估计省城都出不去，幸运的是，我们在训练中等到了久违的好消息。好消息来自坦克，坦克伤愈归队，补齐了这个短板。

这次世界消防员大赛要求贴近实战，所以，我们在许大的带领下，把每一起警情都当作比赛训练场，一段时间下来，我们大队各项出警考核和训练考核都名列前茅。

那天我们接到一个油罐车泄漏警情，正打算出警时，警报响起，又来了一个自杀的警情，警情显示公安局需要我们配合联动处置一起突发事件。

我和猴子一起，开着两台车赶往油罐车泄漏地点，邮差、坦克他们去配合公安开展自杀警情处置。

在路上，我看着邮差和坦克驾驶的车辆行走路线一直纳闷，他们走的路线和我们一样，到达地点才知道两个警情发生地都在一起。

"网络赌博被骗了70多万，这些钱都是网络贷款，让我死！"一个中年男子站在马路边情绪激动，把装满矿泉水瓶的汽油拧开，准备往身上泼汽油。一边警戒的民警向他大声喊："你死都不怕，还怕活着吗？"

不远处，正好停了一辆抛锚的油罐车，油罐车司机因为看自杀男子走神，和对面车辆相撞，燃料漏了一地，此时情况十分危急。

猴子摆着手势问男子："你的网络赌博案件已经给你侦破了。"这句话一下子把男子听得愣住了，包括旁边的警察也吃惊地看着猴子。

男子听了也是一惊，半信半疑地问猴子："真的破了吗？我的钱能要回来吗？"

猴子继续说："当然已经破了，钱也追回来了，你不就玩的炸金花嘛！"

男子迟疑地放下了手中的汽油瓶说："你让我怎么相信你？"

猴子拿着手机靠近男子："你看！这是破获网络赌博诈骗案件的新闻！"

猴子把手机递过去的时候，男子仍然保持警惕，左手拿着汽油瓶，右手拿着打火机伸着头查看手机上的新闻，两人还有两米的距离，猴子猛然发力，一个飞扑过去，坦克、邮差和我也瞬间跟上，慌乱中男子把打火机点着，随即被我们夺走，完全没有机会点着汽油。

我们在围观群众的掌声中离开，离场的时候，群众纷纷自发让开了道路。

事后，我们问猴子："你凭什么就能判断出这个男子玩的就是炸金花？你不怕说错了反而会激起这人的极端行为吗？"

猴子讳莫如深地说："网络赌博大体分为网络棋牌、红包返还、游戏赌博、金融走势赌博这几种，这个人满嘴脏话、情绪失控，可以排除金融赌博这种专业性很强的赌博，红包返还也不像男人的游戏，其次，该人手厚指短，玩游戏绝对苦了他，排除，剩下的就是棋牌赌博，但是棋牌赌博又分麻将、斗地主、炸金花、梭哈、跑得快等多种，因此我的判断在这一层面就愈加困难，但是，赌博打麻将远远没有线下来得舒坦，跑得快太老套，玩的人已经不多，梭哈是德州扑克的变种，需要具备一定经济基础的人才会玩，这个人挂着一串钥匙竟然没有车钥匙，显然不具备，常见的就只剩下炸金花和斗地主，所以，我的成功率有50%。"

"可是你还有50%会输的。"

"别着急，到底是斗地主还是炸金花，显然斗地主就算点背到了家，也不可能输掉70多万，所以，我更倾向是炸金花。"

"然后，你就瞎诌？"

"我不瞎诌，难道让警察去瞎诌吗？"

"如果你判断失误会造成不可预测的后果，那怎么办？"

"我让他看的新闻是去年破获的网络炸金花赌博案件，我只需要他初步相信，哪怕一瞬间的相信，足以使他分神就够了。"

"也就是说，你是一个目标导向的选手？"

猴子反问："救人不是最终目标吗？"

回到消防队，邵飞通知我们参加一个视频会议，到了会议室才知道这是全省消防队伍比武动员大会，总队长万勤在会上讲到了什么叫赴汤蹈火、竭诚为民，"……正是有些人不理解，我们才要拿出100%的诚意让群众理解，获得群众的支持。消防员的牺牲在所难免，这本身就是危险性很高的工作，我们选择了这个神圣的职业就要勇于献身，兑现赴汤蹈火、竭诚为民的诺言。"

邮差坐在一边对我嘀咕着："猜一猜今年比武的主题是什么？"

我当时说："奉献、忠诚。"

猴子低声说："听话要听音，肯定是'服务、献身。'猴子话刚落音，视频中总队长万勤就宣布了今年的消防比武主题是"服务与献身！"

三

龙山经济开发区在市长厉灼新的大力推进下，GDP跃居全国百强经济区县100强，什么改革之星、规划大师、全国优秀市长，一时间各种荣誉纷至沓来，像是清明时节的纷纷细雨。

厉灼新面对下属的马屁，也是豪气干云："我始终想不通，有些县市居然财政入不敷出，一个县城少说也有二三十万人，几万公顷良田，我就不明白怎么就干成了入不敷出，还要举债过日子，追根到底，就是当官不为，满脑子都是琢磨怎么升官上位，哪有时间真正做几件实事。"

厉灼新在会议室里说得正起劲，突然电话铃声不适时宜地响起，他抄起电话，话筒里传来一个年轻的女声，嗲声嗲气地说："今天是什么日子，你应该能记住吧！"

说得厉灼新当时脸色大变，转头看着省政府颁发的金光闪闪的奖杯，似乎也失去了色彩，厉灼新叹息一声缓缓挂上了电话，满脸写着心事，这让会议室在座的几个区县领导，听得面面相觑，心里琢磨着厉市长是不是惹上了桃花劫。

今天是个什么日子？

今天是清明节，是个思念离去亲人的日子，在这个严肃的日子里，厉灼新失魂落魄地走回自己的办公室，找了好几个抽屉，才摸出早已开封的半盒烟，他缓慢无力地抽出一支，发现没有火，又用手把烟揉碎在手心，扔到脚边的垃圾桶，然后双手捂住脸，生怕别人发现他深藏已久的心事。

省消防总队的比武选拔大赛在省消防总队训练场如期举行，这次比赛主要在几个传统项目进行角逐，体能项目是单杠卷身上、五公里跑、负重登十楼等，装备操作主要赛的是着战斗服、绳索攀爬操、攀登挂钩梯操、初战快速出水控火操等，而胜出的人，就能拿到通往全国消防员大赛的门票。

比赛的项目中，着战斗服这一项说白了就是穿衣服，虽说是小事，却在消防救援行动中举足轻重，出警时刻，用 7 秒穿好战斗服和用 1 分钟穿好战斗服，是有可能直接影响救援效果的，要知道救人救火在我国传统认知里是比尿、屎、屁还要着急的事儿，俗话说救人如救火，消防救援既救人又救火，时间管理必须到位，我国着战斗服的合格时间是 7 秒，就这一项，放眼国际上，都能横扫一片，可以直接在比赛上省出半分钟的时间。

海康市派出了经开区消防救援特勤大队的"三剑客"猴子、邮差、坦克，带领海康代表队参赛，并顺利击败其他市的对手，分别获得了个人和团体冠军，就连坦克在负重五公里跑也创造出了个人史上的最好成绩，13 分 26 秒，梯王王翔代表的省队也只能屈居第二。

我们那时候带着载誉而归的心气回来本想让许文杰夸两句，许文杰见到我们还是那句老话："能参加全国消防员比赛就是胜利达成预定目标。"

第三十一章
一丝隐患千人牵

一

海康夏天的早晨宁静祥和，气温还没升上来，很多市民踏着清风如露的晨光开始了晨练。海江码头集团的仓库管理员老马像往常一样带着公司安环部小刘进入库房区巡检，当他们俩打开4号仓库大门的时候，被眼前一堆堆6米高的硝化棉惊呆了，小刘嘴里骂了一句"这些危险品怎么运进来的！"刚想上前检查，却被经验丰富的老马赶紧拉住："咱们身上有静电，不能进去。"

老马站在库房外，焦虑瞬间上脸，凭借他多年的仓库工作经验，硝化棉这种高级别的危险化学品，是不可能出现在他们这个仓库的。放眼整个海康市，能用于储存这种高危化学品的专用仓库也并不多，这显然是一场违规操作。

他和小刘一合计，马上将这个事情汇报给了值班经理。

值班经理在电话里懒洋洋地不以为意，说："这些货物只是中转，马上就会运走，老马你就多增加一些消防设备，多盯守一下。"

管理员老马当场就气笑了："经理，你蒙我呢？这可是重大安全隐患啊！存放硝化棉的资质我们都没有，仓库也不具备条件，这等于是坐在火山口上，随时会出大问题的！"

经理在电话里急了起来："我说老马！你能干就干，不能干就辞职，一个小库管你还操心操大了！"

老马不亢不卑："你说是中转，那就今天赶快把这些货物运走，我们这种仓库条件是无法保证物品安全的。"

经理不耐烦地说："好了好了，我现在就打电话让人把货拉走。"说完挂了电话。

老马满脸担忧地对着小刘说，"这批货如果不赶紧运走，一旦出了事，那可是大事"。

小刘疑惑地问："经理不是说中转，很快要运走吗？"

老马看了看小刘说："不是很快，而是立马运走，多耽误一分钟都是违法犯罪。"

小刘担忧地说："马师傅，那该怎么办？"

老马看了看小刘还有些稚嫩未退的脸庞，这张脸还有更长的路要走，更多的事要去经历，这是需要自己这把老骨头保护起来的小伙子，于是，老马咬了咬牙说："小刘，你还年轻，有奔头，这事由是我来处理吧！"

中午的时候，一辆消防队的公车开进了库房区。

值班经理面对消防队的突然造访显得一脸茫然。

"违法存储危险化学品，库房等级达不到使用要求。"经开区消防大队在检查过程中发现码头仓库存在违法存储问题，开出的罚单是 20 万人民币，要求海江码头集团立即查封整改，拟对违法事实报送公安机关处理。

区区 20 万对于海江码头集团公司是九牛一毛，董事长龙玉柱却不是一个能丢得起人的主儿，他接到汇报后索性拿起电话打给了厉灼新，说："厉市长，你们的消防部门又上门干扰我们的生产工作，这批化学品也是暂时在我们这儿中转，我们已经及时把货物运走，你们这一处罚，我们的商誉就会受损，要知道我们的商誉就值 10 个亿，商誉受损，以后怎么在股市上融资，以后还怎么支持你们市财政工作。"

厉灼新听完电话，说："龙总不要着急，我先了解一下情况。"

消防救援局局长雷若平站在厉灼新的办公室里，看着厉灼新自顾自地沏茶喝茶，完全没有给他倒一杯的意思，实在有点尴尬，不等厉灼新再开口，雷若平满脸尴尬，说："这个事我知道，有人实名举报码头仓库违规存储危化品，我们接到举报不能不去，经开大队先是要求停业整改，对方未落实，才过去封的门。"

厉灼新摆了摆手，说："咱们职能部门不能过度干涉经济生产，经开区化工园每年为我们市纳税 30 多个亿，让我们吃饱穿好，化工厂所有原料几乎都在码头集团存储吞吐，关停一天就有近千万的税收损失。我们跑过去耍官威，这是脱离群众，干扰我市经济建设，砸的是我们自己的饭碗。我看这个消防改制改得太及时了，你们动不动就封人家的门，完全忘了我党开展执法活动要有柔性，不能没一点灵活度。"

雷若平对于厉灼新偷换概念的讲话，心里直骂娘："你厉市长是不想损害你的政绩吧！今天要是调换位置，你就知道自己有多可笑。"然后表面赔笑，说回去后就暂停对码头集团的处罚。

二

这世上有人郁闷，就有人开心；有人冰释前嫌，就有人误会加重。

猴子和云蕾的误会，终于解开了，解开情结的人也只能是系上情结的人，这个人就是那个身材妙曼的女老板张妙可。

猴子可能一辈子都不会知道，这是我和邮差专门找到了张妙可，并说服她，让她把猴子和云蕾的误会解释清楚。

女老板张妙可知道了情况后，内心愧疚，人一旦有了愧疚之心，行动起来就会发自内心地快，张妙可专门到龙山刑警队去找云蕾。

"您是云队长吧！"

云蕾正在查阅案卷，看到一个亭亭玉立的少妇站在门口，有点眼熟："我们认识？"

张妙可一脸真诚地说："我是专门为纪峰的事而来的。"

云蕾："纪峰？纪峰怎么了？"说着把张妙可让进了会议室。

张妙可坐下来后就直奔主题："这可能全是一场误会，那天送纪峰回去的人的确是我，我怕你们误会太深，心里很过意不去，就打听到你这儿来了。"

云蕾问："你来找我就为了说这个？"

张妙可叹了口气："以前我在自己一无所有的年龄时，遇到过最对的人，却因为没有物质条件而分手，于是，我下决心出来创业，现在物质条件都有了，感情却耽误了，其实啊！女人不用活得这么累，两个人没有物质条件不怕，怕只怕再也遇不到那个对的人。妹妹，你要好好珍惜把握。"张妙可在云蕾的办公室里说到最后，几度哽咽，眼泪不争气地流了下来。

"我确实想追求纪峰，可是，我来晚了，纪峰有了自己的选择，他告诉我，他内心的选择是你。"

云蕾是警察，心理素质很强大，自然不会轻易表露感情，却也在张妙可的感染下哭得稀里哗啦，最后云蕾把张妙可送到大门口，张妙可转过身，身影在阳光下一片神圣："我要离开海康了，下周就动身。"

第三十二章
千般记忆一生短

一

荣队长的烈士评定书终于下来了。

这足以告慰荣队长的在天之灵。总队党委决定要把他的个人事迹在全省进行宣讲，通知下达到经开消防救援大队后，许文杰找来了我，说我文笔不错，口才也行，决定由我来做这名光荣的宣讲人，可我内心里还是认为由猴子去讲更好，荣队长生前对猴子提供过很大的帮助，尤其是猴子要被开除军籍的时刻，那是荣志海多次找曹加宽写下保证书保下来的。曹加宽脸本来就黑，当时就拉下黑脸说："荣志海，我告诉你，这是纪律！"荣队长涨红了脸："我的兵我了解，要退，你把我也一起退了吧！"

两人吵到最后，曹加宽叹了口气说："这样吧，你写一份保证书给我！我也对组织有个交代。"就这样猴子才能留下来。还有荣队长牺牲的那次，如果荣队长不换下猴子，那次牺牲的可能就是猴子。

荣队长的事迹宣讲首先在总队大会堂举行，宣讲的主题是《平安守护者的一生很短暂》，现场邀请了很多群众旁听，猴子在台上用平静的语气说：

"我第一次给绳子打结，第一次挂梯子，都是荣队长手把手教我的，现在的龙山消防站也是他亲手建成的，他当时带着消防员们拔草剔石，平整出了400平方米的训练场，荣队长有个护身符挂件，每天都戴在胸前贴身处，我们以为那是他的个人爱好，他牺牲后，我们才发现，那是他的父亲，一名老消防员留给他的遗物。"

"每次火场上的冲锋陷阵，都是他先冲锋在前，他总是会说跟我上，而不是给我上。"

"荣队长常说，我们消防员要做的事就是用身躯把群众挡在危险之外……"

许多群众在观看后，纷纷谴责一些防火单位消防设施不齐全、不合规等于间接杀人，同时表示理解和支持消防事业。在荣队长事迹的感染下，我们也憋了一股子劲投入训练之中，只为迎接下一次的全国消防员大比武。

为了应对三个月后的全国比武。曹加宽要求我们七人到省队封闭式训练，猴子、坦克、邮差却以不能离开特勤站救火岗位为由，坚持留在队里上岗、出警、救火，在我们眼里，没有比救人灭火更能鼓舞人心、激励人心的事，这就像人的护身符，要时刻贴身挂在怀里，不能离开身体的。

二

全国消防员大赛如期在北京举行，我们龙山大队有幸一路过关斩将来到了全国总决赛的现场，这在海康市算是头一回，我们都一致认为，取得这个成绩有荣队长警魂的加持和保佑。

北京的秋天清爽惬意，天空中不时有北雁南飞，此时，政治部主任曹加宽已经成为主管政工工作的政委长，私底下，我们还会称呼他曹主任，他也乐意接受。

在安顿好队员们入住宾馆之后，曹主任让我们先不要着急训练，说要带我们去一个地方看看老熟人，我们都很纳闷，尤其是坦克和邮差一直在嘀嘀咕咕，说："我们在北京没有熟人。"

看到猴子坐在一旁沉默，邮差碰了碰猴子说："对了，你在北京应该有同学。"

猴子沉默了一会，看着大家的眼睛都聚焦在他身上，说："我在北京的同学早已经不联系了。在我心里，现在只有我的战友，那就是你们!"这句话一说，连坦克都不好意思地傻笑了。

鲍坤一脸坏笑:"猴哥啥时候这么会煽情了，真是难能可贵。"

当载着我们的中巴车行驶到丰台区马家堡中国消防博物馆大门口时，我们才明白，原来曹主任带着我们去见的老熟人居然是荣志海队长。在烈士墙上，我们找到了荣志海的名字，崭新的红色名字显示着刻上的时间不久，我们都忍不住情绪大哭起来。曹加宽也默默脱下了帽子，向荣志海郑重敬礼。要知道，荣志海在世的时候几次提拔机会都被曹加宽给否了。

当我们看到曹主任两行泪水时，突然意识到他也是一条有情有义的汉子，是什么使他处处把自己端得这么严肃不近人情，或许是他的岗位、他的职责，这就不得而知了。不过，我已经不需要去了解更多了，因为在消防队这个大集体当中，我们体会到了家的感觉，从家里出发的人，都是有一种信仰和精神存在的，荣队长的精神就是一名消防员的精神。

离开前，我看到猴子对着荣队长的照片说:"荣队长，你要保佑我们拿到世界消防员大赛的资格，你为消防事业献出了生命，而我们除了生命，也没有什么可以失去的了，我和坦克又一次穿上消防服，不为这些工资待遇，只为能时刻陪着你的英魂。"

第三十三章
三四期望托一支

这次比赛总共有 34 支队伍参加，分别来自 23 个省，5 个自治区，4 个直辖市和 2 个特别行政区，可谓集中了全国的消防员高手，每一名参赛选手都有自己的绝活。

只不过，这次比赛的规则完全打破了以往的惯例。以往是从各省抽取个人单兵素养很高的选手组成临时队，这次是采用从各省队参赛的整个团队进行选拔，换句话说，这些团队都是平时、战时都在一起，生活也在一起的战斗序列。

国家总局给出的解释是，面对复杂多变的救援现场，救援团队队员之间的熟悉和默契程度很重要。团队里每个人单拉出来不一定最强，但只要加在一起一定是一个最强战斗力团队。这就意味着推翻了以往的选拔机制，以往的选拔机制是各省的尖兵组建一个新的团队参加比赛，这种情况造成了比赛时单兵项目上夺冠能力很强，而团队项目上夺冠能力很弱。

曹加宽在比赛当天早晨，出乎意料地没有做政治动员，也没有讲一些要拼搏、发挥水平、创造荣誉的话，他只是在列队时的那一小会儿告诉我们，荣队长当年最大的愿望就是能参加世界消防员大赛。

团体比赛项目是通过模拟火场救人救火项目，这个项目引进国外 CFBT 烟火特性训练系统，可以达到轰燃、回燃、滚燃环境。我们需要在模拟的火场中，通过 200 米障碍，救助被困人员，并将人员安全送回，这里面考核的项目有攀爬、攀绳、绳降等项目，用时最短的参赛队取胜。

最后一个项目，是攀爬钢梯到三楼营救被困人员，总局的比赛设计很注重细节，比赛前每个人只发了一副绝热手套，这意味着真实的火场，许多装备你只有一套，不可能无限制供给，比如氧气瓶，比如隔热服，如果这一套装备损坏了该怎么办？就像一个高傲的人把真爱弄丢了。

猴子的绝热手套，在之前冒着火势打开安全门时，早已经烧得千疮百孔，无法使用，手刚接触钢梯就被烫得大叫一声。原来钢梯已经被加热到200摄氏度左右，眼看着最后一关的营救即将失败，邮差当机立断说："把你那副破手套给我，你戴我的！"

猴子站在滚滚浓烟中，像个犯难的判官："你怎么办？我们都要上去的。"

"少废话！"邮差的怒吼震碎了猴子的犹豫，"荣队长在天上看着呢！"这句话像一记重锤，将猴子钉在原地。他想起训练场上，荣队长总是说："消防员的使命，就是用自己的生命去丈量他人的生还距离。"

猴子将绝热手套套上双手，像一只浴火重生的凤凰，在滚烫的钢梯上攀爬。每一级阶梯都在手套上烙下焦痕，每一寸上升都在消耗着邮差的生命保障。

当最后一个被困者被安全送达地面时，欢呼声如潮水般涌来。而邮差站在钢梯底部，双手已经布满水泡，却依然保持着托举的姿势，仿佛一尊守护生命的雕塑。

最终，我们海康代表队获得了冠军。颁奖典礼上，猴子的金牌在阳光下闪耀，却照不亮他眼中的阴霾。他望着邮差缠满绷带的双手，想起荣队长说过的话："在火场，我们不是一个人在战斗，而是一群人在燃烧。"

当夜幕降临时，猴子独自站在训练场上。他将金牌轻轻放在荣队长的遗像前，月光下，奖牌反射的光芒仿佛在诉说着一个永恒的真理：有些胜利，是用生命铸就的勋章。有些离别，是为了让更多人能够重逢。

　　邮差的双手经诊断属于轻度烫伤，但是，那天他却笑得最开心，像个迷路多天找到家的孩子。当然，他回到队里养伤的时候，就不是在笑了，而是乐颠了，因为薛灵得到消息后主动请假过来，不避嫌地照顾起邮差。这对一个女人来说，是需要很大勇气的，而勇气来源于敢在阳光下展示的真爱。倘若你遇到的人，只能偷偷摸摸地爱，那一定是孽缘，不是真爱。历史的经验一次又一次告诉我们，孽缘从来都没有好下场。

　　不管如何，好在我们拿到了通往奥格斯堡世界消防员大赛的入场券，这意味着我们完成了许文杰定下的目标，至于再往下能走多远，我们也不愿去想，也无须去想，因为无论走多远，我们都是走在突破历史的道路上。

第三十四章
千丈关山，终须献身志

一

乘坐的飞机即将坠毁，只有一个降落伞，你会让给别人吗？

困在海底的两人只有一罐救命的氧气，你会把生的机会留给别人吗？

也许会，比如对方是儿女、妻子、父母，以及你不得不还的人情，这些无须反驳，因为历史早已论证，如果是陌生人？估计没戏。趋利避害，这不是反人性，这才是真正的人性，而消防员做的工作却是反人性。

奥格斯堡是现代消防员发源地，第十届世界消防员大赛在奥格斯堡举行自然顺理成章。这次大赛吸引了来自90多个国家的消防员参赛，规模前无古人，超越只能依靠后有来者。

主办方德国，专门为这届比赛创作了一首消防员之歌，翻译过来就是：

"我有一颗火热的心，属于你、属于我，

我有一颗真诚的心，走近你、走近我。

当一切成为往事，我永恒存在。

当一切化为灰烬，我永恒存在。"

这次大赛从个人消防操练组、团队消防操练、搜救、灭火救援四个项目逐次展开角逐。

由于这次赛事主打的要求是贴近实战，且过程危险性极高，主办方为每位参赛队员都购买了高额保险，同时也签署了类似生死状的免责协议。这一操作当场吓退了以人权著称的美国参赛队员。

他们在退场之前纷纷指责主办方极不人道，在他们眼中，消防员的比赛哪能以命相搏，完全没有人性。

久闻美国式的个人英雄主义浪得虚名，那天一见，果然名不虚传，在签署意外伤亡保险协议时，美国的带队队长唐纳德率先带头拒绝签字，他说，"我们消防员也是一条生命，我们的《人身法案》第九条法律规定，救人要首先确保自己不处在危险之中，如果为了救别人把自己的生命也搭进去，这是违反法律的。"

德国裁判直接宣布美国弃赛、淘汰出局。

比赛头天晚上，在宾馆的会议室里，依然作为带队领导之一的曹加宽专门把我们叫到他的房间，语重心长得就像是提拔支队长的宣誓现场："你们如果想弃赛，我不会拦着你们，毕竟，这是有生命风险和意外的！"

我当时要不是使劲掐着大腿，差点就笑出了声，都说政治工作是一切工作的生命线，曹主任就是这么做我们政治工作的。

我们一路摸爬滚打走来，早已不需要再做思想工作。岁月在我们身上刻下太多的伤痕，就像老树年轮般层层叠叠。那些在火场中消逝的面孔，早已化作我们骨髓里的钙质，支撑起每一次义无反顾的冲锋。死亡对我们而言，不再是需要动员的壮举，而是如同呼吸般自然的使命。

猴子站起身时，房间里的白炽灯在他眼中折射出跳动的火焰。他的声音像一把出鞘的利剑，劈开了令人窒息的沉默："如果每次出征都要签下生死状，那流淌在我们血管里的热血，岂不是要凝结成冰冷的墨水？我们还是为人民群众赴汤蹈火的国家消防救援队伍吗？"

他的话语在房间里回荡，仿佛有无数英魂在共鸣。

我看见曹加宽的手在颤抖，"说得好！"曹加宽的声音像惊雷炸响，"这才是我们消防员的血性！"他的手掌重重落在桌上，震得茶杯里水纹荡漾，仿佛火场中跳动的火苗。

随着一阵哈哈笑语从门口传来，我们循着笑声转过身一看，眼睛都亮了，只见许文杰和薛灵走了进来。原来，薛灵和许文杰也是比赛勤务保障团队成员，随后飞了过来，薛灵这次的任务是担任此次的翻译加顾问。

夜色下的奥格斯堡，浪漫而安详，一群年轻人在隔壁的院子里举办篝火晚会，一首阿黛尔的 *Hello* 从远处飘来，天籁之声飘到我们的公寓院落，在公寓院子里幽柔的灯光加持下，仿佛形成了海森堡的原子裂变，裂变的不仅是原子核，还有那个平日里的女魔头薛灵。柔软的灯光下，她正温柔地问着邮差："你说一个人对另一个人有了好感，却因为这个人做了一些错事，就没有好感了，后来又因为这个人做了一些事，又有好感了，这是怎么回事？"

邮差看着脚下延伸到花园深处的石头小路，兴奋得像是一个探幽的爱好者。薛灵的话与当年解放战争时，称呼卫立煌为"七路半"的道理如出一辙。女孩子总是要矜持的，难道让薛灵主动向邮差表白？这不可能，只能留下半路让邮差自己去铺。

邮差不是公路局出身，所以，在他最应该表态的时刻，反而变得矜持不语。

看着邮差怔神，薛灵叹了一口气接着说："你说一个男的喜欢一个女的，又不敢说出来，这是怎么回事？"

邮差的心跳像是在打鼓，怦怦作响，他咬了咬牙，深吸一口气，终于说出那句千百年前的人一直在说，千百年后还是会有人一直在说的俗话："做我的女人吧！"

<h2 style="text-align:center">二</h2>

由于美国队的弃赛，比赛队伍最后只剩下了 23 支，这是 23 支不畏惧生死的消防队伍，只要上了火场，必然肩负责任、完成使命。

可是，意外出现了。这个意外是我们的，在个人技能挂梯比赛项目中，猴子由于水土不服前夜拉稀，只拿到了第二名，曹家宽为了宽慰我们，说这个成绩也还不错。

我们很快来到了含金量最高、最被看重的团队灭火救援项目。这个项目也是本次赛季的压轴赛了。为了更加逼真地模拟火场救人情况，赛事项目组专门用上了最先进的火场爆燃模拟系统，并在其中设置了一个考验人性的环节，等待着考验每一名消防员的灵魂。

主办方一再强调，火场救援系统不能保证选手们的绝对安全，就像我们每一次救援任务一样，如果有想中途放弃的可以随时放弃，只需要按下手中红色信号器的按钮。

我们团队抽到的任务是进入一个火势凶猛的建筑物内，解救三名被困人员。

德国主办方总指挥布雷特通过翻译向我们再一次重申："这是一场十分凶险的解救，你们会面临烈火、爆炸、高空落物等危险情况，有可能会危及消防员的生命安全，当然，为了体现人性化，我们在每个承重柱上都安装了弃权按钮，同时，给你们每个参赛人员的防火服上都安装了一个弃权按钮，如果弃权，就按下停止按钮，任何一个人按下停止按钮，都代表着你们整个团队的弃权，会有工作人员协助你们淘汰出场。我想告诉小伙子们，要成为一名真正的烈火英雄，需要的不仅仅是高超的专业技术，还需要最重要的两点：人性和勇气。"

当我们踏入比赛场地才发现布雷特所言非虚，火场宛如人间地狱，爆燃和爆炸此起彼伏，不时还有高空落物，以至于我们都有些怀疑这到底是比赛还是真实的灾难现场。

有些地方火势太猛需要水枪压制才能冲过去，没有胆量的直接可以离场休息。

猴子捡起的手持灭火器只能无奈扔掉，在这个狭小的空间使用干粉灭火器无异于自我窒息。比爆炸更能威胁我们生命安全的是氧气瓶的逐渐消耗。主办方鬼得很，连氧气瓶的氧气量也不给我们充满，邮差看了一眼就判断出只有70%的氧气含量。

我们在断壁残垣里找了半天，眼看着氧气要消耗一半，被困人员连个影子也没看见，这种情况，等于战斗机的作战半径，油箱耗了一半油就要返程。

好在我们强行通过一道火门之后，发现了被困在避难室的三名受困人员。

虽然到处烈焰，防火服还是能抗住这300多摄氏度的高温，来时的路已经被打通了，没有了其他障碍，剩下的就是把被困人员带出去，就像喝豆浆、吃油条一样简单。

就在我们帮助这三名受困人员穿好防护服带上氧气面罩的时候，意外出现了。

有一个被困人员焦急地对我们手指着氧气瓶，那意思很明显："我没有氧气了，走不出去。"

没有氧气怎么办？

剩下一个救不出来等于救援失败。坦克焦急地提醒队长纪峰："猴子，我们再不撤退就没有时间了，氧气也快要用完了！"

猴子神色肃穆，果断把氧气瓶卸下背在缺氧的被困人员身上，用悲壮的语气命令我们："我是队长，没有时间争论推让，你们赶快把人救出去，记住给云蕾带上一句话，我一直有个心愿，如果我能平安回来，我很想娶她做我的新娘。"

"猴子，我们放弃比赛吧！命比荣誉更重要！"邮差说着就要去按下停止按钮，却被猴子一个箭步夺了下来。

"还记得荣队长的愿望吗？我们能一路走到这个地步很不容易，被困群众的安全、我们的职责、国家的荣誉，这些都是我们坚持下去的理由，更重要的是荣队长，荣队长的心愿需要你们来接力，中国消防员的字典里没有放弃二字！"猴子一边说着一边硬把邮差和被困人员往外面推。

邮差睁着充血的眼睛凝视着猴子，长叹一声，毅然转身带着被困人员和我们往外冲。

消防员在生死时刻，是把平安留给被困人员，还是先确保自己的安全再救助别人？

猴子最后做出了艰难的选择，把氧气瓶毅然让给了被救人员，而自己面临着缺氧的危险境地。只要放弃比赛就能立即关停火势，新鲜的氧气就能扑面而来。猴子却依然在苦苦支撑，哪怕是窒息而死。这是我在美国一直苦思冥想的心结，好好地活着不好吗？上有老下有小，于国，缺了谁都能运转；于家，缺了你，天就塌下来了。综观历史，但凡智商正常的人，更不用说聪明的人，都会这么想。然后呢？然后他们明明遇到了很多不公正的待遇，却总寄希望那个先忍不住的人，站出来暴喝一声，干一些他们所认为的傻瓜的事儿，然后，他们以聪明者冷眼旁观，看着那些绝少部分的人像烟花一样燃烧，用燃烧发出的光照亮自己，他们却无动于衷，反而向相同的人兜售概念，"你看，他们闹得多欢，却不能持久"。这就是本质。所以，我后来突然想明白一个道理，这个世界、这个社会，本就应该是金字塔形状的分配。

苦苦支撑的猴子，等坦克、邮差把人救出到达指定位置，按下停止按钮就能得救，而这个过程至少需要 4 分钟，在这个极度缺氧的环境中，大家心里都明白，猴子支撑不了这么长时间。

曹加宽、许文杰、薛灵在幕后通过视频监控看得清清楚楚，曹加宽一脸焦急地向薛灵喊道："赶快向指挥部传达弃赛请求！"

就在薛灵向项目组发送弃赛请求的前一秒，现场火势突然熄灭。

邮差和坦克当时正在往外冲，看到火势突然熄灭，错愕在当场，一个念头突然闪现在他俩的脑海：难道是曹主任请求弃赛了？

这时，现场的广播响起，同时传出来的是中英文同声传译，那就是组委会当场宣布中国队获胜！

在一片错愕与质疑声中，奥格斯堡赛事组委会主席亨特利先生缓步走进了视频室。他的脸上洋溢着欣慰的笑容，轻轻抬手示意众人安静。随后，他通过翻译向在场的各国领队解释道："在面临仅有一个氧气瓶的生死抉择时，其他国家的选手选择了自救，唯有中国队的消防员，毫不犹豫地将生的希望留给了被困者，甘愿以自己的生命为代价去拯救他人。本次大赛的核心精神，正是考验这种舍己为人的奉献精神。毫无疑问，中国消防员用行动诠释了这一精神。因此，我们果断按下了结束按钮。本届消防员的冠军，属于这些无畏死亡、勇于牺牲的中国消防员。让我们以最诚挚的敬意，为他们献上祝贺！"

当质疑化作尘埃落定，我从选手们坚定的眼神中，忽然读懂了赛事 LO-GO 上缠绕的橄榄枝，那分明是普罗米修斯盗火的绳索，而今夜，东方雄狮的图腾在火光中愈加清晰，仿佛五千年文明淬炼出的舍生取义，终在此刻完成人类命运共同体的神圣加冕。

在一片庆祝的掌声中，意味着"火神杯"时隔十年又回到了中国队手里。

第三十五章
载誉而归等闲事

一

中国队夺冠的喜报传到了国家消防救援局，总局在首都机场专门给我们举行了一个欢迎仪式。主要领导也百忙中亲临现场发表讲话："我们的消防队伍经过改革实践证明，是成功的，军人的本色没有丢，而且更加专业化和职业化……"

猴子收获了荣誉，更有意外之喜，因为云蕾也不远千里赶来了现场。她告诉坦克，王锐本计划和她一起来接机，就在登机的时候接到了一个电话，就急匆匆地赶去医院了，王锐的妈妈好像病倒了，听说还挺严重。

坦克听了心急如焚，要不是有王锐母亲积极劝说，王锐能不能接纳坦克都不好说，坦克来不及和我们一起去荣队长的烈士墙下还愿，于当天下午飞回了海康。

坦克赶到医院时，见到了刚刚从 ICU 病房醒来的王锐母亲，王母得了心肌梗死，心脏功能丧失了一大半，随时会有恶化的危险，看到坦克过来，已经不能说话的王母，吃力地拉着坦克的手放在王锐的手上，露出了满意的微笑，然后又昏睡了过去，这一睡就再没醒来。

邮差回到消防站屁股还没坐热，就接到了父亲的电话。鲍父在电话中像个挥斥方遒的领导，说："坤坤，老爸送你到消防队锻炼的目的已经达到，你可以转业回到我身边了，我老了，房车也买好了，就等着你来接班，我和你妈要好好享几年清福了。"邮差听完倒很爽快，一口回绝，把他老爸的想法闷了回去。鲍父眼看来硬的不行，就在电话里打出了感情牌："老爸当初送你去吃兵粮，可不是让你真把命拴在消防水带上。你以为扛着水枪就是英雄？"

鲍父咳出三十年棉尘，"真正的战场在养活一千二百个家庭的纺织机里！"窗外暴雨拍打着训练塔，四十米长的攀缘绳正在滴水，像条苏醒的银蟒。"现在你是时候回到父母身边了，我老了，也累了，可是这个厂子一千多人饭碗的责任总要有人来扛起来的。"

面对父亲的真情流露，鲍坤干脆也掏心掏肺："爸，你曾经说过，好男儿志在四方，人生要实现自己的价值，你办企业养活一千多号人是实现自己的人生价值，我当一名消防员赴汤蹈火去救人，也是实现自己的人生价值，商品的价值可以衡量，但是人生的价值却不能用钱来衡量，富人锦衣玉食、穿貂戴裘和穷人为家人创造的一日三餐同样都是价值的体现。我在海康找到了我的人生答案，我不会回去的！"

鲍父听完，咬碎钢牙、摔碎电话，对着身边的鲍母说："这小子翅膀硬了！我要亲自去把他绑回来。"说完就动身和鲍母专程驱车到海康找邮差算账。

两口子来到海康，正好赶上省总队在龙山大队操场举行表彰大会，猴子所在的龙山消防站和邀请的家属代表戴着红花位列前排，本来鲍坤的父母也在邀请之列，只是鲍坤因为转业的事儿和鲍父吵了一架，便向许文杰汇报父母都在忙，没时间过来。

省消防总队长万勤环视着主席台底下一排排精神的小伙子们，不由感慨万千，他扔掉了准备好的讲话稿说："人们自古以来一直对平安进行祈福，如果平安真有符咒，那就是我们消防健儿用牺牲换取的平安，在一次次救火行动中，先忘我、无我，再成为真我，所以，这届世界杯的冠军，属于这帮敢于献身、英勇无畏的小伙子们，我很为你们自豪……"

鲍父鲍母赶巧不赶早，本来要找邮差算账，却被当作参会的家属，引到了家属席上旁听。

"在和平年代，消防员的牺牲最大，奉献不敢说最多，但是风险最多……"万勤不说不要紧，一说更加坚定了鲍父拉鲍坤回去的信念。

总队长在台上讲，鲍坤跟着薛灵屁股后面在台下搞后勤，又是端茶又是倒水，幸福的表情充斥着满脸，鲍父刚想起身上前把鲍坤叫出来训话，被鲍母一把拉住，使了使眼色悄声离开，出了会场后鲍母对着鲍父满脸得意："咱们儿子不会回来了。"

鲍父气哄哄地问："为什么？他敢！"

鲍母偷偷地笑："你真是老糊涂了，你没看见儿子每次看向那个年龄相仿的女消防员，眼睛都在放光，眼神几乎都没有离开过她。"

鲍父明知故问："放光又怎么样，他是我儿子。"

鲍母拧了一把鲍父的胳膊："还能怎么样，就像当年你三天两头跑到我家院子外，隔着院墙扯着嗓子喊我出来一样。"

鲍父恍然大悟："哈哈哈哈！我那时可没少被你爸拿着棍子追啊！"

鲍母白了鲍父一眼："我爸那是在试探你到底心有多诚。"

鲍父："我那时是个穷小子，内心自卑又胆小，但是我为了找你却豪情万丈大胆了很多回，否则，这门亲就成不了啦。"

鲍母挽住鲍父的胳膊深情地说："我真担心你经不住我爸的考验。"

鲍父："我虽然没有养女儿，但是我知道作为父亲，对女儿的爱是无私的，所以你爸一定要考察我是不是值得自己女儿托付终身的人，可是，有些事是经不住考验的。"

鲍母抬起头不解地问："哪些事？"

鲍父深沉地说："男人越自卑，就会爱得越懦弱，懦弱就会敏感，敏感又加重自卑，等自卑到一定程度，就会以爱情的名义放弃爱情，认为自己不能给自己所爱的人最好的。"

鲍母："唉！如果那样，又不知道会生出多少痴男怨女。"

鲍父："唉！儿子自己的选择，我想了想还是要支持的。"

每个幸福的男人，人生中都要经历许多考验，尤其是姻缘大事，出题人自然是未来的老岳丈。猴子要想成为幸福的男人，自然也不可回避这种考验，怕只怕一生没有遇到考验，幸运的是，猴子的考验很快就来了，是云蕾带来的。

坊间传闻云蕾和厉灼新是有关系的，具体是什么关系？大家一直讳莫如深。以至于谈论云蕾的时候，连空气也飘满暧昧的味道，传言往往都很有依据，作为一个基层女民警，尤其是年轻漂亮的女民警，不可能轻易出入市长的办公室，这算怎么回事？

这也是猴子一直逃避云蕾的终极原因，面对市面上的流言蜚语，邮差、坦克都不相信。邮差皱着眉头说："假设云蕾真的去了厉灼新的办公室，那是不是因为汇报工作呢？"说完又摇了摇头，似乎连自己都不信一个女民警怎么会向隔着好几级的市长汇报工作？能汇报什么工作？

坦克则是大大咧咧地说："说不定云蕾是厉灼新家的亲戚呢！"

猴子听着俩人的分析，内心愈加烦恼，干脆直接轰俩人出去："你们别再说了，我想静一静。"说完把门关得砰砰响。

二

有个现象很有意思。当你特别在意一个人时，往往会不自觉地将对方的行为和传言往最坏的方向揣测，而不是往最好的方向去想。这就是人性中难以避免的弱点，越是珍视，越容易陷入怀疑与不安的旋涡。

于是，猴子带着怀疑和不安，专门来到云蕾办公室，开门见山地问她和市长厉灼新到底什么关系。

云蕾倚着档案柜，指尖把玩着一枚警徽。铜质徽章在她指间翻转，折射出的光斑在猴子脸上游移，像极了审讯室里的聚光灯。"你想知道？"她忽然笑了，唇角勾起一抹危险的弧度，"那不如我带你直接去问问他。"

"见他？"猴子冷笑，声音却有些发颤，"我一个小消防员，有什么资格去见市长？"

云蕾平静地说："你不见他，怎么知道我们是什么关系呢？"

飞机在平流层中平稳地穿梭，马尾辫正在旁边刷着一部国产的爱情剧，那个剧情我是知道的，男女主角在一次又一次的猜疑中，黯然分手。在爱情里，最可怕的不是背叛，而是自己亲手种下的猜疑的种子。

第三十六章
平安守望塑永生

一

总队长万勤来海康龙山经济开发区检查消防工作，厉灼新百忙中抽闲专门过来陪同，按照行政级别，万勤是正局级干部，厉灼新也是正局级干部，两人分属不同系统，不存在陪同不陪同，巧合的是，两人是党校的同学，在学习时就经常对时政争论得脸红脖子粗。

检查工作结束后，万勤被邀请到市政府厉灼新的办公室喝茶叙旧，厉灼新一坐下就挑起话题，说消防工作归根到底是要为经济服务，在新项目消防审批等环节要提高效率，开通绿色通道，使一批企业能快速上马生产。

万勤听了连连摇头，说生产是在安全的前提下生产，只顾着经济提速，而不消除安全隐患，那么反而会损失更大。两人你来我往、互不服气，说到最后，万勤长叹一口气说："你是市长，全省上下都认可你的经开区搞得好，你考虑问题是全局性的，我只是一个部门主管，看问题的角度不同。"

此时，一声惊雷，窗外骤然间大雨瓢泼。厉灼新一时间志得意满，信步走向窗前，凭栏感叹："经略必因图民富，仗策岂是为封侯。"

如果说猴子云蕾的爱情是建立在心有灵犀、心生敬仰的基础上，那鲍坤和薛灵则是门当户对、强强对话，王锐和坦克这对小情侣倒是更贴近人间烟火，两人那段时间经常凑在一起商量着买家具、买家电、买这买那，坦克每次买回来还要问王锐："你看还缺点什么，还差点什么，我再买点，我再补点。"说得王锐哭笑不得，感觉坦克像个又傻、又笨、又可爱的大南瓜。

二

　　飞机于早晨 5 点半在晨曦中降落在海康谢兰湾机场。晨曦无疑是辛勤的证人，人们迎着晨曦开启了一天的忙碌，日出月落的每一天本是平凡的，落在众生身上却又意义非凡，这里面包含着悲欢离合、得意失落，不管失落几许，对苍天来说也是平常事，所以古人会说"天若有情天亦老"。

　　对于海康的人们，至少有一样绝不会让人失落，那就是海康的煎饼果子尤其好吃，这是我和猴子、邮差每周必点的早餐，煎饼果子的制作过程就像五味杂陈的人生，一开始总是一团糨糊地往热锅上摊平，然后加上鸡蛋、葱花、芝麻，再撒上盐，最后放上一碰就碎的油炸脆酥做芯，几经折叠，一套煎饼果子就做好了，前后不过三分钟的时间，可我归心似箭，来不及吃一口便上了出租车，当我说出去龙山特勤消防站的时候，司机面色凝重地看了看我："您是消防员？"看到我点了点头，司机师傅转回头用海康特有的幽默："好！好！坐稳了您哪！"

　　清晨的海康人民沐浴在晨练、跑步、上班的温馨之中，这显然又是美好的一天，人们平静而自然，起早劳作的人，想必都有自己的心灵寄托，沿街的门脸逐渐拉开卷帘门，一辆送菜的三轮停在门口，从屋子里走出来的夫妻，开启着一天的辛劳，菜店的背后是否藏着一个挑灯夜读的孩子？

　　我记得厉灼新市长做政府工作报告时，说他的安全感建立在全市人民都能安居乐业，稳定增加收入之上。

　　我的安全感在哪里？

　　至少不在美国。

　　人心之所向的地方，应该就是有安全感的地方。猴子的安全感建立在能重回父亲战斗的岗位，马志国的安全感是想当四级指挥员，坦克的安全感是把自己母亲的病治好，然后带着老母亲去北京天安门看看。

……

这些安全感交织融会，演奏着一曲曲生活交响乐章。

出租车飞驰在海康的大街小巷，载着海外的归人。到了龙山消防站大门口，刚好是 6 点 20 分，这个时间点战友们正在出操。

我记得消防队的斜对面，有一个夫妻早点店，那时候，遇到凌晨出警归来，都会去早点摊子吃上一笼包子。我还清晰地记得男老板说的一段人间清醒的话：

"我每天和媳妇凌晨 3 点起床，和面半个小时，3 点半发面，在发面的过程中，煮粥烧汤半个小时，调包子馅半个小时，4 点半开始包包子、炸油条，到了 6 点就有客人来店里吃饭了，一直忙活到上午 10 点结束，包子、油条、辣汤、粥、豆浆、豆腐脑在卖完的情况下，一早上能赚个五六百元，虽然很辛苦，我们却很知足，一没有学历二没有资源，靠着这个早点摊，我把两个孩子都供上了大学，还能结余一些钱给他们买房子，这是老天最好的安排，我和媳妇都感觉很幸福。等我们实在干不动了，就盘下一个小超市，不求其他，只求养老就行了，还有比这更好的安排吗？我们在这个店里，忙是忙了点，可是风不打头、雨不打脸，和老婆朝夕相伴，不用每天都东奔西走地劳累，这不就是生活嘛！"

那个人间清醒的老板去了哪儿？

透过悬窗，看着院子内操场上排列整齐的出操队伍让我热血沸腾，一时间，我竟然看到了人群中的猴子、邮差、坦克他们的身影。司机师傅小声提醒我到站了，等我回过神来，就看见了司机对我挑起大拇哥说："你们好样的！这趟车我不收费。"

我不想和司机师傅过于争执，就依了他的意见下了车，在司机即将离开的时候，我透过车窗缝隙硬塞给师傅 20 美元的车费，然后匆匆跑向大门，留下师傅在后面焦急地喊道："这趟车，我真不收费！"

"站在门里，我就是一名消防员！"

"出了门，我还是消防员！"

"我只要穿上一天消防员的制服，我一辈子都是消防员。"

这好像是坦克、邮差和猴子对话。

那是他们去年举行集体婚礼前两天的对话场景。

看着猴子、邮差、坦克他们找到了自己的爱情，我很替他们高兴，毕竟那都是和我一起出生入死的兄弟，高兴之后，心里却空落落的。我一直在想，如果每个人都有自己的爱情，那么我的爱情到底在哪儿呢？这让我感觉很焦虑，不过，我没有焦虑多久，就遇见了爱情，以一种猝不及防的方式和爱情劈面相逢。

三

那段时间，龙山大队可谓双喜临门，在国际消防员大赛拿了团队冠军，猴子、邮差、坦克还有马志国四人要举办集体婚礼，可谓事业爱情双丰收。为四名消防员举办婚礼的申请得到了批复，当猴子拿着批复同意的文件时，抬头看到曹加宽的黑脸好像变红了，他自告奋勇要作为集体婚礼主持人出席并致辞，总算要演一次红脸。

为了这个婚礼，许文杰可谓操碎了心，本来打算把婚礼现场布置在龙山大队，因为这边要宽敞许多，猴子他们却坚持在四中队，让四中队第一任队长荣志海在天之灵也感受他们成长的喜悦，只是荣志海不知道的是，现在中队改编成消防站了。

猴子纪峰、坦克庄磊、邮差鲍坤的中国消防救援学院入学录取通知书也邮寄过来了，这意味着他们三人将成为消防指挥干部，如果猴子那届同学还有留在学校读研究生的，估计还能故友重逢。

明天就是婚礼正日子，猴子、邮差、坦克和马志国四位新郎官不用等起床号5点就起来了，不顾昨日的夜班疲惫开始在院子里、大厅里张灯结彩。

几位新郎官的父母也都在从老家赶来的路上。

我那段时间正在养着脚伤，受到喜气氛围的感染，一瘸一拐地帮衬着吹气球、扎气球，一早上吹了 999 个，吹爆了 20 个，把我的腮帮子都吹疼了。

猴子的母亲在上车前给猴子打了一个电话，说她把猴子的爸爸也带过来了，让他也看看自己的儿子成家娶媳妇了，说着说着纪母就掉眼泪，细心的列车长走过来轻声地问需不需要帮助，纪母连忙摆摆手，说："我是因为儿子成家了高兴的。"

庄磊母亲已经踏上了前往海康市的列车，13 个小时的车程对腰椎间盘突出多年的庄母来说，是个巨大的考验。庄磊给母亲买了高铁票，可以提前一天到，庄母一盘算，早到一天还得住一天宾馆花一天钱，索性去火车站把高铁票换成了绿皮车硬座票。

鲍坤父母组建了一个 6 辆迈巴赫的车队，把七大姑八大姨各个亲戚都装上车，电话里头告诉邮差，预计头一天中午到达，电话里邮差的母亲更会煽情，说："坤坤，我把家里祖传的凤冠也带过来了，留给我的儿媳妇薛灵。"

猴子忙起来像个农村办喜事的老知事，组织云蕾、薛灵、王锐还有马志国的妻子田君挑选婚纱，把购买喜联、剪纸花篮的任务交给了坦克，让邮差统计各个家属的饮食喜好告诉食堂厨师，他和马志国则分担这两天的出警任务。局长雷若平也打来电话，说一定按时参加集体婚礼。

7 点的时候，消防站站长邵飞已经带领消防员们，进行了晨练并且结束。似乎最近老天也很捧场，连续几天没有一起火情，这让大家紧张的心情松懈了一些。

海江码头集团的消防隐患在整改让行经济的干预下不了了之，由于化工厂转产生产一些换外汇的必需材料，集装箱码头连续进入和储存了许多易燃易爆原材料，经开区消防局最近的一次检查已经发现问题，又一次下达了整改通知书，码头集团方面对此无动于衷，生产计划和产能安排得满满的，根本停不下来，尤其是康田化工，连续找市政府磋商，董事长康田静对着厉灼新慷慨陈词："我们每年纳税这么多，这批货马上要交到美国，如果耽误交货期，我们赚不到钱，如何向贵国政府交税，你们这么弄，我们要撤资要索赔。"说来说去，大意就是羊毛出在羊身上，羊毛不会出在狗身上。

"等到生产高峰期过后再整改，不要耽误我们的生产。"这是康田静离开厉灼新办公室时留下的话，说完就走了。

四

夏天的海康像个蒸笼，接近中午时室外温度直接达到了让温度计爆表的 41 摄氏度，海江码头集团没有专门恒温措施的仓库也达到了 39 摄氏度，39 摄氏度对很多化学品来说是一个很致命的温度。

中午 12 点正是龙山大队开饭的时候，一声巨响，震得食堂墙土四落，大家纷纷放下碗筷，赶紧奔出去拿装备，消防车刚开出去，这边火警信息才过来，码头集团发生爆炸仓库着火，且火势很大。邵飞向许文杰汇报后，紧急带队赶赴现场。出发前邵飞让马上成为新郎官的猴子、坦克、邮差、马志国在家留守，猴子、坦克、邮差、马志国都不同意，一定要参战，只让因为脚部骨折伤情未愈的我在站内值守。

到达海康仓库现场后，邵飞紧急向码头仓库负责人了解情况，被告知仓库储存的是甲类易燃品甲醇等物品，于是邵飞组织人员往里冲进行灭火，突然一声巨响，仓库产生了巨大的爆炸，邵飞被扑面而来的冲击波抛向半空，然后重重摔落在地，他躺在地上艰难地抬起头看向爆炸点，他最后一眼看见的是猴子、坦克、邮差等人全部冲进了仓库淹没在火海之中，这时仓库里又响起了第二次更加剧烈的爆炸，邵飞眼前一黑，时间仿佛静止了。

"纪峰同志！你为什么要当消防员？"

"我想和父亲有永远共同的目标！"

"你们的目标是什么？"

"守护平安！"

四周火光冲天，炽热已将柏油路面烤化，纪峰趴在地面上艰难地把头抬起，左脸沾着黏稠的沥青，随之而来一阵天旋地转，在无力的虚空感中，一个清晰的声音大声敲击着纪峰的神经，他想起来了，那是刚入伍时中队长荣志海接兵时拍着他的肩膀问话的场景。

"纪峰！你会回来吗？"云蕾忧伤地问。

"儿子！你要记住！消防员赴汤蹈火是为了身后的群众！"纪峰父亲的话又回荡在耳边。

一股沉重的疼痛感从右眼神经传递到大脑把他拉回现实。刚刚爆炸的气浪已经震碎他的防护面罩，面罩碎片深深扎进他的右眼眶，右眼漫天血红。他用左眼的余光观察到仓库里喷溅的火舌，像烟花一样四溅，深蓝色的光芒发出摄人心魄的信号。从身边模糊踉跄的身形可以看出，这是他的战友鲍坤和庄磊，正在艰难地抬起水柱扑向那个耀眼发光点，他们的身形摇摇欲坠，似乎受到了很重的伤。

纪峰用尽力气站起来，摇摇晃晃地扑向在地上翻腾打滚的失控水枪。此时，一道耀眼的白光点亮苍穹。

"爸！我来了！"

……

当第二批次消防救援队伍赶到现场时，被眼前如人间炼狱般的惊人场景惊呆了，现场留下一个深七八米、直径 50 多米的大坑，到处残肢断臂，龙山消防站指战员已经找不到一具完好的尸体。

在许文杰地连番追问下，码头值班经理才吞吞吐吐地说，储存苯的库房同时还储存着硝基苯和白磷。

总队长万勤一夜没合上眼，他现场指挥扑灭 7·28 大火时已经凌晨 2 点，紧接着又驱车赶到第一人民医院，医院门口已经由一排排群众排起长龙，他们有男有女、有老有少，不是前来就诊，而是自发前来献血。其中一个老大爷出列站在队首向后喊道："是党员的先站出来献血，党员不够群众再补上。"

许多来挂急诊的患者也自动让开了位置和看诊时间，救消防员要紧。

总队长万勤眼睛湿润了，这个场景似乎很熟悉，那是 20 世纪 80 年代，在南方边境线上，他刚从战场上撤下来，也看到了类似的场景，这个民族对于苦难和挫折，总是那么有韧性，就像秋花，虽已枯萎，只要熬过寒冬，很快就能在来年开出绚丽多彩的花。

五

早上 7 点，曹加宽已向万勤报告第一批烈士家属刚刚到达龙山消防局，万勤心里明白，烈士的善后工作需要及时跟进，他带着工作人员接到烈士家属后，火速赶到龙山特勤消防站，万勤在路上，脑海里就蹦出很多画面，空荡荡的操场，空无一人的消防站，想着想着泪就往下流，下车到了门口，出乎意料的是，院内一面国旗冉冉升起，旗杆下，一名消防员孤零零地拉起绳索，在绳索的牵引下，国旗迎风招展。当这名消防员看到一众人急匆匆走过来时，便一瘸一拐地上前立正敬礼："报告总队长！龙山消防特勤站全体指战员 21 人，实到 1 人，其余 20 名指战员因公向您请假，请假期限，无期！请您批准！"

万勤哽咽地说："我不批准！都给我回来……"

纪峰母亲是在遗体告别仪式当天才赶到的，当遗体告别仪式快要启动时，万勤询问怎么就纪峰同志的母亲还没到场，在场工作人员也不清楚原因，正当大家着急的时候，曹加宽走过来说，刚联系上纪峰的母亲。

原来纪峰母亲为了省钱，专门坐了 2 天的火车，来到海康市又倒公交车，在龙山大队找了一个小旅店住下了。万勤听到后，赶紧带人去接纪母。万勤说："纪峰的父亲也是一名牺牲的消防战士，他家出了两名烈士，我要亲自去接烈士的家属。"

在昏暗的小旅馆里，万勤见到了纪峰母亲，不到 60 岁的年龄，已是满头白发。纪峰母亲拉着万勤的手说："您是万勤吧。"直呼其名让当场很多人错愕。万勤眼里含着泪花抓住纪母的手说："顾大嫂，我就是当年的小万，纪大哥当年在火场里救了我一命，这么多年了，我一直没能去看您，很惭愧。您儿子在我手下，我没能保护好他，我很内疚！"纪母叹了一口气说："这是他的理想，他实现了，很好……很……好！"

坦克的母亲，一个农村出身的大婶，停止哭泣后，像是想起了什么重要的事儿："领导！我想知道我儿子救火时，他勇不勇敢？"

万勤和在场的人闻之动容："大嫂！您的儿子很勇敢，而且勇冠三军！"

厉灼新心力交瘁地回到自己的市长办公室，这段时间发生的事，已经使他心力交瘁，额头的皱纹更加明显，他从保险柜里拿出一个相框，相框中的女人坐在海边的岩石上，背向大海长发披肩、英姿飒爽，看着看着一滴泪水滴落到相框，然后滑过玻璃，像是撕开了一道岁月的记忆："爸，你快来，妈妈在医院快不行了。"

"我有个重要的签约仪式离不开，让你妈坚持一下，我完事儿马上赶去医院。"那时的厉灼新西装革履、意气风发，在市中心凯悦宾馆和外资企业签订了一个高达 10 个亿的投资合作项目，签字完毕后，双方拿起高脚杯，互致祝福，宾馆上千平方米的会议大厅，金碧辉煌、人头攒动，闪光灯此起彼伏，洋溢着一派祥和愉快。

"当官是一条不归路，当了镇长想当县长，当了县长又想当市长，天天琢磨着升职，为民办实事的时间都没有了，更别说照顾家了。"这是妻子住院前给他说的话，不是当面，而是电话里，因为厉灼新是个大忙人，忙得连妻子都很少碰面。

"为什么？为什么？为什么会这样！老天，你睁开眼看看，我得到了什么？"

"像我这样愿意干事的官已经不多了，哪一个不是为了面子工程，为了政绩，建了一大堆钢筋混凝土，一次性投入，没有产出，我起码亲手打造了10个全国五百强企业，让农民的收入比以前增长了5倍。"

方秘书推开门看到厉灼新落寞的背影，因呼吸粗重而起起伏伏，一时不知所措，又轻轻关上门，退了出去。

厉灼新叫住了方秘书："小方，什么事？"

方秘书哽咽地说："首长，省纪委同志过来了，在会议室。"

厉灼新缓缓地走到沙发边坐了下来："让他们稍微等一下，我马上过去。"

"小厉，你想好了吗？"这是厉灼新做首长秘书时，老领导给他说的一句话。厉灼新突然感觉很疲惫，摘下老花镜，整理一下衣领，毅然走出了办公室。

因为码头爆炸造成重大伤亡，负有领导责任的厉灼新被省委免去市长职务，纪委的调查结果也随着公布：查明精诚公司的老板是厉灼新的侄子，经常打着厉灼新的旗号招揽工程，厉灼新并不知情，是清白的。同时，码头爆炸事件，厉灼新负有领导责任，鉴于厉灼新一切从全市经济发展工作出发，没有徇私舞弊，决定不追究厉灼新的司法责任，转为纪律处分。

省委书记办公室里，老领导亲自为厉灼新斟上一杯上好的猴魁，示意厉灼新喝茶，然后点起一支烟说："组织对你做出的处理，有没有意见？"

厉灼新神情低迷："这都是我的问题和责任。组织怎么处理我都不为过。"

老领导接着说："做出这样的处理，说明组织还是没有忘记你对海康市的贡献，但是这次的教训太惨重了，且不说，经济损失，一个整建制的消防队都牺牲了，这也就是我们党培养出来的队伍，如果是普通群众死了这么多人，这还了得。"

厉灼新惭愧地低下了头："组织对于我的处理，为什么不加重一些，这样我心里会好受一些。"

老领导说："对待多年培养起来的干部，即使犯了一些错误，组织不会一棍子打死，尤其是你提出'经济+国防战备'建设理念，搞龙山经济开发区把化工类 361 种门类做全了，有效地补充了国家战略布局，国家需要搞经济的干部，尤其是现阶段经济下行压力更大的时候，但是经济和社会必须高度融合全面发展，不能形成木桶定律，惨痛的经验教训要吸取，龙山模式，不是输在经济发展，而是疏于安全管理，模式不能否定，这是省委经过研究决定的，你不要有压力，组织决定让你先到省委政策研究室沉淀一段时间。"

厉灼新低着头沉默良久："感谢省委的信任，只是，我现在去意已决。"

省委书记："你打算到哪儿去？"

厉灼新坚定地说："我要去海康师范学院当一名历史老师，做做学问。"

省委书记："省委政策研究室也是很好的讲台，到省委政策研究室把这几年的经验教训讲给市县一把手听，成功的经验和失败的教训都要总结好，也是很宝贵的财富，尤其是你当年和下级说，'守着这么多人，这么多资源，还要向国家举债发工资的官，都不是合格的官'，已经成为我们省的一段名言。老百姓遇到你这样的父母官，心里有安全感啊！"

厉灼新听完老领导的话，赶紧抹了把眼泪说："感谢领导对我的挽留，我想好了，打算裸身而退，去海康师范学院当一名老师，读书做学问，我这个市长，欠了海康三笔债，第一笔债，是那些因为开发而拆迁让地的龙山老百姓。第二笔债，是因为经济建设中的安全债，导致了二十多名优秀消防员的牺牲。第三笔债是我的妻女，当年做龙山区长，整天忙于改革招商引资，妻子云芳重病时没有好好照顾，痛失爱妻，这次又对不起女儿云蕾，造成她失去了挚爱。我很失败，我是个罪人。"

说着说着，厉灼新又哭泣了起来，省委书记上前拍了拍厉灼新的肩膀，说："你也保住了龙山百姓的饭碗，保住了海康市的财政收支平衡，让海康经济发展再上一个新台阶，让海康龙山区的几十万群众有班上、有工资领，让他们感觉心里踏实，党需要你这样的干部，你是百姓心中的贴心人、护身符。"

六

一周之后，悲痛中的云蕾还是不愿意相信这个现实，偶尔还会拿起电话翻到猴子的名单上，当敲碎心房的"嘟嘟嘟"忙音响起，她才意识到猴子走了，再也不会回来，她翻开猴子留下的遗物笔记，看到猴子给父亲写的信件：

我入伍已经一年了。

一年来，你不知训了我多少次。

我是你亲生的吗？

我都 22 岁了，你是我父亲也不能这样啊。

记得小时候，我上幼儿园和别的同学打架，你生我的气，不愿意来学校接我，就让队里的李东叔叔来接我。有时候还换着其他叔叔来接我，王刚叔叔、许飞叔叔……你就是再忙，一心扑在工作上，也得来接我一次吧。

每一次见到你，你和我说不了多少话，就说工作很忙，任务很多，要战备、要执勤，许多人等着你救。

我成为一名光荣的消防队员也是你的意愿吧，你希望子承父业，把你热爱的消防事业在我们这个家延续下去。

你说，做工作要有延续性。

我刚穿上防火服的第一天，你说的第一句话："脱了防火服，你就是一个老百姓！"

你说这话多晦气。

你的第二句话更莫名其妙："穿上警服，你也是老百姓。"

我第一次出火警，问你经验和注意事项。你什么也没说，倒是诗兴大发给我写了一首叫《出警》的诗词，说让我自己体会出警的感觉。我气得把你写的诗丢进了垃圾桶。

后来，我出了很多火警，才明白你和我说的那些话。赴汤蹈火，竭诚为民的承诺，是每一次与火魔和死神赛跑的过程。

一周前，支队刚给我们这一批新兵授了警衔。橄榄绿穿在你儿子的身上，应该和您当年一样的帅气吧。而你的那件"橄榄绿"血衣还在烈士纪念馆里保存着呢。

今天是父亲节，我又请探亲假赶过来看您了。

20年前，您最后一次出警的那天，我记得好像也是父亲节。那时候，我只有两岁。

告诉你一个秘密。

今天，我又找出那首扔过垃圾桶的诗，读了又读，看了又看，突然明白了你的初心和你在梦中一直给我说的那些话。虽然你缺席了20年，我也不再恨你了。

我明白，消防工作的牺牲在所难免。以前有大量的牺牲，以后还会有大量的牺牲。而我能做的，就是要像你当初写的那首诗描述的一样……硝烟散去，背影长留，赴汤蹈火解困愁。忠心一片，责任两肩，此去吉凶不需忧。灭火洒热血、抢险裹尸休，万家灯火起，忧乐到心头。

……云蕾看完笔记，把笔记本合上，连同她满含泪水的眼睛。她想起了猴子为什么经常做噩梦，想起了猴子为什么一直劝说自己原谅父亲，想起了猴子脖子上一直挂的护身符，那是荣志海队长一直给他保守的秘密，猴子不想让组织知道父亲的牺牲，在护身符的夹层里，云蕾看到猴子父亲写的一首诗：

出　警

硝烟散去，背影长留，赴汤蹈火解困愁。

忠心一片，责任两肩，此去吉凶不需忧。

灭火洒热血、抢险裹尸休，万家灯火起，忧乐到心头。

云蕾此刻才明白，原来猴子缺失了二十多年的一直都是父爱。

有些病，一辈子都治愈不了，比如创伤性精神应激综合征。猴子长期失眠做梦，他只有做梦才能见到自己的父亲纪刚，哪怕他知道这个梦是假的，他只希望下一个梦里，自己的父亲依然如约而至，和他聊一会儿天。在成长的过程中，他会遇到很多问题和困扰，这些都需要父亲来解答，既然现实中无法解答，那么，就在梦里相见吧。

猴子走了，至少带着自己的梦想，我呢？我有梦吗？我在寻找什么？

追悼会的当天早上，厉灼新敲开了云蕾的房门，平静地告诉云蕾："蕾蕾！穿着你的婚纱去送他最后一程吧！爸爸支持你！"

云蕾穿上婚纱一路哭哭啼啼赶到现场时，街道两边已经站满了前来送行的群众，王锐、薛灵也穿着婚纱抱着坦克、邮差的遗像，嘴上不知道在诉说着什么，突然间，一群鸽子从蓝色的天穹下飞过，许文杰站在队伍前面神色肃然，这时他的肩上电台响起："大队长，工业园区起火，请火速赶到现场组织扑救！"……

多么熟悉的操场啊！这是我战斗过的地方！

今天，我又回来了！

站在院内仿佛透过时空，看到了去年空荡荡的操场上形单影孤的那个人，拖着伤腿一瘸一拐地来到操场，自行喊着出操口号。

"立正。""稍息。""报告队长，肖战准备完毕，请指示。"

那段时间龙山上的刘叔每天听到出操的口号就会下山赶过来，很担忧地站在一边望着，直到一辆救护车把那个人送到了市第六人民医院。

在幽静的精神科诊室里，那个人见到了一位年轻的女医生，她叫唐丽，笑起来时鼻子会先笑，说出的话句句往心里送，那个人干枯的眼神像注入了一滴甘泉，他看到了坦克和王锐、猴子和云蕾、邮差和薛灵的相遇，这相遇如未满的苞谷沐浴着春雨。

那个人就是我，我是战场上的逃兵，我本该赴死。

曙光初照，操场上整装待发的火焰蓝显得格外清晰，他们列队待发，喊操的指挥员发觉了异样："大圣！去问问那个门口的人有什么诉求！"随着一声干脆的"到！"，一名身材偏瘦的消防员利索转过身，走过来向我敬了一个礼，微笑着问我："同志，您这么早来需要什么帮助?"

我整装后立正："报告！龙山特勤站一级消防员肖战，请求归队！"

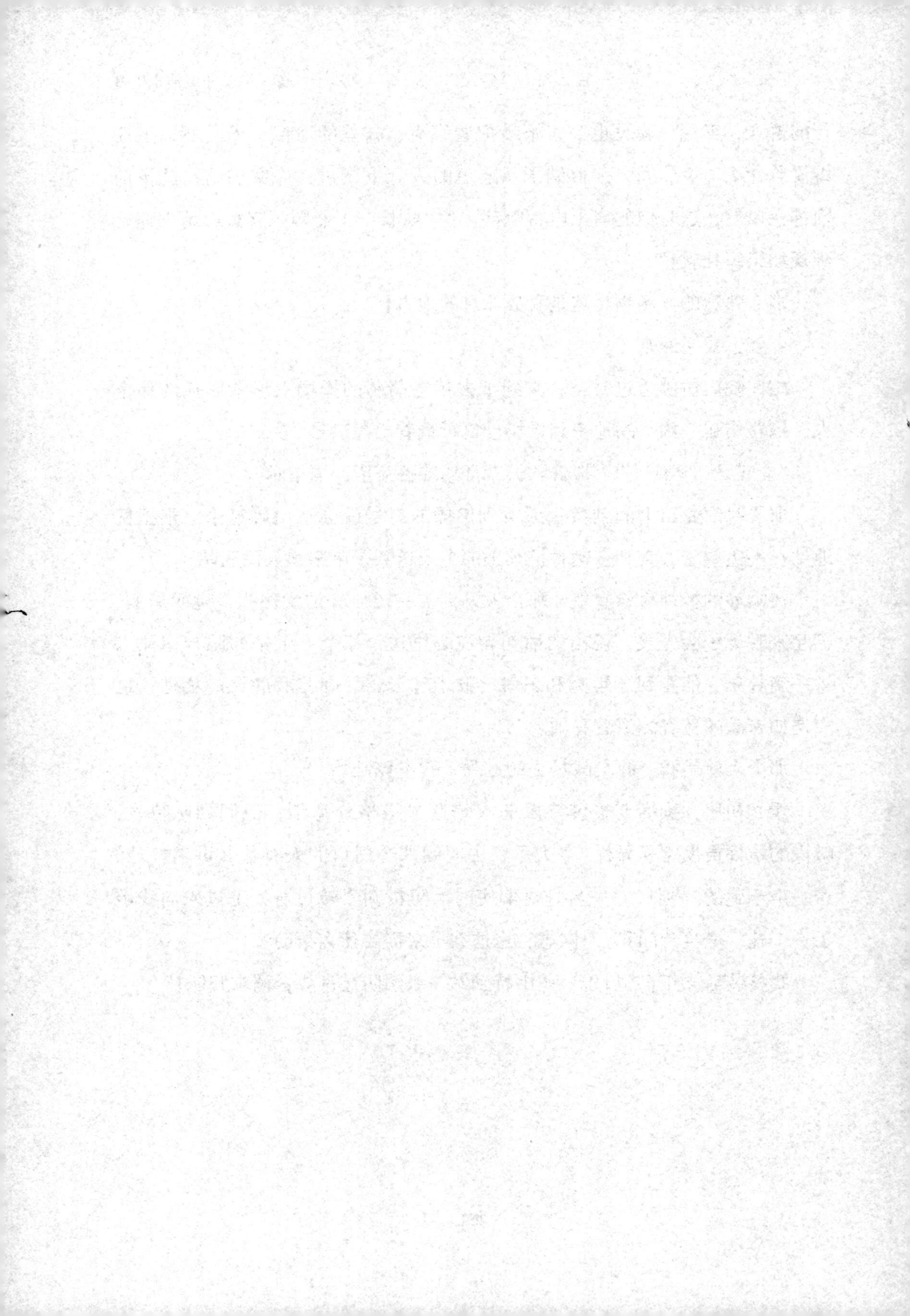